AF280099

Christine Erdiç

Liebe und Tod in Venedig

© 2025 Christine Erdiç
1.Auflage
Alle Rechte vorbehalten.
Kein Teil dieses Werkes darf ohne schriftliche
Genehmigung in irgendeiner Form
reproduziert oder vervielfältigt werden.

Kontakt:
E-Mail: indiansummer_61@hotmail.com
Webseite: https://christineerdic.jimdofree.com/
Satz und Layout: © Christine Erdiç
BuchumschlagGestaltung: © Christine Erdiç
CoverGestaltung: © Christine Erdiç
CoverFoto: KI generiert

ISBN: **978-3-7693-6702-7**

Verlag:
BoD · Books on Demand GmbH, Überseering 33,
22297 Hamburg, bod@bod.de
Druck:
Libri Plureos GmbH, Friedensallee 273,
22763 Hamburg
www.bod.de

Die Personen und Handlungen in dieser Geschichte
sind frei erfunden. Ähnlichkeiten mit lebenden oder
verstorbenen Personen sind rein zufällig und nicht
beabsichtigt.

Prolog:

„Oh Isais, die du einst kamst aus dem Reich der Dämonen und aufstiegst zu uns in die Welt der Götter, rein ist dein Herz und licht deine Seele! Nur du vermagst es, den von niederen Geistern entwendeten Stein aus den Tiefen der Unterwelt zurückzuholen, wohin er geschaffen wurde, um die göttlichen weiblichen Kraftschwingungen für alle Zeiten von der Erde zu verbannen. So geh nun, und bring den Stein an einen sicheren Ort, auf dass er dort verwahrt werde, bis die Zeit gekommen ist, die weibliche und die männliche Lichtkraft, den Ilua und den Garil zu vereinen."

1

Feuchter Nebel legte sich über die Stadt. Venedig im Februar ... fröstelnd zog Guido die Schultern hoch.

„Au, verf...", gereizt schaute er in das maskierte Gesicht eines Edelmanns, der sich galant vor ihm verbeugte.

Die Masse verkleideter Karnevalisten bewegte sich zäh Richtung Markusplatz. Eine bunt gemischte Schar. Der Edelmann verschwand in der Menge, und Guido fasste nach der Hand Christina Marias, die jetzt hell auflachte vor Vergnügen. Karneval in Venedig, das war natürlich ihre Idee gewesen. Es war ihre Hochzeitsreise, und Guido hatte eine Kreuzfahrt auf einem dieser Luxusschiffe in der Karibik vorgeschlagen, aber nein: Christina Maria bestand auf Venedig, und wie immer setzte sie ihren Willen durch.

„Dort hast du genug Wasser, und Schiffe gibt es da auch!", argumentierte sie.

Ja, er musste zugeben, dass die Gondelfahrt gestern durchaus etwas Romantisches an sich gehabt hatte. Und die Pension war gemütlich und nett ... aber das Wetter, die Feuchtigkeit, die an den Fingergelenken beißende Kälte. All das schien Christina Maria jedenfalls nichts auszumachen.

Schon wieder rempelte ihn irgendjemand von hinten an. Er stolperte und musste die Hand seiner Braut loslassen. Als er das Gleichgewicht wiedergefunden hatte, griff er ins Leere. Christina Maria war verschwunden. Verzweifelt arbeitete er sich durch die Menge. Natürlich hatte seine Frau auf Kostüme und Masken bestanden, und er musste sich eingestehen, dass sie jetzt nur noch eine von vielen war, die in der Masse einfach unterging. Er ließ sich Richtung Kanal treiben, und ... da sah er sie wieder. Sie ruderte verzweifelt mit den Armen, während jemand sie in eine Gondel zerrte. Guido hastete weiter, unbarmherzig um sich stoßend bahnte er sich seinen Weg. Als er ankam, war es bereits zu spät, die Gondel hatte abgelegt.

„Christina Maria!"

Sie schien etwas zu rufen, er konnte es nicht verstehen. Der Gondoliere drehte ihm den Rücken zu, er trug ein schwarzes Gewand mit Kapuze. Ein sehr ausgefallenes Kostüm, fuhr es Guido unsinnigerweise durch den Kopf. Warum sprang sie denn nicht einfach? Außer ihr und dem Gondoliere war doch niemand an Bord, keiner, der sie festhalten könnte.

„Spring doch, spring!" Die Worte blieben ihm im Halse stecken, als der Fährmann sich plötzlich umdrehte. Unter der Kapuze war kein menschliches Gesicht. Fassungslos starrte Guido in die leeren Augenhöhlen eines Skeletts.

„Der Sensenmann ...", flüsterte er, bevor er zusammenbrach und das Bewusstsein verlor.

2

Ana Karina gähnte laut und griff gelangweilt zum Hörer. Ein ätzender Tag, es war Spätnachmittag, und sie hatte gerade mal zwei Tassen und eine alte Teekanne verkauft. Sie besaß einen kleinen Laden in einer Seitengasse von München und handelte mit Antiquitäten oder mit wertlosem Plunder, den sowieso niemand mehr haben wollte - wie ihr Schwager Guido immer boshaft behauptete.

Nun, das alte Scheusal befand sich ja zum Glück außer Reichweite, nämlich auf der Hochzeitsreise mit ihrer Zwillingsschwester. Ana Karina hatte nie verstanden, was Christina Maria an diesem arroganten Weichei von Mann fand. War es vielleicht das Geld? Schließlich war er ein erfolgreicher Geschäftsmann, wesentlich erfolgreicher als Ana Karina zumindest.

Seufzend hob sie den Hörer ab.

„Um Himmels Willen, Guido, jetzt beruhige dich erst einmal ... was?"

Guido. Natürlich, was konnte diesen grauen verregneten Tag noch schlechter machen?!

„Sie ist was?"

Eine aufgeregte Stimme klang aus dem Hörer: „Ja, sie ist verschwunden. Du musst sofort herkommen, ich brauche deine Hilfe! Hör mal, ich sitze hier an der Rezeption, und die Frau spricht kein Deutsch. Christina Maria hat den Zimmerschlüssel in der Handtasche, ich kann nichts machen ..."

„Warst du schon bei der Polizei?" Ana Karina sah es von der praktischen Seite.

„Die Ausweise ..."

„... sind auf dem Zimmer", vollendete seine Schwägerin zynisch den begonnenen Satz.

„Also gut, hör zu, ich mache meinen Ramsch-Laden dicht und schwinge meinen Hintern in den nächsten Flieger, okay! Jetzt gib mir mal deine Wirtin."

Es folgte ein kurzes Gespräch in fließendem Italienisch, schließlich war das im wahrsten Sinne des Wortes die Muttersprache der beiden Schwestern. Und siehe da: Guido bekam problemlos den Zweitschlüssel ausgehändigt. Nebenbei fragte Ana Karina noch nach Namen und Adresse der Pension.

Also, auf nach Venedig! Es ging ihr weniger darum, dass sie sich um ihren verschwundenen Zwilling sorgte, als vielmehr um die Abwechslung. Schlagartig war die Müdigkeit wie weggeblasen. Munter vor sich hinpfeifend drehte Ana Karina das Türschild um, so dass von außen jetzt GESCHLOSSEN zu lesen war, und warf die Tür schwungvoll hinter sich ins Schloss.

3

Wenn es etwas geben konnte, das Ana Karinas Laune verschlechterte, dann war es Guido. Der Schwager wartete bereits mit finsterem Gesicht an der Rezeption.
„Wieso hat das so lange gedauert?", maulte er zur Begrüßung.
„Na hör mal ...", konterte Ana Karina.
„Krieg mal auf die Schnelle während der Karnevalszeit einen Flug nach Venedig! Alles ausgebucht, ich hatte Glück, heute überhaupt noch einen Platz zu ergattern. Und das auch nur, weil jemand umgebucht hat."
Guido sah auf seine Uhr und runzelte die Stirn.
„Sagtest du heute? Es ist bereits nach ein Uhr ..."
Das ging nun entschieden zu weit. Ana Karina ließ langsam ihre Reisetasche zu Boden gleiten und stemmte die Arme in die Hüften.
„Also jetzt hör mal ganz genau zu, mein Lieber! Wegen dir lasse ich meine wertvollen Antiquitäten im Stich und setze alle Hebel in Bewegung, um hierher zu kommen."
Das Wort Antiquitäten ließ sie genussvoll über ihre Zunge gleiten, was Guido nicht entging.
„Und außerdem, falls du es noch nicht bemerkt haben solltest: Es ist immer heute!", fügte sie spitz hinzu.
Es sollte noch schlimmer kommen. Nicht nur die Flüge waren um diese Jahreszeit restlos ausgebucht, sondern auch die Zimmer in der kleinen Pension. Der alte Mann, der die Nachtschicht an der

Rezeption schob, wunderte sich, dass die Braut des Deutschen auf einmal ein Einzelzimmer verlangte. Ana Karina war zu kaputt, um lange Erklärungen abzugeben.

„So, lieber Schwager, dann wirst du wohl heute Nacht dein Zimmer mit mir teilen müssen. Morgen werden wir eine andere Lösung finden."

Murrend schleppte der liebe Schwager die schwere Reisetasche die Treppe hoch, denn natürlich gab es keinen Lift.

„Du lieber Gott, was ist denn da drin, willst du Venedigs Straßen damit pflastern?", schnaufte er ungehalten mit hochrotem Kopf.

„Nur ein bisschen Reiselektüre, Schätzchen", schnurrte sie zurück.

Kurz darauf sah sie sich stirnrunzelnd in dem kleinen Zimmer um. Typisch, je mehr Geld die Leute hatten, desto geiziger wurden sie erfahrungsgemäß. Als Abteilungsleiter einer großen Handelsfirma - und immerhin sollte dies die Hochzeitsreise sein. Vielleicht war Christina Maria ja einfach nur davongelaufen, schoss es ihr durch den Kopf.

„Du schläfst dort auf dem Sofa", sagte sie entschieden. Er schaute dumm aus der Wäsche, wie konnte es auch anders sein. Ana Karina schenkte ihm ihr strahlendstes Lächeln und zeigte dabei zwei niedliche Grübchen. Es war das gleiche Lächeln, das er an Christina Maria so liebte, stellte er verwirrt fest.

„Schließlich kannst du ja nicht verlangen, dass ich das Bett mit dir teile. Und morgen möchte ich dann die ganze Geschichte hören!"

Elegant schleuderte sie die Schuhe von den Füßen und streckte sich auf dem Bett aus. Bevor Guido noch was sagen konnte, war sie bereits eingeschlafen. Leise Schnarchgeräusche erfüllten den Raum.

Auch das noch! Wütend versuchte Guido, seine Decke vom Bett zu ziehen, aber die steckte unter dem Körper der Schwägerin fest. Schließlich musste er sich mit einem Sofakissen zufriedengeben. Fröstelnd verbrachte er die Nacht auf dem ungemütlichen Sofa, während im weichen Doppelbett erbarmungslos ein ganzer Wald abgesägt wurde.

4

Christina Maria hatte Todesangst. Die Wassermassen wurden immer düsterer und unheimlicher. Dicke wabernde Nebelschwaden hingen in der Luft, und es war bitterkalt. Alle Geräusche erstarben, nur der gleichmäßige monotone Ruderschlag des Kapuzenmannes war zu hören. Einmal hatte der Fährmann sich zu ihr umgedreht, doch da war kein Gesicht - nur ein Totenkopf, der sie hämisch angrinste.

„Lieber Gott, lass mich hier lebend wieder rauskommen … ", stumm bewegte sie ihre Lippen.

Sie starrte in das dunkle Wasser, wollte springen, aber die Beine gehorchten ihr nicht. Es musste ein Albtraum sein, einer der schlimmsten Sorte. Das hier konnte doch einfach nicht wahr sein. Sie musste nur aufwachen, das war alles. Sicherlich war der schwere Wein vom Vorabend schuld.

Hätte sie nur weniger getrunken! Eigentlich war sie trotz allem munter erwacht und hatte sich den Tag über recht wohl gefühlt. Nicht die Spur von einem Kater. Aber konnte dies real sein? So etwas gab es doch nur in Horrorfilmen oder in den billigen Gaslichtromanen, die Ana Karina so gern las.

Der Tag ging in die Nacht über, ohne dass man es merkte. Alles war grau in grau. Das Wasser, die tristen bröckelnden Hausmauern, der Himmel. Ein anderes Venedig, fern ab vom fröhlichen Karnevalstreiben und den eindrucksvollen Palästen. Vor ihnen tauchte plötzlich eine Mauer aus dem Nichts auf. Christina Maria hätte sie vielleicht gar nicht bemerkt, wenn da nicht dieses seltsame violett leuchtende Zeichen gewesen wäre. Es schimmerte durch die Finsternis und schien dem Fährmann seinen Weg zu weisen. Er steuerte mit voller Geschwindigkeit direkt auf die Mauer zu. Christina Maria kniff krampfhaft die Augen zu. Das war das Ende. Jeden Augenblick würden sie gegen die Mauer prallen.

Christina Maria zitterte wie im Fieber, doch der von ihr erwartete Aufprall blieb aus. Die Gondel durchfuhr die Mauer einfach wie ein Stück weiche Butter. Langsam und zögernd öffnete Christina ihre Augen. Noch immer klapperten ihre Zähne wie im Krampf aufeinander, und sie konnte sich nicht unter Kontrolle bringen. Der Wasserspiegel war niedriger geworden, die Häuserfronten wurden nur schwach von flackernden Laternen erleuchtet, aber es wirkte alles ganz anders, vertraut und doch fremd. Geheimnisvoller …

Mit einem Ruck hielt die Gondel an einem hölzernen Steg, der sich neben einem gut erhaltenen weißen Haus, nein, eher schon einem Palast, befand. Der Fährmann drehte sich langsam um und reichte Christina Maria galant die Hand. Die junge Frau erstarrte abermals. Da, wo vorher nur ein Totenkopf war, schaute ihr jetzt das markante Gesicht eines jungen Mannes unter der Kapuze entgegen.
„Willkommen im Venedig des 16. Jahrhunderts, Duca Julietta. Schön, dass Ihr wieder hier seid", in seinen blauen Augen lag ein warmes Leuchten.

5

Eine Grotte erhellt von Fackeln, Frauen und Männer in mittelalterlichen Gewändern. Dann unruhiges Gemurmel und eine Bewegung in der Masse. „Duca Julietta, Julietta …" immer lauter wird das Raunen.

Guido erwachte von einem spitzen Schrei und rieb sich schlaftrunken übers Gesicht. Ana Karina saß mit weit aufgerissenen Augen auf dem Bett und sah im Dämmerlicht des Morgens totenblass aus. Verärgert streckte er die steifen Glieder.

„Ich hatte einen seltsamen Traum", stellte seine Schwägerin fest und sprang mit beiden Beinen gleichzeitig aus dem Bett.

Guido ahnte nichts Gutes, als sie nach ihren Sachen griff und lautlos im Bad verschwand.

Wenig später saßen sich Ana Karina und Guido bei einem eher dürftigen Frühstück gegenüber.

‚Der Kaffee ist grottenschlecht, schmeckt wie Abwaschwasser, und wenn man bedenkt, dass dies die Hochzeitsreise ist', dachte Ana Karina missmutig.

Guido schien ihre Gedanken zu erraten.

„Hör mal, es ist nicht meine Schuld, dass deine Schwester ein Zimmer in dieser Spelunke gebucht hat. Ich wollte eine Kreuzfahrt mit ihr machen, aber nein, es musste ja dieses Kaff sein und das auch noch im Februar!"

Ana Karina schnappte hörbar nach Luft. Abgesehen davon, dass Guido Venedig soeben als Kaff bezeichnet hatte, konnte sie ihm diesmal also keine Schuld zuschieben.

„Christina hat das ausgesucht?", fragte sie fassungslos.

Sie nannte ihre Zwillingsschwester nie beim vollen Namen - im Gegensatz zu Guido. Der schien gerade ein Stück auf seinem Stuhl zu wachsen. Seine Freude währte jedoch nicht lange, denn jetzt musste er den Rest der Geschichte berichten.

„Eine Gondel mit einem Sensenmann darin, willst du mir einen Bären aufbinden, Guido? Nein, mein Lieber, da musst du dir schon was anderes einfallen lassen!", wütend funkelte sie ihn an.

Sie hat Katzenaugen, das Grün ist viel intensiver als bei Christina Maria, dachte er verwirrt. Traurig sah er sie an: „Es ist die Wahrheit und nein, ich hatte nichts getrunken."

„Okay, wir gehen zur Polizei", die Antwort kam sehr entschieden.

Bei der Polizei erfuhren sie, dass es noch viel zu früh war, eine Vermisstenanzeige aufzugeben. Man musste wenigstens die nächsten zwei Tage abwarten. Schließlich handelte es sich um eine erwachsene Frau und kein vermisstes Kleinkind. Die ganze Geschichte klang zudem mehr als unglaubwürdig.

„Auch gut", resignierte Ana Karina laut. „Bist du dir sicher, dass sie nicht einfach mal nur eine Auszeit brauchte und irgendwann wieder auftaucht?"

Guido wurde blass: „Was meinst du damit? Dass mir meine Frau auf der Hochzeitsreise weggelaufen ist? Ich dachte, du würdest sie besser kennen!"

Etwas in Ana Karina wehrte sich noch immer gegen die Geschichte mit dem Sensenmann. Grübelnd sah sie in das trübe Wasser eines Seitenkanals. Guido stieß ein seltsam gurgelndes Geräusch aus und zeigte auf etwas. Zögernd hob sie den Blick und traute ihren Augen kaum. Er stand vor einem kleinen Geschäft mit Gemälden, und eines davon zeigte einen Sensenmann auf einer Gondel, der auf eine Mauer zufuhr. Ana Karina fasste einen Entschluss und betrat den Laden. Ihr Schwager stand noch immer wie angewurzelt vor dem Schaufenster.

Der alte Mann hinter dem Tresen begrüßte sie freundlich und fragte nach ihrem Begehr. Ana Karina fragte in fließendem Italienisch nach dem Bild, und der nette Herr holte es sogleich aus dem Schaufenster. Es sei ein neueres Bild, relativ günstig im Preis. Bei genauerer Betrachtung konnte sie nun sehen, dass auf der gemalten Mauer etwas gezeichnet war. Eine lilafarbene liegende 8 - das Zeichen für Unendlichkeit.

„Die begnadete Malerin ist übrigens eine Nichte von mir. Leider hat sie schon als Kleinkind ihre Sehkraft verloren", erzählte der Ladenbesitzer.

„Wissen Sie Signora, gleich als Sie den Laden betreten haben ist mir etwas aufgefallen. Ich möchte Ihnen gern ein anderes Werk zeigen, ein wesentlich älteres Gemälde."

Er verschwand kurz hinter einem Vorhang und kam mit einem etwas angestaubten Bild in einem verschnörkelten goldenen Rahmen zurück. Es war ein Frauenportrait. Ana Karina warf einen Blick darauf und erstarrte. Ihr eigenes Gesicht blickte ihr entgegen. Diese Frau hatte etwas längeres Haar als sie, aber genauso lockig und kastanienbraun, die gleichen Augen. Um den Hals trug sie eine Kette mit einem Medaillon. Ein schwarzes Medaillon mit einer in Ornamente gebetteten weißen Rose. Es kam Ana Karina seltsam vertraut vor.

„Wer ist diese Frau?", fragte sie mit belegter Stimme.

„Das ist ein Portrait von Julietta da Montefeltro."

Ana Karina zitterte plötzlich am ganzen Körper.

„Julietta da Monte…"

„Montefeltro. Die Geschichte reicht bis ins Mittelalter zurück. Julietta war die Sacerdotessa Magna und Hohepriesterin des geheimen Bucintoro-Ordens. Sie verschwand im Jahre 1562 - ohne eine Spur zu hinterlassen."

Ana Karina hielt den Atem an und schaute noch immer unverwandt auf das Bild.

„Ich möchte das Portrait gern kaufen. Wie teuer ist es?" Sie wusste, der Preis würde zu hoch sein, sie würde es nicht bezahlen können, aber sie musste es einfach haben. Notfalls würde Guido ihr das Geld eben vorschießen. Er stand noch immer vor dem Schaufenster. Der alte Mann musterte Ana Karina prüfend und sagte dann: „Geben Sie mir dafür, was Sie für richtig halten, und es gehört Ihnen. Ich weiß, dass es so in Ordnung ist."

„Ich bin mir vollkommen im Klaren darüber, dass es viel zu wenig ist …", murmelte Ana Karina, während 300 Euro und das Gemälde den Besitzer wechselten. Der Verkäufer lächelte und verpackte das Bild sorgfältig. Wie in Trance verließ Ana Karina den Laden und blinzelte draußen in die gleißenden Sonnenstrahlen, die plötzlich durch die dichte Nebelwand drangen.

16

6

Ana Karina saß im Hotelzimmer mit gerunzelter Stirn vor ihrem Laptop.

Julietta da Montefeltro war die wunderschöne Hochmeisterin eines alten venezianischen Geheimordens, der man magische Kräfte nachsagte. Niemand wusste, woher sie eigentlich kam. Sie tauchte buchstäblich aus dem Nichts auf und reiste angeblich zwischen Venedig, Rom, Neapel und Wien, Augsburg, Hamburg und Madrid so schnell hin und her, wie es sogar mit den modernsten Verkehrsmitteln späterer Zeiten unmöglich wäre, bis sie eines Tages auf mysteriöse Weise ganz verschwand.

Im Jahre 1515 übernahm sie die Leitung des geheimen mystischen Ordens Ordo Bucintoro, dessen politische Ziele weit in die Zukunft hineinreichten. Ein Imperium Novum sollte erschaffen werden, ein Reich unter italienischer und deutscher Führung, in dem nicht mehr die Kirche ausschlaggebend sein sollte, sondern der freie, über sich selbst bestimmende Mensch. Dem einfachen Bürger wurden persönliche Grundrechte zugestanden, etwas völlig Neues in der damaligen Zeit. Frauen sollten die gleichen Rechte besitzen wie Männer und der Wert des einzelnen nicht durch seine Herkunft und Abstammung, sondern allein durch seine Leistung bestimmt werden. Sogar ein neues Geldsystem war geplant, das Horten und Missbrauch von materiellem Reichtum ausschloss.

Ana Karina verdrehte die Augen und seufzte. Was war aus dem Geheimbund geworden? Ach wie weit war doch die heutige Menschheit von diesen edlen Zielen entfernt. Aber sie würde weiterforschen. Irgendwo hier musste der Schlüssel sein. Da war etwas, was zu erledigen war. Etwas, das sie versäumt hatte. Aber sie konnte sich nicht erinnern. Langsam wich das Licht einem trüben Nebel, gleich dem, der über den Straßen und Grachten Venedigs lag.

Als Guido wenig später ins Zimmer trat, fand er seine Schwägerin schlafend auf dem Stuhl an ihrem Laptop vor. Aus ihrem leicht geöffneten Mund drangen die ihm inzwischen schon vertrauten Schnarchtöne.
Guido stöhnte auf. Er hatte seit dem Frühstück nichts mehr gegessen, und sein Magen knurrte wie ein verhungernder Wolf. Unsanft fasste er die Schlafende an den Schultern und rüttelte sie wach. Schlaftrunken sah sie um sich, versuchte sich zu orientieren. Was war das für ein Zimmer, was suchte sie hier?
„Wollen wir denn vielleicht mal etwas essen, Frau Krempelsammlerin?", donnerte eine verärgerte Stimme in ihrem Ohr.
Plötzlich war sie hellwach, Guido und seine Beleidigungen! Trotz des vielen Geldes war und blieb er ein ungehobelter Klotz, daran würde nichts etwas ändern. ‚Ein Maulesel bleibt ein Maulesel, auch im Pferdegeschirr', dachte sie wütend.

Aber sie hatte auch Hunger, das musste sie zugeben. Also würden sie zunächst ein Restaurant suchen und sich stärken. Und danach musste sie einen Plan entwerfen, um Christina zu finden. Ihr Blick fiel auf das Bild mit dem Sensenmann. Und plötzlich wusste sie, wohin sie gehen musste.

Christina Maria schaute fassungslos auf die fürstlich gedeckte Tafel. Es gab Fleischgerichte aller Art, Wein, Süßspeisen und feines Gebäck, dazwischen standen Schalen mit Zitrusfrüchten und mit edlem Wein gefüllte Kelche. Die Männer waren seltsam und farbenfroh, ja fast pompös gekleidet. Weite Überröcke in Rot und Purpur über engen Westen bestimmten das Bild. Die Frauen trugen eher schlichte fußlange Gewänder. Eben ein solches mit Goldbrokat verziertes Gewand, aus heller Seide mit geschlitzten Ärmeln, hatte auch Christina Maria jetzt an. Noch immer wusste sie nicht, wie ihr geschah. Wo war sie und warum?

Mindestens 40 Menschen hatten inzwischen an der langen Festtafel Platz genommen.

„Julietta, meine Schöne, wie ist es Euch ergangen? Wir dachten schon, Ihr seid uns auf ewig verloren."

Ein älterer Herr prostete ihr zu.

„Ich bin nicht Julietta, mein Name ist …", entgegnete sie leise.

Doch ihre Stimme war nur ein Wispern im Raum, übertönt von Trinksprüchen, Gelächter, Stimmengewirr und Essgeräuschen. Die riesige Halle wurde lediglich von Kerzen beleuchtet, die in Ständern und Wandhalterungen befestigt waren. Die Decke war schwindelnd hoch und wie die Wände reichlich mit Ornamenten verziert. Es war so kalt. Christina zog fröstelnd ihre Schultern hoch. Und ganz allmählich wurde ihr klar, dass dies hier kein Traum war, aus dem man einfach wieder erwacht.

Irgendetwas war geschehen, als die Gondel die Mauer mit dem Zeichen passierte. Dies war ein anderes Venedig als das, welches sie kannte. Die Menschen trugen altertümliche Kleidung, drückten sich merkwürdig aus, es gab kein elektrisches Licht. Und plötzlich durchfuhr es sie wie ein Blitz: Wenn dies kein besonders verrückter Kostümball war, dann befand sie sich gerade in einem venezianischen Palast im finstersten Mittelalter.

Ana Karina öffnete vorsichtig die morsche Holztür, von der die grüne Farbe schon abblätterte und trat in einen üppig mit Grünpflanzen geschmückten Innenhof. Guido folgte ihr nur zögernd. Im Bilderladen hatte der alte Mann ihnen bereitwillig die Adresse der blinden Malerin gegeben. Auf einem Schaukelstuhl rekelte sich eine schwarze Katze, die jetzt träge ein Auge öffnete und herzhaft gähnte. Ana Karina strich ihr schmunzelnd über den Kopf, sie hatte eine Vorliebe für Katzen, und diese hier hätte sie am liebsten gleich mitgenommen. Ihr Schwager machte einen großen Bogen um den Schaukelstuhl. ,Wahrscheinlich hat er Angst, dass er nachher ein paar Katzenhaare auf seiner feinen Anzughose findet', dachte sie spöttisch.

Dann sah sie forschend zu den geöffneten Fensterläden des Hauses hoch. Sie waren dunkelgrün gestrichen und harmonierten mit dem sandfarbenen Anstrich des Hauses. Überhaupt strahlte alles hier Ruhe aus, und irgendwie fühlte sie sich fast wie zu Hause. Von Guido konnte man das nicht behaupten. Ungeduldig trat er von einem Fuß auf den anderen, er fühlte sich alles andere als wohl in seiner Haut. Die Katze erhob sich geschmeidig und streckte sich. Dann rieb sie sich schnurrend an Ana Karinas Beinen und verschwand durch eine offene Tür, die ins Innere des Hauses führte. Die junge Frau folgte ihr ohne zu zögern und fand sich in einem dämmerigen Flur wieder. Es war so vertraut, als sei sie schon einmal hier gewesen. Aber wann? ‚Vor sehr langer Zeit', raunte eine leise Stimme in ihr. Es war ihr nicht bewusst, warum sie gerade die dritte Tür, links auf dem langen Korridor, öffnete. Wahrscheinlich musste es einfach so sein. Vor dem Fenster saß eine junge Frau und sah hinaus. Als sie ihr Gesicht zur Seite wandte, erkannte Ana Karina, dass die Frau blind war. Es musste sich also um die Malerin handeln. Sie hatte aus dem Fenster geschaut und doch nichts gesehen, aber anscheinend etwas erwartet.

„Da sind Sie ja", sagte sie auf Italienisch. „Ich wusste, dass Sie heute kommen."

Ihre Stimme hatte jenen harmonischen Klang, der die italienische Sprache fast zum Gesang macht, ihr Gesicht war freundlich und irgendwie schön.

„Woher wussten Sie das?" Ana Karina war erstaunt.

„Ich habe schon lange gewartet …"

„Mein Name ist Ana Karina, und ich habe gestern dieses Portrait gekauft … "

Ihre Stimme brach ab. Die Blinde konnte das Bild ja gar nicht sehen, das sie ihr entgegenhielt.

„Ich weiß", lautete die ruhige Antwort.

„Aber wie … ?"

„Ich habe im Laufe der Jahre gelernt, die Dinge anders zu sehen als mit meinen Augen, denn ich bin von früher Kindheit an blind. Ich heiße übrigens Chiara."

Ein feines Lächeln überzog ihr schmales Gesicht. Sie griff nach einer kleinen Glocke, und ein helles Bimmeln erschallte. Kurz darauf betrat eine alte Frau mit einem Tablett den Raum und servierte Kaffee und Plätzchen. Freundlich nickte sie in die Runde. Auch Guido war inzwischen eingetreten, konnte aber nichts von der Unterhaltung verstehen.

„Bitte nehmen Sie doch Platz."

Chiara wies auf die gemütliche Sitzecke vor dem Kamin, in dem ein wärmendes Feuer loderte. Ana Karina hätte schwören können, dass es noch nicht brannte, als sie den Raum vorhin betrat. Und vor dem Kamin lag die schwarze Katze ...

Chiara stellte ihre Tasse geschickt auf die Untertasse zurück und strich sich eine Strähne ihres haselnussbraunen Haares aus der Stirn.

„Ich sehe Bilder vor meinen inneren Augen, wie man so schön sagt, und dann male ich sie. Wie und warum ich das kann, weiß ich nicht. Sagen wir, es ist eine besondere Gabe."

Sie lächelte. Ihre Augen waren jetzt mit einer dunklen Brille bedeckt.

„Aber wie ist denn nun das Bild mit dem Fährmann entstanden?", wollte Ana Karina wissen.

„Es ist noch ganz neu, ich habe es erst vor wenigen Tagen gesehen und dann auf das Papier übertragen ..."

Jetzt war es an Guido, seine Geschichte zu erzählen. Chiara nickte: „Ja, ich habe die Braut gesehen, aber sie trug kein Brautkleid sondern ein Karnevalskostüm."

Guido fuhr zusammen und starrte die Gastgeberin fassungslos an. Auch Ana Karina fröstelte plötzlich trotz der Wärme im Raum. Sie beugte sich entschlossen vor.

„Chiara, wo befindet sich diese Mauer? Und wo ist meine Schwester?"

„Ich weiß es nicht, ich kann nur das aufzeichnen, was ich sehe."

Ratlos zuckte sie mit den Schultern. Ana Karina grübelte. So viele Fragen. Und was hatte das bisher gebracht? Trotz allem waren sie keinen Schritt weitergekommen. Plötzlich fiel ihr etwas ein.

„Wo warst du, als du das Bild gemalt hast? Hier im Raum?" Die blinde Malerin schüttelte den Kopf.

„Nein. Ich arbeite immer draußen an meinen Bildern. An einem ganz bestimmten Platz. Ich führe euch gern dorthin. Es ist gleich hinter dem Haus."

Sie griff nach ihrem Stock und verließ zielsicher das Zimmer. An der Garderobe zog sie sich eine warme Kapuzenjacke an und entriegelte die Tür ganz hinten am anderen Ende des langen Flures. Sonnenlicht strömte herein und gab den Blick auf ein wildes Stück Garten frei. Chiara trat hinaus und tastete mit dem Stock den Boden ab. Ana Karina hielt den Atem an, als sie das flache überdachte Plateau mit der Staffelei direkt am Abhang sah. Das war sogar gefährlich, wenn man sehen konnte. Es gab nur ein niedriges Geländer, das, sollte man ins Strauchelin geraten, kaum vor einem Absturz schützen konnte. Die Malerin lächelte und sagte beruhigend: „Nein, hier bin ich sicher, es kann mir nichts passieren."

Sie winkte ihre Gäste heran und deutete nach unten. Ana Karina traute ihren Augen nicht. Fassungslos sah sie auf die Mauer, die den Kanal versperrte. Und auf der Mauer war ein lila Zeichen, eine liegende 8, genau wie auf dem Bild.

„Kann man dort irgendwie hinunter, Chiara, oder ist die Mauer nur auf dem Wasserweg zu erreichen?"

Chiara schüttelte den Kopf: „Soweit ich weiß, wird dieser Kanal schon lange nicht mehr befahren."

Ja, warum auch? Schließlich war er wegen der Mauer unpassierbar geworden. Es gab weder Stufen noch eine andere Möglichkeit, den steilen Hang hinabzusteigen, ohne Gefahr zu laufen, sich das Genick zu brechen.

„Guido, wir müssen ein Boot beschaffen", eröffnete sie ihrem Schwager, nachdem sie das Haus wieder verlassen hatten. Guido sah sie begriffsstutzig an. Im Denken war er wirklich nicht der Schnellste, und Ana Karina hatte sich schon so manches Mal gefragt, wie er es eigentlich geschafft hatte, in seiner Firma solch einen hohen Posten zu besetzen. Sicherlich hatte das berühmte Vitamin B dabei eine nicht unerhebliche Rolle gespielt.

„Ich möchte mir die Mauer am Kanal einmal genauer ansehen", fügte sie erklärend hinzu.

Guido gab ein murrendes Geräusch von sich. Er war müde und hätte jetzt lieber ein kleines Nickerchen gemacht. Stattdessen kauften sie nun erst diverse Dinge ein: zwei Taschenlampen, Batterien, ein Seil, Verbandszeug und Proviant. Was glaubte seine Schwägerin wohl an der Mauer zu finden?

„Morgen früh geht's los, heute ist es schon zu spät", teilte dieselbe ihm freundlich mit und strahlte ihn aus grünen Katzenaugen an. Sie wusste instinktiv, dass sie auf der richtigen Spur war.

9

Marco starrte finster vor sich hin.

„Sie erinnert sich an nichts! Wie ist das möglich?"
Giuseppe runzelte die Stirn und legte dem Freund
beschwichtigend seine Hand auf die Schulter.

„Lass ihr etwas Zeit, es ist alles noch zu neu. Sie
kommt ja gerade aus einer ganz anderen Welt."

„Ja, aber es ist doch nicht das erste Mal", er sah
plötzlich besorgt aus.

„Kann es sein, dass sie es gar nicht ist?"
Giuseppe schüttelte den Kopf.

„Sie muss es sein. Schau dir doch ihr Gesicht an, und
außerdem trägt sie das Medaillon."

„Ja, aber ich fühle nichts. Sonst war es irgendwie
anders. Jetzt ist mir, als wären plötzlich alle
Bindungen gekappt. Ich weiß nicht, wie ich es dir
erklären soll ..." Marcos blaue Augen verdüsterten
sich, und er sah sein Gegenüber ratlos an.

„Das ist allerdings seltsam", gab Giuseppe zu.

„Bisher habt ihr euch immer gegenseitig erkannt,
schließlich gehört ihr zueinander wie Sonne und
Mond. Auch wenn sich eure Umlaufbahnen in letzter
Zeit nur noch selten kreuzen."

Er lachte auf und prostete dem Freund fröhlich zu.
Der Wein war köstlich und benebelte langsam aber
sicher die Sinne. Alle schwermütigen Gedanken
nahm er hinfort, und die düsteren Wolken am
Firmament lösten sich in Wohlgefallen auf.

Marco wurde wieder zuversichtlicher. Morgen würde
ein neuer Tag sein, er würde Klarheit bringen. Und
wenn nicht, dann würden sie eben warten müssen

und sich in Geduld üben. Julietta würde alle Zeit der Welt bekommen, um sich zu erinnern, wer sie war. Marco lächelte versonnen. Und dann würde alles wieder so sein wie immer, wenn sie von ihren geheimnisvollen Reisen zurückkehrte.

Christina Maria fröstelte. Im Mittelalter war es nicht weit her mit den Heizmöglichkeiten, und sie war sich inzwischen sicher, einen Zeitsprung gemacht zu haben. Wenn sie auch nicht wusste, wie so etwas möglich sein sollte. Das Italienisch klang ihr fremd, sie musste sich richtig Mühe geben, alles zu verstehen. Und dazu noch dieser Marco, der sie immer so von der Seite ansah, als würde er irgendetwas erwarten. Warum war sie hier? Was wollten all diese Fremden von ihr? Und wo war Guido?
„Julietta …"
Marco legte seine Hand auf ihre Schulter. Unwillkürlich verkrampfte sie sich.
„Lass uns ein Stück spazierengehen."
Langsam gingen sie die leere Straße hinunter. Erst als sie nach einer Weile einen belebten, von Tauben bevölkerten Platz erreichten, brach Christina Maria das Schweigen.
„Der Marcusplatz!", rief sie überrascht. Marco sah sie zweifelnd an.
„Du erinnerst dich anscheinend wirklich nicht."
„Mich erinnern? An was?"
„Wir waren so oft gemeinsam hier", seine Stimme klang jetzt bitter, und das Blau seiner Augen wirkte nicht mehr so strahlend wie zuvor.

28

„Du solltest aufhören, in der Zeit zu reisen, es bekommt dir anscheinend nicht."

Christina Maria fühlte Wut in sich aufsteigen.

„Ich reise nicht in der Zeit! Ein Skelett hat mich auf diese blöde Gondel gezwungen und entführt. Das weißt du ganz genau, weil du es selber warst! Ich bin nicht Julietta, mein Name ist Christina Maria, und ... und ich war gerade auf meiner Hochzeitsreise!", schleuderte sie ihm entgegen. „Niemals wäre ich freiwillig hierher gekommen! Alles ist so primitiv und dazu diese unbequeme Kleidung!" Sie riss an dem steifen Kragen, der das Kleid oben abschloss. „Ich will wieder zurück zu Guido, in meine Zeit, hörst du!"

Marco versuchte vergeblich, die kleinen Hände festzuhalten, die jetzt verzweifelt auf ihn einschlugen. Die grünen Augen schossen Blitze ab.

„Bring mich zurück! Sofort!"

„Das geht nicht", Marco hob hilflos die Achseln.

„Warum nicht?"

„Das Zeittor ist geschlossen, es öffnet sich nur an bestimmten Tagen. Du musst warten, bis es wieder so weit ist." Christina Marias Fäuste sanken kraftlos herab.

„Wie lange muss ich warten? Wann ist das Tor wieder passierbar?"

„In der Nacht der Toten, am 31. Oktober."

„Am 31. Oktober erst, so lange ...", murmelte die junge Frau.

Benommen schwankte sie am Arm ihres Begleiters über den Markusplatz.

Im Morgengrauen brachen sie auf. Noch verdeckten leichte Nebelschleier die Gondeln und Boote, die im trüben Wasser Venedigs sanft vor sich hinschaukelten. Guido zog fröstelnd seine Schultern hoch und sah zu den düsteren Silhouetten der Häuser hinüber, die wie Schemen aus der wabernden Brühe ragten. Konnte das Wetter zur Abwechslung auch mal freundlich sein? Vernehmlich schnaufte er durch seine dicke gerötete Nase. Bella Italia, das Land, wo die Zitronen blühen, pah!

Ana Karina ließ sich vom Wetter nicht abhalten. Sie musste ihre Schwester finden, je eher desto besser. Irgendetwas war hier oberfaul, das spürte sie. Man hörte jetzt ja so viel über Organhandel und andere Abscheulichkeiten. Inzwischen war sie zu der Überzeugung gelangt, dass Christina das Feld nicht freiwillig geräumt hatte, und das machte die Sache keinesfalls besser. Ausgerüstet mit einem Korb, Gummistiefeln und regenfester Kleidung suchten die zwei nun nach einem Bootsvermieter.

„Der Nebel ist noch viel zu dicht. Sie müssen ein wenig warten", sagte der junge Mann am Steg.

„Ich habe doch gleich gesagt, das ist Blödsinn bei dem Wetter und dann noch in aller Herrgottsfrühe", schimpfte Guido laut.

Nach einer halben Stunde löste sich der Nebel endlich auf, und ein blauer Himmel zeigte sich über der Lagunenstadt. Sie mieteten ein kleines Boot, das für ihre Zwecke mehr als ausreichend war. Ana

Karina entfaltete einen Stadtplan, auf dem alle Wasserstraßen verzeichnet waren.

„Hier müssen wir lang", bestimmte sie. Guido durfte rudern und murrte die ganze Zeit vor sich hin, bis seiner Schwägerin der Kragen platzte.

„Ich versteh dich nicht. Willst du deine Frau nun finden oder nicht?" Das hatte gesessen, schweigend ruderte er weiter, mit verbissenem Gesicht.

„Jetzt links abbiegen." Die Gegend wurde merklich trostloser.

„Nun geradeaus … jetzt rechts …" Aufgeregt deutete Ana Karina nach vorn.

„Da ist es, ich sehe Chiaras Haus, wir sind richtig!" Noch eine Biegung, da lag auch schon die Mauer vor ihnen. Endstation. Die liegende 8 glänzte im Schatten der Gracht.

„Ruder ran, so nah du kannst", befahl die junge Frau.

„Aber …"

„Mach schon! Ich muss sehen, ob dort irgendwo ein Durchgang ist, ein loser Stein oder einfach nur ein Hinweis …"

Doch es gab keinen Durchlass, die Mauer war solide und lückenlos zusammengesetzt. Die einst hellen Steine waren dunkel verfärbt und modrig geworden im Laufe der Jahre, auch das Wasser unter ihnen roch nach Moder und Verwesung.

„Dort ist ein Vorsprung." Ana Karina legte sich das mitgebrachte Seil um die Hüfte und verknotete es geschickt. Das andere Ende reichte sie dem Schwager.

„Behalt das in der Hand, falls ich abrutsche, kannst du mich rausfischen", sagte sie mit einem Augenzwinkern. Mit Taschenlampe und Messer in der Hand kraxelte sie auf den hervorstehenden Absatz. Die Mauer war schon älter, und der Vorsprung hatte wohl als Untergrund gedient, um sie damals aufzubauen, denn er bestand aus Fels. Auch derjenige, der später das lila Zeichen auf der Mauer verewigte, hatte sich das zu Nutzen gemacht. Man konnte hier bequem stehen. Ana Karina winkte Guido kurz zu und besah sich dann die liegende 8 genau. Sie fuhr mit der Hand darüber und kratzte mit dem Messer daran herum. Woher hatte die Farbe diese Leuchtkraft? Fast wie Phosphor ...

Dann untersuchte sie die Mauer Stück für Stück, aber es fand sich kein lockerer Stein. Nichts! Enttäuscht richtete sie sich auf. Und unter der Mauer? Gab es einen Durchgang im Felsgestein? Bei dem Gedanken daran, hier zu tauchen, wurde ihr mulmig. Selbst mit Taucherausrüstung war das keine angenehme Vorstellung.

Ihr Blick fiel auf die Seitenwand. Dort stand etwas, schwer zu entziffern. Verdammt, es musste doch möglich sein! Die krakeligen Schriftzeichen verschwammen vor ihren Augen.

„Guai a chi ... sveglia i morti" Ana Karina strauchelte. ‚Sveglia i morti', rauschte es in ihrem Kopf, bevor sie die Balance verlor und kopfüber in das kalte modrige Wasser stürzte.

„So kommen wir echt nicht weiter", sagte sie resigniert. Guido hatte sie aus dem Kanal gezogen und nach Hause gebracht. Hier hatte sie ein heißes

Bad genommen und saß nun Kaffee schlürfend vor ihrem Laptop.

„Guai a chi sveglia i morti - wehe denen, die die Toten erwecken", sann sie halbaut vor sich hin.

„Ich begreife das alles nicht." Guido zuckte hilflos mit den Schultern.

„Wir werden Estrella einen Besuch abstatten, noch heute Abend." Ana Karinas bleiches Gesicht bekam wieder etwas Farbe.

„Estrella? Klingt irgendwie spanisch. Wer ist das?" Guido blickte skeptisch drein.

„Estrella ist eine alte Bekannte der Familie. Wir besuchten sie schon, als wir noch ganz klein waren, Christina und ich. Es war immer sehr interessant bei ihr. Man sagt, sie sei Gitana und irgendwann aus Andalusien eingewandert. Sie selber spricht aber nie darüber, und keiner weiß, wie alt sie eigentlich ist. Sie scheint überhaupt nicht älter zu werden, und man munkelt, sie sei eine Hexe", erklärte seine Schwägerin mit leuchtenden Augen. „Sie legt auch Karten und liest aus der Hand. Ja, wenn uns überhaupt jemand weiterhelfen kann, dann ist das Estrella."

11

Die Nacht war dunkel und geheimnisvoll. Kein Stern ließ sich heute blicken, und selbst der Mond hatte sich hinter düsteren Wolken verkrochen. ‚Na, das passt ja zu unserem Vorhaben', dachte Guido, dem ohnehin nicht ganz wohl in seiner Haut war.

„Wo wohnt die Hexe denn?", fragte er jetzt.

„Wenn Estrella inzwischen nicht umgezogen ist, dann sind wir gleich da." Ana Karina zog ihr Tuch fester um die Schultern und wies auf ein düsteres zweistöckiges Haus, das alles andere als einladend aussah.

„Ich dachte immer, Hexen wohnen im Wald", meckerte Guido unzufrieden.

„Sei mal froh, dass sie hier in der Stadt wohnt und wir nicht noch durch einen Wald kraxeln müssen, jetzt im Dunkeln", zischte Ana Karina verärgert zurück. Ergeben seufzend trottete Guido hinter seiner Schwägerin her, die jetzt die alte Holztür öffnete und langsam die knarrenden Stufen emporstieg. Im Flur roch es undefinierbar nach Essensresten, Schimmel und angefaultem Holz. Das Haus hatte sicherlich auch schon bessere Zeiten gesehen. Guido rümpfte angewidert seine Nase.

Natürlich wohnte die Hexe ganz oben unter dem Dach. Wie konnte es auch anders sein?!

Guido schnaufte und rang nach Luft. Doch dann fielen ihm fast die Augen aus dem Kopf.

‚Wie eine Kröte sieht er aus', dachte Ana Karina und grinste vergnügt vor sich hin. Die Tür war aufgegangen, noch bevor sie klopfen konnten, und vor ihnen stand eine wunderschöne Frau mit den faszinierensten Augen, die Guido je gesehen hatte. Das Blau schimmerte beinahe violett und stand im Kontrast zu den kohlrabenschwarzen Locken, die ein faltenloses und fast markantes Gesicht wie eine Mähne umrahmten.

‚Die Hexe trägt Jeans und eine weiße Bluse', fuhr es Guido durch den Kopf.

„Kommt doch rein, meine Lieben … Ana Karina, mein Herzblatt", gurrte die Hexe freundlich. Auf ihrer Schulter saß eine weiße Ratte und musterte die Gäste kritisch mit ihren klugen Augen. Ana Karina umarmte Estrella stürmisch und streichelte dann die Ratte.

„Na was ist, junger Mann", lachte die Hexe. „Willst du da Wurzeln schlagen?"

Drinnen sagte sie belustigt: „Die Menschen denken immer, ich müsse weiße Haare, ein Kopftuch und eine schwarze Katze auf dem Buckel haben. Aber ich habe schwarzes Haar und eine weiße Ratte. Das haut die meisten erstmal aus den Pantinen. Darf ich vorstellen: Cinderella. Mach einen Knix, altes Mädel." Genüsslich blies sie den Rauch ihrer Zigarette durch die Nasenlöcher. Überall im Raum glimmten Räucherstäbchen. Guido hustete, und die Ratte machte doch tatsächlich eine Bewegung auf Estrellas Schulter, die fast wie ein Knix anmutete. Ana Karina grinste.

„Was führt dich zu mir, Kleines?", fragte die Hexe.

„Oh wartet, ich bin eine schlechte Gastgeberin." Gemeinsam mit Cinderella verschwand sie in der Küche und kehrte nach heftigem Geklapper mit einem Tablett, auf dem drei dampfende Kaffeetassen, eine Zuckerdose, ein Milchkännchen und ein Teller mit allerlei Gebäck standen, zurück.

„Und noch eine irrige Ansicht", sagte sie mit einem Seitenblick auf Guido. „Wir stehen nicht unbedingt alle auf Kräutertee."

„Mein Schwager ist übrigens der Ansicht, dass alle Hexen in einer Hütte im Wald wohnen", gluckste Ana Karina.

„Ja, wär schön als Altersruhesitz, so eine schicke Hütte im Schwarzwald. Aber ich denke, ich ziehe doch die Zentralheizung einem Ofen vor, und auch die Einkaufsmöglichkeiten sind hier in der Stadt wesentlich besser." Sie zog die Stirn kraus und ließ Cinderella über ihren Arm abwärts turnen.

„Aber nur einen Keks, du bekommst sonst ein Bäuchlein", sagte sie dabei streng. Zu Guidos Entsetzen hüpfte die zierliche Ratte mit einem eleganten Satz direkt auf den Tisch.

„Nein, mein Mädel, an den Teller darfst du nicht!" Estrella reichte dem Tier einen Keks und sah schmunzelnd zu, wie Cinderella ihn geschickt in ihren kleinen Pfötchen hielt und possierlich daran herumknabberte.

„Sie liebt Spekulatius über alles. Egal, wie alt die schon sind." Guido betrachtete skeptisch den Keks in seiner eigenen Hand. Estrella grinste, als die Ratte Männchen machte.

„Hier hast du noch einen ausnahmsweise! Seht ihr das braune Fellbüschel auf ihrer Stirn? Sie ist kein Albino, deshalb hat sie auch keine roten Augen", erklärte sie, während Cinderella vor Freude einen regelrechten Tanz auf der Tischplatte aufführte.

„Eines Tages saß sie in meiner Speisekammer am Käse, und danach ist sie nie wieder gegangen. Muss ihr wohl gemundet haben. Überhaupt, es scheint ihr hier zu gefallen. Sie ist mir eine große Hilfe beim Karten legen. Aber was führt euch denn nun eigentlich zu mir?"

Ana Karina erzählte die ganze Geschichte von Anfang an. Wie ihre Zwillingsschwester von einem Skelett auf die Gondel gezogen wurde und verschwand, von der blinden Malerin, von der Mauer mit dem seltsamen Zeichen, der Schrift an der Wand und ihrem Traum, in dem sie eine ganz andere war: Julietta da Montefeltro.

Estrella runzelte die Stirn. Das klang alles doch ein wenig verworren.

„Na, dann wollen wir mal schaun", sagte sie ruhig und zog einen schon recht abgegriffenen Kartenstapel unter der Tischplatte hervor.

„Folgt mir am besten hier herüber, mal sehen, was die Karten uns dazu zu sagen haben. Nehmt eure Tassen ruhig mit." Sie fanden in der gemütlichen Sitzecke Platz, die mit weichen Kissen ausgestattet war und deren Mittelpunkt ein runder Tisch bildete. Die glimmenden Räucherstäbchen waren jetzt in unmittelbarer Nähe auf einer Anrichte, wie Guido naserümpfend feststellte.

„Berühre nun den Stapel mit der Hand, und konzentrier dich dabei auf deine Frage, du weißt ja noch, wie es geht", forderte Estrella Karina auf. Danach mischte sie die Karten, und ihr Gast musste eine von ihnen ziehen. „Das ist deine Personenkarte", wurde ihr erklärt. Die Karte zeigte das Bild der Hohepriesterin.

„Dachte ich mir schon", meinte die Hexe und lächelte. „Also, da ist etwas Verborgenes, ein Geheimnis, das dich betrifft. Noch sind die Schleier nicht gelüftet, aber etwas hat sich bewegt, das dein Leben von Grund auf verändern wird."

Estrella begann, die Karten nach einem bestimmten Muster auszulegen. Dann kam Cinderellas Part. Die Ratte saß bereits erwartungsvoll auf dem Tisch und beobachtete jede Handbewegung ihrer Meisterin mit aufmerksamen Blicken. Auf ein leichtes Nicken hin stupste sie eine der Tarotkarten an und drehte sie vorsichtig um.

„Das Rad ... aha ... weiter Cinderella", sie nickte der Ratte aufmunternd zu, die einen Augenblick suchend verharrte und dann eine andere Karte aufdeckte.

Ana Karina erschrak. Der Tod starrte ihr entgegen. Es folgten vier weitere Karten: Die Kriegerin, die Unterwelt, die Wiedergeburt und vier der Stäbe auf dem Kopf liegend.

„So", Estrella strich der Ratte liebevoll über das kleine Köpfchen. Cinderella schloss genießerisch die Augen und gab ein zufriedenes Knispelgeräusch von sich.

„Die vier der Stäbe liegen falsch herum. Ich sehe große Schwierigkeiten und Hindernisse auf deinem Weg, die du jedoch überwinden wirst."

„Na, die Schwierigkeiten haben wir ja bereits", bemerkte Guido trocken.

Die Kartenlegerin ging gar nicht darauf ein, sondern sprach ruhig weiter: „Die Karte der Kriegerin unterstreicht das. Du hast die Kraft und die Entschlossenheit, als Siegerin aus dem Kampf hervorzugehen, solange du einen klaren Kopf bewahrst. Das Rad steht für die acht Jahreskreisfeste. Es zeigt dir, dass du zu einer ganz bestimmten Zeit handeln musst. Der Tod, vor dem du so zurückgeschreckt bist, kündigt eine mentale Veränderung an, einen Neuanfang im übertragenen Sinne … noch befindest du dich in einer Art der Trauer, des Übergangs, doch da ist bereits das Licht in der Ferne."

Sinnend sah die Hexe eine ganze Weile vor sich hin. Cinderella drehte eine elegante Pirouette auf der Tischplatte.

„Eine Karte fehlt noch", Ana Karina deutete auf die Unterwelt.

Estrella schien aus weiter Ferne zurückzukehren, wie aus einer Trance.

„Die Unterwelt … diese Karte zeigt dir, dass du an Samhain handeln musst. In der Nacht der Toten, der Nacht vor Allerheiligen. Es ist die Nacht, wo die Grenzen zwischen den Dimensionen durchlässig werden."

Sie sah Ana Karina direkt in die Augen: „Christina Maria ist in einer anderen Zeit gefangen und diese Mauer, von der du mir erzählt hast, ist eine Grenze zwischen den Dimensionen. Die liegende 8 ist das Zeichen für Unendlichkeit, doch nur Eingeweihte können sie sehen, kein normal Sterblicher."

Ana Karina schluckte schwer.

„Was bedeutet das? Eingeweiht?"

„Sie haben deine Schwester statt deiner mitgenommen. Eigentlich bist du diejenige, die sie suchen."

„Aber wer? Wer sucht mich? Und warum?"

„Du wirst es bald wissen. Es hat bereits begonnen, sich dir in deinen Träumen zu offenbaren", erwiderte die Hexe ruhig.

Dann ging alles ganz schnell. Guido verschluckte sich und prustete dabei seinen Kaffee über den ganzen Tisch. Sein Gesicht war rot angelaufen. Cinderella stieß einen schrillen Pfiff aus und brachte sich eilends in Sicherheit, wobei sie das noch halb gefüllte Milchkännchen mit dem Füßchen umstieß. Das Chaos war perfekt! Estrella raffte die Tarotkarten zusammen, und Ana Karina klopfte ihrem Schwager ganz ohne Absicht etwas zu kräftig auf den Rücken. Danach rannte sie in die Küche und kam mit einer Rolle Küchenpapier zurück, um die gröbsten Spuren zu beseitigen.

Schlaftrunken nahm Christina Maria ein Stimmengewirr wahr, dazwischen eine Art beschwörenden Singsang. Sie blickte sich um und stellte verwirrt fest, dass sie sich in ihrem Schlafgemach befand. Wahrscheinlich hatte sie tief und fest geschlafen, es musste weit nach Mitternacht sein. Leise erhob sie sich und öffnete die Tür.

„Sie hat es eben wieder geschafft, sie hat die Pforten der Zeit überschritten, ohne einen Schaden davon zu tragen oder auch nur zu altern."

„Ich verstehe es noch immer nicht, die Steine sind noch nicht vereint, wie kann so etwas sein? Der Garil liegt sicher an einem geheimen Ort und der Ilua, nun ja, ihr wisst es selbst." Das war Marcos Stimme, dunkel und melodisch.

„Ja, ich weiß", eine andere Stimme klang ungeduldig, weit weniger melodisch.

„Und dennoch: Julietta geht diesen Weg nicht zum ersten Mal, warum erinnert sie sich plötzlich nicht mehr an ihre Mission? Sollte sie nicht den Ilua beschaffen, der uns vereint mit dem Garil befähigt, zwischen den Dimensionen zu wandeln und jene Weisheit zu erlangen, die wir benötigen, um das Imperium Novum zu erschaffen?"

Christina Maria traute ihren Ohren nicht. Vorsichtig schlich sie die breite Treppe in den Saal hinunter und blickte sprachlos auf die Szene, die sich ihr bot. Gut fünfzig Männer und Frauen in festlichen Gewändern hatten sich versammelt und hörten dem Sprecher aufmerksam zu. Soeben hob Marco beschwichtigend beide Hände gen Himmel: „Vielleicht irren wir uns, und das Imperium Novum ist nicht für diese Welt bestimmt. Dennoch … ", seine Stimme schwoll an. „Dennoch werden wir alles versuchen, um der Menschheit dieses Licht zu bringen. Das göttliche Licht des Garil, der, wie es unser Glaube verlangt, von den Hohepriesterinnen beschützt wird …"

„Auf Murano", rief eine Frau dazwischen.

„Also die Vereinigung von weiblicher und männlicher Lichtkraft wird uns die Möglichkeit geben, die Sphären zu wechseln und zwischen den Zeiten zu wandeln. Wir werden unser Wissen in die Ewigkeit hinaustragen, auf dass es nie verloren gehe."

„Wer oder was sind Garil und Ilua, und warum soll ausgerechnet ich die besorgen?" Christina Marias Stimme durchschnitt mit ihrer Schärfe förmlich die Luft. Ein Raunen fuhr durch die Menge: „Die Duca …"

Marco sah verwirrt auf die aufgebrachte Frau, die da mit zornig blitzenden Augen vor ihm stand.

„Nein, du sollst DIE nicht besorgen, du sollst IHN besorgen. Den Ilua, der die weibliche Lichtkraft in sich birgt", entgegnete er mit ruhiger Stimme.

„Du schuldest mir einige Erklärungen, meinst du nicht auch", zischte Christina Maria. Marco nickte ergeben seufzend.

„Du erinnerst dich also wirklich nicht. Aber du trägst doch das Medaillon mit dem magischen Siegel, du bist Julietta da Montefeltro." Er wies auf den Anhänger, der an einer goldenen Kette um Christinas Hals hing.

„Es ist ein altes Erbstück, es lag lange in der Versenkung. Aber nun hatte ich mich entschlossen, es auf dieser Reise zu tragen", antwortete sie. Marco schaute sie zweifelnd an.

„Schau, da ist die Rose, und in ihr sind die Initialen JM und OB enthalten, so wie SV und Inri in den Wurzeln der Blume. Sagt dir das irgendetwas?"

„JM steht für Julietta da Montefeltro ...", sinnierte Christina.

„Und OB?"

„Weiß ich nicht. Bei uns ist das eine Tamponmarke." Christina Maria hatte das Versteckspiel satt. Statt Antworten gab es Fragen, die sie unmöglich beantworten konnte.

„Das ist das Zeichen unseres Ordens." Marco sah ihr ernst in die Augen.

„Was denn für ein Orden?", fragte Christina Maria fassungslos.

„Was wird hier eigentlich gespielt? Sag jetzt nicht, ihr seid Illuminati oder Rosenkreuzer!"

Marco schüttelte den Kopf.

„Das ist eine lange Geschichte, und ehrlich gesagt weiß ich nicht, ob du wirklich schon bereit dafür bist, sie zu hören."

13

Guido brummelte vor sich hin. Er hatte darauf bestanden, nochmals zu der geheimnisvollen Mauer zu fahren. Ana Karina hatte wiederholt vergebens versucht, ihrem Schwager klar zu machen, dass es momentan nichts gab, was sie tun konnten. Die Karten hatten deutlich gezeigt, dass der richtige Zeitpunkt Samhain, der 31. Oktober war, wobei es da laut Estrella eine Zeitspanne von drei Tagen gab, wie bei allen Sonnen- und Mondfesten oder auch Sabaten. Drei Tage und Nächte würden die Pforten zu anderen Dimensionen geöffnet sein. Und eben diese Mauer war solch ein Durchlass, da bestand kein Zweifel.

Guido konnte und wollte sich nicht eingestehen, dass die Hexe einen gewaltigen Eindruck bei ihm hinterlassen hatte. Also regte sich sein Widerspruchsgeist, und er meuterte.

Ana Karina hatte schließlich resigniert ihre Schultern gezuckt und nachgegeben.

So waren sie nun abermals mit einem kleinen Boot unterwegs, um die Mauer zu untersuchen. Diesmal wollte Guido nicht im Boot sitzen bleiben, und so machte seine Schwägerin es an einem rostigen Pfeiler fest, der neben dem Felsvorsprung aus dem trüben Wasser ragte.

Natürlich war es ungemütlich, und die Kälte fraß sich förmlich durch die Kleidung. Und so schimpfte Guido weiter über das Wetter, Venedig und ganz Italien überhaupt. Vor allem aber über die italienische Polizei, die bisher noch keinen Finger gerührt hatte, um seine verschwundene Braut ausfindig zu machen.

„Komm schon, oder willst du da Wurzeln schlagen?" Ana Karinas Stimme klang ungeduldig. Sie wollte natürlich alles tun, um ihre Schwester zu finden, doch eine Stimme in ihr sagte, dass dies der falsche Zeitpunkt war. Sie sehnte sich nach einer Tasse Kaffee, irgendwo ganz gemütlich vor einem wärmenden Kamin. Mit mürrischem Gesicht kraxelte Guido auf der Plattform herum.

„Vielleicht ist irgendetwas hinter der Mauer, das uns weiterhilft", fiel ihm plötzlich ein.

Seine Schwägerin schaute zweifelnd hoch. Die Mauer überragte sie um gut einen Kopf, es war unmöglich, hinüberzuschauen, und Guido war nicht größer als sie selber. Aber wozu hatten sie das Seil dabei? Dann plötzlich kam ihr die Idee.

„Los, mach mal eine Räuberleiter", sagte sie und band sich das Seil um die Hüften.

„Eine was?", fragte Guido verwirrt.

„Na Mensch, sag nur, du hast als Kind nie sowas gemacht?" Kopfschüttelnd demonstrierte sie ihm, was er zu tun hatte.

Am anderen Ende des Seils befand sich ein Haken. Wenn sie erst oben auf der Mauer war, konnte sie das Seil vielleicht irgendwo befestigen und dann auf der anderen Seite den Abstieg wagen. Guido machte die Leiter und bekam vor Anstrengung einen hochroten Kopf.

„Mach hin, du bist zu schwer. Ich kann dich nicht mehr halten!", stöhnte er.

„Der Himmel bewahre mich vor so einem Mann", murmelte Ana Karina und verdrehte die Augen. Ihr linker Fuß fand Halt auf einem vorstehenden Stein, und so konnte sie sich schneller hochschwingen, als sie zuerst gedacht hatte.

Oben angekommen schaute sie verwundert auf das Wasser dort unten, das weiterfloss, als würde es durch nichts abgebremst. ‚Also müsste es unter der Mauer doch einen Durchlass geben', überlegte sie.

Es ergab wenig Sinn, hinunterzusteigen, aber sie tat es trotzdem, nachdem sie das Seil fest auf der Mauer verankerte. Da war nichts, was ihr irgendeinen Hinweis hätte geben können. Die kleine Gracht führte zwischen alten Häusern hindurch, die sicherlich auch einmal andere Zeiten gesehen hatten. Jetzt bröckelte der Putz, und die Farben waren längst verblichen.

Venedig, die sinkende Stadt. Venedig, die Diva, die einst ein Leben in Prunk und Glanz geführt hatte und nun schon lange im Ruhestand vor sich hindämmerte und von vergangenen und besseren Tagen träumte.

Ana Karina verlor sich in ihren poetischen Gedanken. Vor ihren Augen entstanden wunderschöne Bilder von Frauen in wallenden Kleidern, die in festlich geschmückte Gondeln stiegen, bis sie von Guidos ungeduldiger Stimme abrupt aus ihren Illusionen gerissen wurde.

Mit klammen Fingern untersuchte sie Stein für Stein und wusste doch, dass sie nichts finden würde. Die Antwort lag woanders. Weit zurück in der Vergangenheit … da war etwas … in den Karten und in ihren Träumen verborgen und letztendlich in ihr selbst.

Es war Spätnachmittag, als sie wieder in der kleinen Pension ankamen. Zeit, etwas zu essen. Vor allem Guidos Magen knurrte vernehmlich laut.
Sie einigten sich auf die Pizzeria am Ende der kleinen Gasse. Dort konnte man gemütlich sitzen, und der köstliche Geruch, der das kleine Restaurant durchzog, war vielversprechend. Guido widmete sich ganz seiner überdimensionalen Pizza mit Tomaten und Käse, und Ana Karina schob in Gedanken versunken ihr Glas mit Rotwein auf der Tischplatte hin und her.

Christina war dreizehn Minuten eher zur Welt gekommen und damit der ältere Zwilling. Als wäre sie diesem Umstand etwas schuldig, war sie von jeher die Vernünftigere und Ruhigere gewesen. Allerdings besaß sie auch nicht den Mut Ana Karinas und war eher zaghaft und zurückhaltend.
Während ihr jüngerer Zwilling liebend gern mit den Jungen Fußball spielte und jeden noch so hohen Baum mühelos erklomm, beschäftigte sich Christina lieber in einer Ecke mit ihren Puppen und führte kleine Theaterstücke mit ihnen auf.
„Ein Unterschied wie Tag und Nacht", hatte ihre Mutter lächelnd gesagt, und ihr Vater hatte mehr als einmal gemeint, dass Karina doch wohl ein Junge hätte werden sollen.
Je älter die Schwestern wurden, desto mehr unterschieden sie sich voneinander, wenn auch

Außenstehende sie oftmals nicht gleich auseinander halten konnten. Ana Karina lief am liebsten den ganzen Tag in ihren alten Jeans und ausgetretenen Turnschuhen durch die Gegend. Im Gegensatz zu ihrer Schwester gab sie wenig auf ihr Aussehen, und es konnte schon mal vorkommen, dass sie völlg vergaß, ihre Haare zu frisieren.

Sie hatte eben Wichtigeres im Kopf, wie zum Beispiel den kleinen Hund, der sich einen Dorn in die Hinterpfote getreten hatte und dringend ihrer Hilfe bedurfte oder den alten Fensterrahmen vom Sperrmüll, der unbedingt einen neuen Anstrich brauchte.

Christina hingegen legte viel Wert auf modische Kleidung und passende Schminke. Oftmals fragte Karina sich, wie man auf dermaßen hohen Stöckelschuhen überhaupt laufen konnte, ohne sich dabei die Beine zu brechen.

„Deine Pizza wird kalt." Schmatzend warf Guido einen gierigen Blick auf das bisher kaum berührte Meisterwerk mit Meeresfrüchten auf dem Teller seiner Schwägerin.

„Wenn du nicht mehr kannst …", fuhr er hoffnungsvoll fort, doch er wurde sofort unterbrochen.

„Nein Guido, ich esse sie noch! Wenn du nicht satt geworden bist, musst du dir eben eine zweite Pizza bestellen." Guido wehrte heftig ab.

„Ich wollte nur nicht, dass sie liegen bleibt, schließlich bezahlen wir sie ja."

Ana Karina verschluckte sich beinahe an dem Bissen, den sie gerade hinunterschlucken wollte. Ja, das war typisch Guido. Auch am Partybuffet musste man zuschlagen bis einem schlecht wurde, denn das Essen war ja kostenlos.

Sie erinnerte sich noch gut an den Tag, an dem Christina Guido das erste Mal mit nach Hause brachte und als ihren Freund vorstellte. Sie hatte ihn in der Firma kennen gelernt. Niemand aus der Familie war wirklich begeistert gewesen, und Karina konnte nie so richtig verstehen, was Christina an ihm fand. Aber hatte sie ihre Schwester jemals verstanden?
Sie selber hatte viele Freunde, meist gute Kumpel aus Kindertagen oder eher lockere Beziehungen. Niemals war etwas Ernstes dabei gewesen, sie hatte genug Zeit. Und wenn der Richtige, der jenes berühmte Herzklopfen auslöste, ihr nicht über den Weg lief, dann eben nicht. Es musste ja nicht jeder heiraten!
Nicht wie ihr Zwilling, der nach nur einem knappen halben Jahr alle vor den Kopf stieß, indem er gerade mal zehn Tage vor der Trauung Bescheid gab, dass sie soeben das Aufgebot beim Standesamt bestellt hatten.
Es gab auch keine große Hochzeitsfeier, Guido hatte keine Angehörigen mehr, außer einer alten Tante, und auch keine Freunde. Wen wunderts, und überhaupt war das ja rausgeschmissenes Geld. Wow! Und das musste ausgerechnet Christina Maria passieren, die doch so viel Wert auf die Etikette legte.

Es gab dennoch eine kirchliche Trauung, darauf hatte ihr Schwesterlein bestanden, danach wurde das Festmahl in einem kleinen Restaurant im engsten Kreise der Familie eingenommen. Am nächsten Morgen fuhr das frisch vermählte Paar dann in die Flitterwochen nach Venedig.

Mit einem lauten Klappern legte Ana Karina ihr Besteck beiseite und winkte die Bedienung heran. Guido warf einen bedauernden Blick auf die halb verzehrte Pizza und zückte ergeben sein Portemonnaie. Wenig später machten sie sich auf den Rückweg zur Pension. Ein sternenklarer Himmel leuchtete verheißungsvoll über den Gassen von Venedig.

14

Christina Maria war wütend. Noch immer hielt niemand es für nötig, ihr zu erklären, was es mit dem Orden und den geheimnisvollen Steinen auf sich hatte. Aus ihrer Zeit des 21. Jahrhunderts war sie ins Mittelalter katapultiert worden und damit in ein unbequemes Leben, in dem sie auf allen Komfort, den die Moderne zu bieten hatte, verzichten musste. Es gab weder fließendes Wasser noch Strom, kein Internet und kein Telefon. Die Decke kratzte, die Matratze war unbequem und statt mit Schampoo wusch man seine Haare mit Seife. Auch gab es keine Duschen, man reinigte sich in einem Waschzuber, für den das Wasser erst mühselig auf einer primitiven Kochstelle erhitzt werden musste.

Die Speisen waren ungewohnt, zu fettig und seltsam gewürzt. Das Schlimmste aber waren die langen Gewänder, die die Frauen hier trugen. Sie waren unpraktisch, vor allem auf den Treppenstufen geriet man schnell ins Stolpern, und sie fegten stets und überall den Boden.

„Das wär was für Karina", murmelte sie halblaut vor sich hin. Aber irgendwie hatte sie das Gefühl, dass ihre Schwester hier eine weitaus bessere Figur machen würde als sie selber, warum auch immer. Die hätte zumindest mit Sicherheit schon rausbekommen, was hier gespielt wurde, energisch, wie sie war. Ana Karina! Ob sie wohl schon von ihrem Verschwinden wusste und nun nach ihr suchte? Und Guido? Sicher hatte er sofort die Polizei benachrichtigt. Neue Hoffnung keimte in ihr auf.

Bestimmt wussten auch die Eltern schon Bescheid. Sie würden sich große Sorgen machen und Guido an allem die Schuld geben.

Ach Guido! Sie vermisste ihn sehr. Schuldgefühle machten sich breit. Wenn sie nicht auf diese Hochzeitsreise nach Venedig bestanden hätte, dann säße sie jetzt hier nicht fest. Guido wollte zur Feier des Tages tatsächlich einmal großzügig sein und ihr eine Kreuzfahrt in die Karibik spendieren. Er konnte ja nicht wissen, dass sie panische Angst vor dem Wasser hatte. Niemand wusste davon.

Schon der Schwimmunterricht in der Schule war die reinste Folter gewesen. Ana Karina schwamm und tauchte wie ein Delfin, während sie, Christina, wie ein nasser Sack am Beckenrand hing und sich nicht traute, nach unten zu sehen. Mit Ach und Krach lernte sie dann doch noch schwimmen, und wieder einmal konnte niemand begreifen, dass Zwillinge so unterschiedlich sein können.

Immer hatte sie im Schatten ihres jüngeren Zwillings gestanden, aber dann hatte sie in der Firma den elf Jahre älteren Guido kennengelernt. Er war der erste, der ihr wirklich etwas zutraute, und an seiner Seite blühte sie förmlich auf. Zu Hause zeigte niemand dafür Verständnis, alle lehnten den fast Vierzigjährigen ohne Familienanhang ab, ja, Karina schien ihn geradezu zu hassen. Deshalb wurde die Hochzeit auch in aller Stille geplant und ihre Familie einfach vor vollendete Tatsachen gestellt. So konnte niemand ihre Pläne durchkreuzen oder aber Christina Maria bearbeiten, denn davor hatte ihr am meisten gegraut.

Guido war nicht perfekt und auch nicht die große Liebe, aber er vermittelte ein Gefühl von Sicherheit und Geborgenheit, das sie woanders nicht fand.

Trotz aller Bemühungen hatte sie es nie so weit geschafft wie ihre Schwester, die eigentlich Archäologie studiert hatte und sich nun in ihren Antiquitäten vergrub. Kein Widerspruch an sich, wie sie behauptete.

Schon in den ersten Jahren auf dem Gymnasium war klar, dass Christinas Fähigkeiten nicht für ein Studium ausreichten, und so hatte sie sich kurzerhand mit dem eher durchschnittlichen Abizeugnis als Sekretärin bei einer bekannten Handelsfirma beworben. Ihren großen Traum, einmal Theater zu spielen, hatte sie schon lange begraben, denn sie konnte nicht vor Menschenmassen auftreten.

An jenem Tag hatte sie Glück. Ihre Aufmachung aus perfekt gewählter Kleidung und Schminke und ein vorgetäuschtes sicheres Auftreten verbargen ihre eigentliche Unsicherheit wie hinter einer Maske. Letztendlich hatte sie ihre Einstellung aber wohl doch Guido zu verdanken, der ein wichtiges Mitglied der Prüfungskommission beim Vorstellungsgespräch war. Wie der Eignungstest eigentlich ausgefallen war, erfuhr sie nie, und sie fragte auch nicht danach. Schon nach kurzer Zeit stieg sie zu Guidos persönlicher Chefsekretärin auf.

Ein energisches Klopfen an der Tür riss sie aus ihren Gedanken, und sie hob unwillig den Kopf. Wer musste sie jetzt stören?

15

Ana Karina verbrachte Dank der körperlichen Anstrengungen vom Vortag eine ruhige und behagliche Nacht in Guidos Bett. Am Morgen nach dem Erwachen konnte sie sich nicht entsinnen, überhaupt irgendetwas geträumt zu haben. Ihr Blick fiel auf ihren Schwager, der seltsam verkrümmt auf dem Sofa lag und leise Pfeifgeräusche von sich gab. ,Wie eine kleine Dampflock', dachte Karina und musste unwillkürlich grinsen. Sie verschwand im Bad nebenan unter der Dusche, und als sie gut gelaunt zurückkam, lag Guido noch genauso dort.

„He, aufwachen, Frühstückszeit", flötete sie ihm ins Ohr und konnte sich das Lachen nicht verkneifen. Ein Guido mit verquollenen Augen schaute sie verstört aus einem unrasierten Gesicht an. ,Der wird ja auch von Tag zu Tag attraktiver', dachte sie boshaft und sagte dann laut: „Bleib liegen, ich gehe runter und bestelle dir das Frühstück aufs Zimmer. Wir sehen uns dann später."

„Danke", krächzte es vom Sofa her. „Mein Hals tut so weh, und sicher hab ich Fieber."

Ana Karina kramte in ihrer Handtasche.

„Mist, ich dachte, ich hätte die Aspirin eingepackt. Hier, nimm vorerst ein Hustenbonbon" Sie reichte Guido ein etwas weich gewordenes Eukalyptusbonbon, das nur schwer aus dem Einwickelpapier zu lösen war.

„Ich werde Aspirin und Lutschtabletten besorgen", versprach sie noch, bevor sie durch die Tür entschwand und ihren Schwager mit klebrigen Händen und unglücklichem Blick zurückließ.

Wenig später veranlasste sie, dass Guido ein Frühstückstablett mit einer Kanne heißem Tee, Orangensaft und Marmeladenbrötchen auf das Zimmer gebracht wurde. Sie erkundigte sich hoffnungsvoll nach einem Einzelzimmer, doch leider war noch immer alles belegt.
„Muss ich mir das Frühstück hier wirklich antun?", dachte Ana Karina. Ihre Laune war merklich gesunken bei dem Gedanken an eine weitere gemeinsame Nacht mit ihrem Herzensschwager.
Eine Straße weiter war eine Art Bistro, wenn sie sich recht erinnerte. Ein Kaffee und vielleicht ein Sandwich oder auch ein heißer Kakao, das wäre jetzt genau das richtige.

Fröstelnd rieb sie sich die Hände, als sie auf die Straße trat. Es war noch recht frisch, aber die Sonne schien, und der Tag versprach schön zu werden.
Als sie die Tür zu dem kleinen Bistro öffnete, stieg ihr der köstliche Duft von frischgemahlenen Kaffeebohnen in die Nase. Sie wählte einen Platz an einem kleinen Ecktisch. Auf dem Fensterbrett stand ein rot lackierter Topf mit einem Weihnachtsstern, und die halbe Gardine bedeckte nur den oberen Teil des Fensters, sodass Ana Karina ihren Blick ungehindert auf die schmale Gasse und die Häuser gegenüber schweifen lassen konnte.
An einem anderen Tisch saßen drei ältere Männer, die sich auf Italienisch unterhielten, und bald schon

stellte sich heraus, dass es sich um Venezianer handelte. Eine junge Dame stand am Tresen und sprach mit jemandem, den Karina von ihrem Platz aus nicht sehen konnte, mit der Bedienung, wie sie vermutete.

Also studierte sie erst einmal die Speisekarte, die an einen bronzefarbenen Halter mit roter Kerze gelehnt war. ‚Passend zum Weihnachtsstern‘, dachte sie anerkennend und sah sich im Bistro um. Die Tische waren einfach und aus dunklem Holz, ebenso wie die Stühle. An den Wänden hingen Bilder, die größtenteils das Leben in den Gassen Venedigs darstellten.

„Was bekommt die Signora?" Ana Karina fuhr bei dem Klang der wohlklingenden Stimme leicht zusammen, so tief war sie in die Bilder eingetaucht.

„Signorina", korrigierte sie automatisch und sah leicht irritiert zu dem jungen Mann mit dem sympatischen Gesicht, auf dem sich gerade ein amüsiertes Lächeln ausbreitete, hoch. Donnerwetter, der sah aber gut aus! Karina fühlte, wie ihr eine leichte Röte ins Gesicht stieg.

„Signorina also, Verzeihung. Wie sollte ich denn ahnen, dass so ein hübsches Wesen noch nicht vergeben ist?" Das Lächeln hatte inzwischen seine Augen erreicht, die wie flüssiger Honig irgendwo auf der Farbskala zwischen Gold und Karamell schimmerten.

Ana Karina holte tief Luft und sagte mit kühler Stimme: „Danke für das Kompliment. Ich hätte gern einen Cappuccino und einen Toast mit Schinken."

„Sofort Signorina. Es tut mir leid, wenn ich Ihnen zu nahe getreten sein sollte. Ihr Wunsch ist mir Befehl." Damit entfernte er sich. ‚So ein Geschmalze', dachte Karina und musste gegen ihren Willen plötzlich grinsen. Naja, so waren sie halt die Italiener. Immer galant. Das durfte man nicht so ernst nehmen. Und doch …

„So gefallen Sie mir schon viel besser. Bitte sehr und guten Appetit, Signorina!" Schwungvoll landeten Cappuccino und Toast auf dem Tisch.

„Lassen Sie doch das alberne ´Signorina´, mein Name ist Ana Karina."

Welcher Teufel hatte sie da wieder geritten? Sie biss sich auf die Lippen, aber das nützte nun auch nichts mehr.

„Oh oh, welch schöner Reim, fast schon Poesie. Gestatten, mein Name lautet Antonio Zabatini." Es folgte eine elegante Verbeugung, begleitet von einem verschmitzten Blick aus den Honigaugen.

„Zabatini? Steht das nicht auch auf dem Schild draußen?"

„Ja, ich bin der Sohn des Bistrobesitzers. Momentan helfe ich allerdings nur aus, denn eigentlich studiere ich Kunstgeschichte. Aber irgendwann übernehme ich den Laden hier und mache ein Künstlercafé daraus. Das war schon immer mein Traum." Plötzlich war sein Gesicht ernst.

„Das ist ja interessant. Erzähl mir mehr davon." Automatisch wechselte Karina auf das vertraute Du und merkte es nicht einmal. Einladend wies sie mit der Hand auf den Stuhl, der ihr gegenüberstand.

„Ich habe ein Antiquitätengeschäft in München",
setzte sie erklärend hinzu.

„Warte, ich mache mir mal eben auch einen Kaffee.
Aber nicht weglaufen inzwischen." Schon wieder
blitzte der Schalk aus seinen Augen.

Es wurde ein reger Austausch, zwischendurch
bediente Toni, wie seine Freunde ihn nannten, die
Gäste, nahm Bezahlungen entgegen, räumte
Geschirr von den Tischen in die Spülmaschine und
brühte Kaffee nach. Nachdem Ana Karina ihre vierte
Tasse geleert hatte wurde es still im Bistro, und so
geschah es, dass Toni schließlich die ganze
Geschichte von ihrer verschwundenen Schwester
erfuhr, auch auf die Gefahr hin, dass er sie für
verrückt hielt.

„Chiara kenne ich", sagte Toni. „Sie ist zwar blind,
malt aber bemerkenswerte Bilder, von denen ich
einige später gern hier ausstellen würde."

Das Bild mit der Gondel kannte er allerdings noch
nicht.

„Hmmm, das ist eine merkwürdige Geschichte, aber
mal im Ernst, so etwas würde sich keiner aus dem
Finger saugen. Die Frage ist nur, wie finden wir
Christina Maria überhaupt?"

„Momentan ist es gar nicht möglich. Wenn Estrella
richtig liegt, müssen wir bis Ende Oktober warten.
Und ihre Karten irren sich eigentlich nie." Ana Karina
seufzte. Toni beugte sich vor und bedeckte ihre
Hand, die auf dem Tisch lag, mit seiner.

„Samhain oder auch Halloween, das Fest der Toten.
Und was machen wir bis dahin?"

„Ich weiß es nicht. Aber ich frage mich schon die ganze Zeit, warum meine Schwester unbedingt nach Venedig wollte." Sie runzelte die Stirn.

„Sicher, der Karneval ist etwas Besonderes, aber ich überlege, ob es da einen Zusammenhang mit ihrem Verschwinden gibt."

Plötzlich sah sie auf die Uhr und zuckte zusammen.

„Ach du Sch ... schon halb vier. Ich wollte Guido doch Medikamente besorgen."

Sie nahm ihr Portemonnaie aus der Handtasche, doch Toni winkte ab: „Heute bist du eingeladen, morgen darfst du zahlen. Es gibt übrigens eine Apotheke auf der gegenüberliegenden Straßenseite." Er zwinkerte ihr zu und schlenderte zu dem Tisch neben der Eingangstür, wo sich soeben neue Gäste niederließen.

16

Vor der Tür stand eine Zofe mit einem Gewand aus dunkelgrünem Samt über dem Arm.

„Ich bin gekommen, um Euch für das Fest zu frisieren und anzukleiden, Duca", sagte sie und trat in das Zimmer.

„Welches Fest? Davon weiß ich ja gar nichts", antwortete Christina Maria und sah argwöhnisch auf die Kleidungsstücke, die die Zofe nun auf einem Stuhl ablegte.

„Na, es ist doch Karneval, da gibt es Empfänge und Umzüge, ganz Venedig kommt zusammen, und es wird Zeit, dass Ihr Euren Platz einnehmt, Duca Julietta."

Vermaledeiter Karneval, der hatte ihr das alles doch erst eingebrockt. Mit finsterem Gesicht starrte Christina auf das Kleid und die schwarze Samtmaske.

Aber es blieb ihr wohl gar keine andere Wahl, und alles war besser, als in diesem langweiligen Zimmer herumzusitzen. Erstaunlich, wie diese Leute leben konnten, so ganz ohne Fernseher und Internet. Aus dem verschnörkelten Spiegel schaute ihr ihr eigenes Gesicht entgegen. Immerhin gab es schon Spiegel. Das Kleid saß wie angegossen, und auch die Stiefeletten passten. ‚Sieht ja gar nicht mal so schlecht aus', dachte sie und setzte sich an den kleinen Frisiertisch. Aufmerksam verfolgte sie die Handbewegungen der Zofe, die ihr das Haar kunstvoll aufsteckte, so dass einzelne Strähnen an den Seiten in spiralförmigen Löckchen weich auf ihre Schultern herabfielen.

„Eine interessante Frisur, so etwas sollte ich öfter tragen." Entzückt betrachtete sie ihr Spiegelbild. Die Zofe wunderte sich, sagte aber nichts dazu. Stattdessen befestigte sie die Maske vor Christina Marias Gesicht. Diese nickte zufrieden. Die Sache begann ihr langsam Spaß zu machen. Eine Maske war immer gut. Schon als sie noch klein war, hatte sie es geliebt, sich zu verkleiden. Einfach in die Rolle eines anderen zu schlüpfen und nicht erkannt zu werden.

Langsam folgte sie der Zofe die Treppe hinunter in den Saal. Nur nicht auf den Saum treten, nur nicht stolpern. Hocherhobenen Hauptes sah sie sich um. Da waren sie alle: Edelmänner, Harlekine, Männer mit Dreispitzen auf dem Kopf und solche in schwarzen Kapuzenumhängen mit Masken vor dem Gesicht, Frauen in eleganten Kleidern, auch sie durch ihre Masken nicht zu erkennen. Der Lärmpegel ebbte langsam ab, und die maskierten Gesichter wandten sich eines nach dem anderen der Treppe zu. Jemand nahm sie am Arm und geleitete sie zur Mitte des Saales.

Ein Edelmann raunte ihr ins Ohr: „Willkommen Julietta." Das war Marcos Stimme.

„Nanu, diesmal kein Kapuzenumhang?", fragte sie ihn spöttisch. Ein Raunen ging durch die Menge. Die Duca war erschienen, das Fest konnte beginnen.

17

Guido schien es inzwischen schon etwas besser zu gehen. Er schlummerte friedlich. Ana Karina stellte die Tüte mit Medizin ab und zog sich die Jacke aus. Dann wartete sie geduldig bis Guido erwachte und reichte ihm eine Aspirin und ein Glas Wasser.

„Wo warst du so lange?", maulte er. „Es ist ja schon ganz dunkel." Anklagend wies er zum Fenster.

„Guido, geht es dir gut genug, um nachher mit zum Essen zu kommen?", lautete ihre Gegenfrage.

„Ich weiß nicht. Raus kann ich auf gar keinen Fall, aber Hunger hätte ich schon."

Ana Karina zuckte die Schultern.

„Dann müssen wir eben im Hotel essen." In ihrer Stimme schwang wenig Begeisterung mit.

„Übrigens habe ich nachgedacht. Weißt du vielleicht, warum Christina eure Flitterwochen ausgerechnet hier in Venedig verbringen wollte?"

Guido schüttelte seinen Kopf und fasste sich dann stöhnend an die Stirn.

„Nein, sie hat darauf bestanden, und ich habe nachgegeben, mehr weiß ich auch nicht. Aber ich sage dir, dies ist nicht der richtige Ort oder zumindest nicht die richtige Jahreszeit für eine Hochzeitsreise, schon allein, wenn man bedenkt …"

„Guido, denk doch nochmal nach", wurde er unterbrochen. „Ich muss wissen, ob da irgendein Zusammenhang zwischen dieser Reise und ihrem Verschwinden besteht. Das kann doch alles kein Zufall sein."

„Du hast doch gehört, was die Hexe gesagt hat. Sie wollten eigentlich dich, nicht sie." Ihr Schwager sah sie aus wässrigen Augen an. Ana Karina fuhr ein Schauder über den Rücken. Ja, das hatte Estrella wirklich gesagt. Aber sie selber war doch gar nicht hier gewesen, erst hinterher, nachdem Guido sie angerufen hatte. Sie grübelte und kam zu keinem Ergebnis.

„Wollte sie hier vielleicht irgendwen besuchen oder sich mit jemandem treffen? Hat sie so etwas mal erwähnt?"

Guido dachte nach, und plötzlich nickte er.

„Ja, sie wollte eine alte Freundin besuchen, um sich die Zukunft voraussagen zu lassen."

„OK, das kann dann nur Estrella sein, aber dort waren wir ja schon. Ich weiß nicht, ob uns das wirklich weiterbringt."

Guido schien auf einmal wesentlich munterer zu werden.

„Wir sollten sie noch einmal aufsuchen. Vielleicht haben wir etwas übersehen."

Ana Karina sah ihren Schwager verblüfft an.

„Wenn überhaupt, dann aber erst morgen gegen Abend. Bis dahin hast du dich auskuriert. Du kannst dich jetzt im Bad fertigmachen, und dann gehen wir runter, eine Kleinigkeit essen."

Die Kleinigkeit sollte sich als besonders zähes Rindfleisch herausstellen, welches in einer undefinierbaren roten Soße schwamm. Dazu gab es eine Beilage aus Nudeln, die ein wenig zu lange gekocht hatten und somit alles andere als al dente waren. Der Wein war schlichtweg ungenießbar, und so begnügte sich Ana Karina mit einem Salatteller und einem Glas Wasser, während Guido seinen Teller hingebungsvoll leer kratzte. Schließlich hatte er bezahlt.

Später in der Nacht sollte er nicht zur Ruhe kommen, da ihn sein Sodbrennen plagen würde, aber das war ihm egal.

Seine Schwägerin beobachtete ihn heimlich. Welch ein Unterschied zu heute Morgen, zwischen Guido und Toni lagen Welten. In Gedanken weilte sie schon längst wieder im Bistro. Wie um Himmels willen sollte sie Guido am nächsten Morgen abhängen, ohne dass er was spitz bekam? Es wurde Zeit, einen Schlachtplan zu entwerfen.

18

Christina Maria schwirrte der Kopf. Es war ein rauschendes Fest gewesen, die Menschen trugen Kostüme und Masken, sodass sie nur anhand der Stimmen ab und an jemanden erkennen konnte. Die Feierlichkeiten hatten in der Halle mit üppigem Essen und Tanz begonnen und sich dann in die Gassen Venedigs verlagert, wo sie ihren Höhepunkt auf dem Markusplatz fanden. Auch hier gab es Tänze, Lotterien, Wahrsager, die den Leuten aus der Hand lasen, ein Marionettentheater, Akrobaten, die auf Seilen balancierten und eine exotische Tierschau. Buntes Treiben, wohin man schaute, fast wie ein Jahrmarkt - wären nicht die Kostüme. Marco wich ihr nicht von der Seite. An einem von Menschen umlagerten Stand, wo ein knuspriges Ferkel am Spieß gedreht wurde, erfuhr sie, dass dies die letzte Gelegenheit sei, noch einmal Fleisch zu essen.

„Morgen werden die Glocken von San Francesco della Vigna die Fastenzeit einläuten", raunte er ihr ins Ohr.

Verwirrt und ein wenig verzaubert nahm Christina die Worte und das Menschengewühl in sich auf. Obwohl die Maskerade durchaus der in ihrer Zeit glich, herrschte eine ganz andere Atmosphäre.

,Wie alt doch dieser Brauch schon ist', fuhr es ihr durch den Kopf und laut fragte sie: „Seit wann gibt es eigentlich den Karneval hier in Venedig?"

„Man sagt, er gehe bis in das elfte Jahrhundert zurück. In der Karnevalszeit mischen sich Arm und Reich. Der gesellschaftliche Stand spielt keine Rolle mehr. Eigentlich sollte es immer so sein. Ein Ziel, das der Orden anstrebt", erwiderte Marco und sah sie dabei seltsam prüfend an.

„Was strebt der Orden an? Einen ewigen Karneval?", fragte Christina Maria verblüfft.

„Nein. Gleiche Voraussetzungen und Chancen für alle Menschen, egal welcher Bevölkerungsschicht sie angehören, egal ob Mann oder Frau."

„Das klingt gut, ist aber unrealistisch. In der Zeit, aus der ich komme, existieren diese Unterschiede weiterhin. In manchen Ländern haben sie sich sogar noch verstärkt. Geld und Besitz spielen eine immer größere Rolle in der Welt von heute. So gibt es Völker, die Hunger leiden und nicht mehr fähig sind, sich allein zu ernähren. Sie sind abhängig von den Mächten, die sie zuvor kolonialisiert und ausgebeutet haben. Heute nennt man das Globalisierung. Aber auch in den Industrienationen nimmt die Armut zu. Es wird immer Arm und Reich geben."

Marco hörte ihr aufmerksam zu. Manche Begriffe wie Industrienationen und Globalisierung verstand er nicht. Sie existierten nicht in seinem Wortschatz, denn noch hatte all dies ja nicht stattgefunden. Und dennoch begriff er die Grundaussage, die Essenz dessen, was Christina ihm mitteilen wollte. Seine Miene hatte sich verfinstert. Er sah zu Boden und schwieg.

Als er endlich aufsah, war sein Blick seltsam leer.

„Dann haben wir versagt." Ganz ruhig und bestimmt kam es ihm über die Lippen, bevor er sich umdrehte und in der Menge verschwand.

Christina Maria stand plötzlich allein im Menschengewirr. Hastig wollte sie ihm nach, doch der Weg wurde ihr durch eine Ansammlung von Schaulustigen versperrt. Überall Masken, Kostüme, Menschen, Stimmen ...
Und dann plötzlich Explosionen ... das mittelalterliche Feuerwerk hatte begonnen. Farbige Funken sprühten, begleitet von Knallen und Zischen, durch die abendliche Dämmerung und tauchten den Himmel in ein diffuses Licht.

19

Guido hatte sich das Frühstück aufs Zimmer kommen lassen, was Ana Karina die Gelegenheit gab, ihr eigenes in Tonis Bistro einzunehmen. Natürlich war es besonders voll heute, und so kam kein längeres Gespräch zustande. Toni eilte mit Tablett und Schreibblock zwischen den Tischen hin und her und zwinkerte ihr ab und an zu. Erst gegen Mittag hatte er etwas Luft.

„Der Laden läuft gut, was?", meinte Ana Karina, als er sich für einen Moment an ihrem Tisch niederließ und verschnaufte.

„Na zum Glück! Zumindest im Sommer und während der Karnevalszeit. Ich schätze, ab morgen wird es ruhiger, und bald darf ich mich wieder meinem Studium widmen." Er grinste spitzbübisch.

„Wer schaut dann nach dem Bistro?"

„Mein Vater, so lange ich in Mailand bin", lautete die Antwort.

„Mailand, das ist ja gar nicht mal so weit von München", sinnierte Ana Karina halblaut und biss sich dann auf die Lippen. Der Typ war schätzungsweise mindestens 7 Jahre jünger als sie und sah dazu noch verdammt gut aus. Was sollte er jetzt von ihr denken? Schließlich kannten sie sich erst seit gestern. Und doch war es ihr, als würde sie ihn schon ewig kennen.

Toni nickte aber nur und meinte grinsend: „Das stimmt, dann kannst du mich ja zur Abwechslung auf einen Kaffee einladen."

„Mach ich doch glatt", sagte sie und fühlte, wie ihr mal wieder diese blöde Röte ins Gesicht stieg.

Danach war das Bistro erneut brechend voll geworden, und es wurde auch Zeit zu gehen, ehe Guido Lunte roch. Marco hatte erneut abgelehnt, als sie zahlen wollte.

„Denk an München", sagte er nur, und dann schloss sich auch schon die Tür hinter ihr.

Guido war gut aufgelegt, als sie wenig später das Hotelzimmer betrat.

„Nanu, so gute Laune heute?" Ana Karina war erstaunt, kannte sie doch ihren Schwager eher muffelig.

„Hat man es dir denn an der Rezeption nicht gesagt?"

„Nö, was denn? Sag schon, lass dir doch nicht jeden Wurm aus der Nase ziehen! Gibt es was Neues von Christina?"

„Das nicht. Aber vorhin ist ein Zimmer frei geworden. Um 15 Uhr kannst du umziehen, und dann gehört mir mein Reich wieder alleine." Die Freude war Guido förmlich anzusehen. Aber auch seine Schwägerin atmete auf. Endlich!

Sie schaute auf die Uhr. Gerade noch Zeit, um aufs Klo zu gehen und danach die Klamotten einzupacken. Prima. Gudo sah kopfschüttelnd zu, wie sie ein Teil nach dem anderen in die Reisetasche warf und die Bücher obendrauf legte.

„So sind sie doch aber gut gepolstert", sagte sie grinsend, als sie Guidos ungläubigen Blick sah. Noch schnell das Laptop gegriffen und ... „Welche Nummer eigentlich?"

„Weiß ich nicht, musst du an der Rezeption fragen, brauchst ja eh den Zimmerschlüssel", kam die gleichgültige Antwort.

Also die Treppe runter zur Rezeption, gefragt und Schlüssel abgeholt.

‚Zimmer 27, meine Lieblingszahl ... also noch ein Stockwerk höher', überlegte Ana Karina.

Natürlich war Guido keinesfalls so galant, ihr die Tasche dort hinaufzuschleppen, und so hievte sie das schwere Ungetüm ächzend von Stufe zu Stufe.

Das Zimmer unter dem Dach erwies sich dann aber als ausgesprochener Lichtblick. Das niedrige kleine Fenster gab den Blick über zahlreiche Dächer von Venedig frei, und genau davor war ein zierlicher Schreibtisch plaziert. Das breite Bett war mit einer kuscheligen Decke überzogen. Ansonsten gab es noch einen winzigen Nachttisch, einen Einbauschrank und einen Sessel mit einem kleinen runden Tisch. Es war noch Zeit genug, sich häuslich niederzulassen, und so wurde die Reisetasche ausgepackt: Klamotten in den Schrank, Bücher auf den Tisch, und dem Laptop blieb der Schreibtisch vorbehalten. Ana Karina selber landete erstmal auf dem weichen Bett und streckte sich wohlig aus.

Ein heftiges Klopfen riss sie aus dem Schlummer. Guido stand ungehalten vor der Tür.

„Ich denke, wir wollen heute der Hexe noch einen Besuch abstatten? Und wann wollen wir essen? Es ist schon viertel nach sechs!" seine vorwurfsvollen Augen sprachen Bände.

Karina seufzte ergeben.

„Ok, warte unten auf mich, ich mache mich schnell fertig."

Diesmal aßen sie nicht in der Pension sondern in einem kleinen Restaurant, wo es köstliche Pasta gab. Guido hatte sich ziemlich fein herausgeputzt und sogar rasiert, wie Ana Karina mit Erstaunen feststellte. Er wollte wohl Eindruck bei Estrella schinden, oder war da etwa mehr im Spiel? Sie verbiss sich mühsam ein Grinsen.

„Bist du nun fertig?" Guido war heute noch ungeduldiger als sonst. Ana Karina nickte und fuhr den letzten Schub Nudeln ein. Noch schnell zahlen, und schon waren sie auf dem Weg zur Hexe.

Auch diesmal fanden sie die Tür offen.

„Guten Abend, meine Lieben", wurden sie freundlich begrüßt. Cinderella saß wachsam auf Estrellas linker Schulter. Und dann traute Ana Karina ihren Augen kaum. Guido machte einen beherzten Schritt auf Estrella zu.

„Ei ei ei, ja wen haben wir denn da?", säuselte er in Kleinkindsprache und streckte lockend die Hand nach der Ratte aus. Jede Warnung kam zu spät. Das Nackenfell sträubte sich, und schon schnappte das Tier zu. Guido schrie auf.

„Au! Du verdammtes Vieh!" Anklagend hob er seinen Daumen in die Höhe. Deutlich zeigte sich eine winzige Bisswunde, aus der nun langsam das Blut zu sickern begann.

„Ich hole was, Moment!" Die Hexe eilte mit der Ratte auf der Schulter in den Raum nebenan, und Ana Karina drückte den jammernden Guido in einen Sessel. Mit einem Papiertaschentuch tupfte sie das immer wieder nachlaufende Blut ab.

„Blöde Ratte", beschwerte sich Guido mit weinerlicher Stimme.

„Was hast du denn erwartet? Dass sie dir jubelnd um den Hals fällt? Schließlich hast du sie letztes Mal beinahe in Kaffee und Spucke ertränkt. Pass auf, schmier den Sessel nicht voll!" Kopfschüttelnd sah Ana Karina ihn an. Estrella kehrte mit einer Flasche voll heller Flüssigkeit, einem kleinen Tigel und Verbandszeug zurück. Vorsichtshalber setzte sie Cinderella vorher auf einer Art Kletterbaum ab.

„Das ist ihr Lieblingsplatz", erklärte sie dann. „Dort kann sie turnen und aus dem Fenster schaun."

Guidos Daumen wurde mit der Flüssigkeit gesäubert, die Wunde mit einer seltsam riechenden Kräuterpaste aus dem Tigel eingeschmiert und fachgerecht verbunden.

Es folgten heißer Kakao und Kekse für alle, was auch Cinderella wieder auf den Plan rief. Angelockt durch die Leckereien auf dem Tisch, verließ sie ihren Stammplatz und landete mit einem eleganten Sprung auf Estrellas Schulter. Die Hexe reichte ihr einen Keks hoch. Während das Tier knabberte, behielt es Guido argwöhnisch im Auge. Doch auch Guido hielt Abstand und betrachtete die Ratte von seinem Platz aus mit Widerwillen und Furcht. Ana

Karina musste lachen. Es mutete einfach zu komisch an, wie die zwei sich fixierten.

„Was möchtet ihr wissen?" Estrellas melodische Stimme durchbrach das Schweigen.

„Estrella, Christina wollte sich hier in Venedig mit einer alten Freundin treffen. Das hat sie Guido anvertraut, bevor sie entführt wurde. Weißt du etwas darüber?"

Die Hexe schüttelte den Kopf.

„Bei mir war sie nicht. Aber vielleicht hatte sie es noch vor. Wer weiß?"

„Kannst du nichts aus den Karten ersehen?", fragte Karina hoffnungsvoll.

„Es ist nicht gut, die Karten so schnell hintereinander zum selben Thema zu befragen. Aber was würde es euch denn auch bringen? Ich denke nicht, dass der Gondoliere von dieser Welt war oder, besser gesagt, aus dieser Zeit." Estrella runzelte die Stirn.

„Sag mal, hast du eigentlich inzwischen eure Eltern informiert?"

Karina zuckte zusammen.

„Nein, ich wollte sie nicht vorzeitig beunruhigen. Unser Vater hatte vor noch nicht allzu langer Zeit erst einen Herzinfarkt. Aber nun muss ich sie wohl doch anrufen." Ihre Stimme klang sorgenvoll.

Guido streckte seine Hand nach dem Keksteller aus, und Cinderella richtete sich drohend auf. Estrella musste lachen, und sogar Karina wurde abgelenkt, wenn auch nur für einen kurzen Moment.

„Wir sollten gehen, es ist spät geworden", sagte sie.

„Blödes Vieh", zischte Guido die Ratte verärgert an, bevor die Hexe sie zur Tür hinaus geleitete.

„Besuch mich, wenn du wieder in der Stadt sein solltest." Sie warf einen amüsierten Blick auf Guido und umarmte dann Karina. Cinderella hatte es vorgezogen, in der Stube zu bleiben und machte sich genüsslich über die restlichen Kekse her. Morgen würde sie sicherlich Bauchschmerzen haben, doch das war ihr im Moment völlig schnuppe.

„Wen von uns beiden hat sie denn eigentlich eben gemeint?", fragte Guido verwirrt.

Karina musste sich zusammennehmen, um nicht laut rauszuprusten. Zum Glück war die Straße nicht allzu gut beleuchtet.

20

Christina Maria ließ sich willenlos in der Menge treiben. Ihr schwirrte der Kopf, und sie hätte eh nicht gewusst, in welche Richtung sie gehen musste.

Rufe ertönten: „Der Doge, er ist hier!"

„Schaut, der Doge!" Sie reckte sich auf die Zehenspitzen, konnte aber nichts sehen außer dem Dogenpalast, der im Schein der Fackeln in ein zartrosa Licht getaucht war. Wunderschön und zeitlos, fuhr es ihr durch den Kopf. Wie betäubt sah sie zu dem grandiosen Meisterwerk gotischer Baukunst auf, das jedoch auch typisch verspielte orientalische Strukturen aufwies. Sie wusste, dass der Palast das Regierungsgebäude und somit auch Sitz der Gerichte im alten Venedig war. Zu Zeiten, als die Stadt noch als eine der größten Seemächte der westlichen Meere galt. Plötzlich hellwach geworden, drängte sie nach vorn. Sie musste den Dogen sehen, jenes Staatsoberhaupt, dem alle so zujubelten.

Noch ein Stück, sie gebrauchte die Ellenbogen. Da fühlte sie eine Hand auf ihrer Schulter.

„Duca Julietta, darf man fragen, was Ihr hier so ganz allein macht?", fragte eine Stimme mit seltsam bekanntem Klang.

„Allein? Ich bin nicht allein!" Ein wenig verärgert drehte sie sich um und sah zu dem Mann mit der schwarzen Maske auf.

„Ich bin Giuseppe." Der Mann lachte und lüftete die Maske für einen kurzen Moment.

„Marco ist fort, und ich wollte den Dogen sehen", murmelte Christina leise.

„Außerdem weiß ich den Weg nicht ..." Giuseppe lachte wieder und nahm sie am Arm.

„Und habt Ihr den Dogen gesehen?" Christina Maria schüttelte den Kopf. Guiseppe griff mit beiden Händen um ihre Taille, und ehe sie protestieren konnte, befand sie sich plötzlich in der Luft und schaute über die Köpfe der Menschenmasse hinweg. Der Doge hatte einen leuchtendroten Umhang um, mehr konnte sie aus der Entfernung nicht erkennen.

Noch immer vergnügt lachend stellte Giuseppe sie vorsichtig wieder auf den Boden.

Wie anders er doch ist als Marco, fuhr es Christina durch den Kopf. Sie mochte den lustigen Mann mit den braunen Augen. Bei ihm fühlte sie sich irgendwie sicher und ... geborgen.

21

„Mama, so hör mir doch erst einmal zu", verzweifelt versuchte Ana Karina gegen den Redestrom am anderen Ende der Telefonleitung anzukommen.

„Ja, wir haben es gemeldet ... nein, sie haben noch keine Spur." Sie hütete sich, etwas von dem zu erzählen, was sie selber herausgefunden hatte. Es würde ohnehin niemand glauben, zu seltsam war das alles. Ihre Mutter besaß das Temperament von zehn Italienerinnen, hatte ihr Vater mehr als einmal behauptet, und damit war er nicht ganz im Unrecht.

„Nein, ich kann hier jetzt nicht weg ... ja, Mama, ich komme, sobald ich kann ... nein, auf gar keinen Fall!" Irgendwie musste sie verhindern, dass ihre Mutter angereist kam. Der Vater hatte sich noch immer nicht völlig erholt und sollte auf keinen Fall aufgeregt werden. Man musste es ihm schonend beibringen. Nächste Woche würde sie nach München fliegen, mit den Eltern sprechen und dabei auch gleich nach ihrem Laden sehen. Seufzend legte sie den Hörer auf die Gabel.

Und was nun? Sich noch einmal mit der blinden Malerin treffen? Das hätte wohl wenig Sinn. Hatten sie vielleicht irgendetwas übersehen? Die Mauer war untersucht, von beiden Seiten. Estrella hatte in die Karten geschaut und gesagt, dass die Tore in andere Dimensionen oder Zeiten sich erst an Samhain, Halloween wieder öffnen würden. Sollten sie so lange warten, einfach untätig herumsitzen? Alles in Karina sträubte sich dagegen, und doch musste sie zugeben, dass im Moment ihre Möglichkeiten ausgeschöpft waren.

„Ich brauche einen Kaffee", sagte sie halblaut. Sie schlüpfte in Stiefel und Jacke und verschloss hinter sich sorgfältig die Tür. Dann ging sie langsam die Treppe hinunter. Vorsichtig sah sie sich in der Eingangshalle um. Die Luft war rein. Nichts wie weg! Draußen nieselte es. Sie zog die Schultern hoch und setzte energisch den ersten Schritt vor die Tür. Das konnte nicht sein! Da stand Guido mit einer Zigarette und grinste sie freundlich an.

„Na liebe Schwägerin, wo soll es denn hingehen?" Fürsorglich hielt er den aufgespannten Schirm über sie, was nicht ganz einfach war bei seiner geringen Größe. Fehlte nur noch, dass er sich bei ihr einhakte, schoss es ihr durch den Kopf.

Guido sah sie noch immer fragend an.

„Ich brauche eine Tasse Kaffee ... vernünftigen." Ergeben sah sie ihren Schwager an. „Was ist? Kommst du mit?"

Guido nahm einen tiefen Zug und trat dann seine Zigarette auf dem Gehweg aus.

„Na klar, ich lass dich doch nicht alleine losgehen bei diesem ungemütlichen Wetter", antwortete er grinsend.

Guido langweilte sich. Das Gespräch zwischen Ana Karina und Toni verlief auf Italienisch und seine Schwägerin übersetzte ihm nur selten etwas. Überhaupt, dieser Toni! Guido fühlte etwas wie Eifersucht in sich aufsteigen. Der Mann besaß neben seinem blendenden Aussehen auch noch jene Art von Charme und Leichtigkeit, die es ihm in der Frauenwelt einfach machte, Hahn im Korbe zu sein. Er, Guido, benahm sich dagegen wie ein hölzerner Stoffel. Er fühlte sich wie das fünfte Rad am Wagen. „Si si si", antwortete Toni gerade lebhaft, und das klang fast wie eine Bestätigung in Guidos Ohren. Stirnrunzelnd rührte er in seinem Kaffee herum und ließ seine Blicke schweifen. Das kleine Bistro war gemütlich und stilvoll eingerichtet, so ungern er das auch zugab. Alles, was mit diesem Toni zusammenhing, war ihm irgendwie ein Dorn im Auge. Bei der Begrüßung hatten die Männer sich kurz gegenseitig gemustert und beide für sich festgestellt, dass sie nicht auf der gleichen Wellenlänge waren. Toni nahm es gelassen, vor allem, nachdem er erfuhr, dass Guido nur Ana Karinas Schwager war. So blieb er für ihn einfach nur ein Gast unter vielen, wobei ihn mit dessen Begleiterin inzwischen weit mehr verband. Toni war ehrlich genug, sich das einzugestehen.

„He, es hat sich schon mal einer tot gerührt." Ana Karina sah belustigt zu, wie Guido ein wahres Erdbeben in seiner Kaffeetasse auslöste.

„Schön, dass du dich meiner erinnerst", platzte es aus dem Angesprochenen heraus. Er legte den Löffel beiseite.

„Du weißt schon, dass ich kein Italienisch verstehe …"

„Oh entschuldige!" Das klang schon fast boshaft jetzt. „Ich habe Toni nur kurz das Neuste berichtet und ihm gesagt, dass ich für eine zeitlang wieder nach München muss. Ich reise Montag ab."

Guido musste sich erst einmal sammeln.

„Du hast was? Weiß er denn Bescheid?", er rang sichtbar nach Luft, während sich sein Gesicht langsam verfärbte.

„Und was soll das heißen, du reist am Montag nach München ab? Willst du mich jetzt etwa allein hier sitzen lassen?" Vorwurfsvolle wässrige Augen sahen sie anklagend an.

Karina hielt dem Blick stand.

„Also Punkt Nummer eins: ja, Toni zählt zu den Eingeweihten, und genießt diesbezüglich mein volles Vertrauen. Was Punkt Nummer zwei angeht: ich habe einen Laden in München, falls du das vergessen haben solltest. Außerdem habe ich gestern mit Mama telefoniert und sie davon in Kenntnis gesetzt, dass Christina verschwunden ist und wir eine Suchmeldung herausgegeben haben. Mehr weiß sie bisher nicht, und das ist auch besser so. Im Moment können wir hier aber nichts ausrichten. Du weißt, was Estrella aus den Karten gedeutet hat. Also habe ich mich entschlossen, meinen Eltern in dieser schweren Zeit ein wenig zur Seite zu stehen und mich gleichzeitig um meine Antiquitäten zu kümmern."

Beim letzten Satz lag die Betonung eindeutig auf dem Wort Antiquitäten. Guido runzelte die Stirn. Man sah förmlich, wie es dahinter arbeitete. Karina war innerlich schon längst auf das vorbereitet, was nun kam.

„Ich werde meinen Urlaub abbrechen und mit dir zurückfliegen. Auch ich habe zu Hause Dinge zu ordnen, und vielleicht findet die Polizei ja doch eine Spur inzwischen."

Karina wusste, dass das nicht der Fall sein würde, aber sie nickte ergeben. Heute war Mittwoch. Es blieben noch genau vier Tage, um die Zelte hier abzubrechen. Gerade mal vier Tage mit Toni, bevor auch er abreisen und sich wieder seinem Studium in Mailand widmen würde. Ana Karina seufzte unwillkürlich auf. Der Alltag würde sie alle wieder einholen. Noch hatte nichts begonnen zwischen Toni und ihr, zumindest nicht offiziell, und doch wusste sie schon jetzt, dass er ihr fehlen würde, wie nie zuvor ein anderer Mensch es getan hatte. Warum mussten die Dinge immer so kompliziert sein?

Sie spürte die warme Hand auf ihrem Arm und sah Toni direkt in die Augen. Sie sah Traurigkeit, Hoffnung und so etwas wie Angst darin. Und da wusste sie plötzlich, dass er genauso empfand.

22

Christina Maria schmiegte sich vertrauensvoll an Giuseppe und ließ sich von ihm aus dem Menschengewühl hinausgeleiten. Der Weg war gar nicht so weit, wie sie gedacht hatte. Schon bald waren sie am Haus angelangt. Die große Halle schien leer, und seufzend ließen sie sich auf einem orientalischen Diwan in einer Ecke nieder. Zwei Kerzen in einem verschnörkelten Halter an der Wand verbreiteten ein beinahe romantisch anmutendes Licht.

Giuseppe klingelte, und eine Dienstbotin erschien. Wenig später tranken sie süßlichen roten Wein aus edel verzierten Gläsern, und ihre Karnevalsmasken lagen in seltsamer Eintracht auf dem zierlichen Tisch vor ihnen. Benommen stellte Christina fest, dass sie noch immer an den ihr inzwischen so vertrauten fremden Mann gelehnt da saß. Sie richtete sich halbherzig auf.

„Giuseppe?"

„Ja, Julietta?" Das Duca ließ er bewusst weg. Es passte nicht mehr zu der Atmosphäre, die zwischen ihnen herrschte.

„Warum ist Marco so plötzlich weggerannt? Und was ist mit dem Orden?"

„Was hast du ihm denn gesagt?" Giuseppes Stimme klang ruhig. Er sah ihr in die Augen, und Christina Maria senkte den Blick.

„Ich habe ihm von meiner Zeit erzählt. Wie die Welt heute ist und dass es noch immer Arme und Reiche gibt. Keine Gerechtigkeit, keine Gleichberechtigung, so in etwa."

Giuseppe zog scharf die Luft ein.

„Und was hat er geantwortet?"

„Er sagte nur vier Worte: dann haben wir versagt."

„Schau mich an." Guiseppe legte ihr die Hand unter das Kinn und zwang sie, ihm in die Augen zu sehen. „Vielleicht haben wir versagt, aber noch ist nicht das Ende aller Tage. So lange es Leben auf dieser Erde gibt, wird es Veränderung geben und Hoffnung. Es hat einen Sinn, dass du hier bist, jetzt, genau hier an diesem Ort in unserer Zeit. Du bist immer mal wieder aufgetaucht und dann verschwunden, ohne dass wir wussten, wo du bist. Manchmal hat man dich an anderen Orten, weit von hier, gesichtet. Du bist zu uns aus der Zukunft gekommen, denke ich. Mit einer Botschaft an uns, die wir erst noch entschlüsseln müssen. Aber du bist dennoch nicht die, die Marco erwartet hat. Irgendetwas ist anders diesmal. Und du erinnerst dich an nichts hier, oder?"

Sie sah in seine freundlichen und besorgt blickenden Augen und wollte sich einfach nur fallen lassen. Die Worte verschwammen wie im Nebel. Zu kompliziert war das alles. Der Kopf war ihr so schwer vom Wein. Sie ließ ihr Gesicht gegen seine Schulter sinken und murmelte: „Erzähl mir vom Orden."

Die Antwort hörte sie schon nicht mehr. Christina war eingeschlafen. Giuseppe lächelte und legte vorsichtig seine kräftigen Arme unter ihren Körper. Er wollte sie auf gar keinen Fall jetzt wecken. Eine Weile betrachtete er schmunzelnd ihr friedliches Gesicht. Dann trug er sie behutsam die Treppe hinauf.

23

Die Hexe saß stirnrunzelnd vor den Tarotkarten und schüttelte langsam ihren Kopf. Cinderella schaute sie aus ihren klugen Augen an. Mit dem wachen Verstand einer Ratte nahm sie jede Kleinigkeit, jede Stimmung um sich herum sofort wahr. Es war eine Gabe, die bei ihr ganz besonders ausgeprägt war. Instinktiv wusste sie ja auch immer, welche Karte sie umdrehen musste. Das konnte bei Weitem nicht jede ihrer Art. Wäre sie ein Mensch, so würde man von Spiritualität sprechen, aber dieser Begriff wurde bei Ratten nicht verwendet.

Cinderella hob witternd den schmalen Kopf. Estrella verbreitete momentan eine gewisse Unsicherheit, die nicht wirklich zu ihrem Wesen passte und zum Glück nur sehr selten vorkam. Die Ratte sog die Stimmung förmlich in sich auf und landete dann mit einem grazilen Sprung auf Estrellas linker Schulter. Die Hexe seufzte und kraulte sie unter dem Kinn.

„Ach Cinderella. Irgendetwas stimmt da nicht. Die Vergangenheit beginnt sich über die Gegenwart zu schieben. Eine Bedrohung, etwas Finsteres macht sich auf den Weg."

Seit zwei Tagen schon war das Blatt fast identisch. Irgendetwas in ihr sagte, dass es mit Christina Marias Verschwinden zu tun hatte. Doch noch waren die Zusammenhänge nicht klar. Die Schleier zwischen den Welten und Dimensionen würden sich erst Ende Oktober lichten. Was also konnte aus der Vergangenheit den Weg in die Gegenwart finden und vor allem wie? Oder deuteten die Karten auf eine noch ferne Zukunft hin? Estrella schob die Karten mit einem energischen Griff zusammen und packte sie zur Seite.

Entschlossen stand sie auf und öffnete die Tür des Sideboards. Behutsam entfernte sie das Tuch über der Kugel, die auf einem aus Mahagoniholz geschnitzten Sockel stand, und stellte sie auf den Tisch. Im Gegensatz zu vielen anderen Hexen und Wahrsagern benutzte sie die Kristallkugel eher selten. Doch diesmal musste sie sichergehen. Langsam schlossen sich ihre Hände klauenartig um die Kugel, und sie murmelte etwas. Aufmerksam schaute Cinderella in das runde Gebilde aus Glas. Sie war immer wieder fasziniert von den Dingen, die darin beinahe greifbar und dennoch völlig geruchslos entstanden.

Estrella atmete tief ein und löste ihre Hände von der Kugel. Der Kontakt, die Verbindung zwischen ihr und den astralen Mächten, war jetzt hergestellt. Sie beugte sich vor und schaute wie hypnotisiert auf die ersten nebelartigen Formen und Farben, die sich langsam zu Bildern zusammensetzten.

24

Marco hob verärgert die Damenmaske vom Tisch und betrachtete sie ausgiebig von allen Seiten.

„So, hier habt Ihr also gesessen und euch prächtig amüsiert. Ich hätte es wissen müssen. Das komische Verhalten in letzter Zeit …"

„Halt, mein Freund! Wer hat Julietta denn im Regen stehen lassen? Du hast dich einfach so aus dem Staub gemacht. Wenn ich mich ihrer nicht erbarmt hätte, würde sie jetzt noch in der Kälte vor dem Dogenpalast stehen und auf dich warten."

„Warten, dass ich nicht lache!" Marco sah Giuseppe stirnrunzelnd an.

„An Regen kann ich mich auch nicht erinnern. Aber Staub und Regen, das ergibt einen Sinn, oh ja!"

„Du denkst nicht wirklich, dass ich dir Julietta ausspannen will, oder?" Giuseppes Stimme klang ernst.

„Ich weiß es nicht mein Freund. Verzeih mir, aber ich blicke nicht mehr durch."

Marco kam langsam wieder zu sich.

„Mit diesem reservierten Verhalten mir gegenüber komme ich nicht klar. Früher war alles ganz anders, wir standen uns sehr nahe."

Sein Freund nickte mit dem Kopf.

„Jeder hier weiß das. Es war ja schon lange kein Geheimnis mehr."

Er zögerte. War das der richtige Zeitpunkt? Aber konnte es überhaupt einen richtigen Zeitpunkt geben?

„Ich denke, dass das nicht Julietta ist", sagte er leise aber bestimmt.

Marco griff ihn hart bei der Schulter.

„Du glaubst WAS? Kannst du dich erinnern, dass ich neulich schon so eine Vermutung hatte? Und was hast du da geantwortet?"

Giuseppe schüttelte die Hand ab.

„Verflixt, das tut weh!" Wütend sah er seinem Freund in die Augen.

„Ja, das weiß ich. Ich habe dir gesagt, dass sie es ist und dass sie das Medaillon trägt. Aber hör zu: Das Medaillon könnte auch auf andere Art in ihre Hände gelangt sein."

„Bleibt immer noch ihr Aussehen, alter Freund. Kannst du mir das auch erklären?" Marco schnaubte wie ein Drache, der gleich Feuer speien wollte, durch die Nase.

„Ich bin dir keine Erklärung schuldig ... oder vielleicht doch." Giuseppe bemühte sich hörbar um eine ruhige und sichere Stimme.

„Das mit dem Aussehen kann ich dir auch nicht erklären. Es ist keine Maske. Aber das Wesen dahinter ..."

„Keine Maske! So nah seid ihr euch also schon gekommen!" Marcos Faust donnerte auf den Tisch.

„Hör mir doch zu! Das Einzige, was ich mit Sicherheit sagen kann, ist, dass das nicht Julietta ist!"

„Und warum bist du dir da auf einmal so sicher?" Giuseppe sah den Freund offen an.

„Weil ich für Julietta niemals so empfunden habe wie für diese Frau."

Jetzt war es raus. Selbst die Luft schien plötzlich vor Spannung zu knistern.

Entschlossen wandte er sich um und ging auf das Portal der großen Halle zu. Ohne sich noch einmal umzuschaun, öffnete er es und ging hindurch, hinaus in die eisige Kälte der Nacht. Zurück blieb ein fassungsloser Marco, der wie erstarrt auf die Karnevalsmaske in seiner Hand blickte, während Giuseppes Schritte draußen von der Dunkelheit verschluckt wurden.

25

Ana Karina legte verwundert den Hörer auf. Das war die Rezeption gewesen. Unten wartete eine aufgeregte Dame, die nur den Namen Estrella genannt hatte. Die Hexe war hierher gekommen, das war außergewöhnlich. Ohne triftigen Grund würde Estrella niemals mitten in der Nacht ihr Haus verlassen.

Ana Karina hatte ein mulmiges Gefühl, als sie sich den Morgenmantel über den Schlafanzug zog.

Die Hexe saß auf dem Sofa in der kleinen Empfangshalle der Pension und schlürfte einen Espresso. Angewidert verzog sie das Gesicht.

„Also, wenn das hier Kaffee sein soll, dann fresse ich meinen Besen ..."

Karina eilte mit ausgestreckten Armen auf das Sofa zu, und die beiden Frauen umarmten sich zur Begrüßung.

„Estrella, bist du okay? Was ist denn geschehen?"

„Noch ist nichts geschehen, aber ich mache mir große Sorgen." Sie sah sich vorsichtig um, und ihr Blick fiel auf den jungen Mann an der Rezeption, der die Nachtwache schob.

„Wo können wir ungestört sprechen?"

„Am besten ist, wir gehen auf mein Zimmer, und du erzählst mir alles." Ana Karina nickte dem Mann freundlich zu und stieg dann langsam als erste die Treppe hinauf.

Estrella ließ sich aufatmend im Sessel nieder, während Karina sich im Schneidersitz auf das breite Bett setzte.

„Kann ich dir irgend etwas anbieten?"

„Danke, mir ist schon schlecht. Noch so einen Kaffee überlebe ich nicht heute Abend." Die Hexe sah besorgt aus.

„Hör zu, ich weiß nicht, wie ich es dir sagen soll. Aber du darfst auf keinen Fall durch das Zeittor gehen. Dort lauert etwas Böses, das nur darauf wartet, in die heutige Zeit zu gelangen."

Karina war verwirrt.

„Aber du weißt doch, dass ich dorthin muss, um Christina zurückzuholen. Ende Oktober, wenn die Wände zwischen den Dimensionen durchlässig werden ..."

„Also, die Karten haben mich gewarnt vorhin, und darauf hin habe ich meine Kristallkugel zu Rate gezogen. Doch was ich darin sah ..." Die Hexe schauderte, und ihr Blick ging in weite Ferne.

„Finsternis, überall liegen Tote, Feuer brennen und Menschen wehklagen. Leid, soweit das Auge reicht."

„Das klingt wie eine Warnung." Karina grübelte vor sich hin.

„Hmmm ... vielleicht ist gerade Krieg, dort wo Christina ist. Aber ich muss sie finden und zurückbringen. Sie ist nicht so stark wie ich, sie braucht mich jetzt."

Estrella schüttelte den Kopf.

„Auch im Hier und Jetzt herrschen Kriege. Wie sollte ein Krieg aus grauer Vorzeit mit, im Vergleich zu unserer modernen Kriegsführung, recht primitiven

Waffen, unsere heutige Welt bedrohen? Es muss etwas anderes sein. Etwas Schlimmeres."

„So oder so, ich kann meine Schwester nicht im Stich lassen. Sie war immer die Schwächere von uns beiden. Hast du sie gesehen? Wo ist sie, und wie geht es ihr?"

Aufgeregt schaute Ana Karina die Hexe an.

„Nein, ich habe sie nicht gesehen."

„Vielleicht bezog sich das Bild in deiner Kugel dann ja gar nicht darauf. Ich meine, vielleicht hat es gar nichts mit Christina zu tun." Ein klein wenig Hoffnung keimte auf und verschwand mit den Worten der Hexe wieder.

„Mein Gefühl hat mich noch nie betrogen, Kleines. Ich wünschte, es wäre anders. Wir haben es hier mit einer   grauen Vorzeit zu tun. Das Mittelalter birgt Gefahren der ganz besonderen Art. Ich denke da nur an die Seuchen, allen voran die Pest, die über Jahrhunderte Zigtausende dahinraffte."

„Ich habe nachgelesen, dass es erst nach dem Verschwinden   Juliettas   wieder   eine   große Pestepidemie gab … 1575."

„Liebes, können wir genau wissen, in welche Zeit das Tor dich führen wird? Und wie lange du dort bleiben wirst? Das ist eine gefährliche Sache, auf die du dich da einlässt. Die Berichte aus jener Epoche sind nicht immer lückenlos und unfehlbar."

Karina seufzte.

„Was soll ich denn tun? Christina vergessen? So tun, als hätte es sie nie gegeben? Und was soll ich Guido sagen? Und den Eltern?"

„Nein, natürlich sollst du sie nicht vergessen."

Estrella sah sie aufmerksam und lange an, bevor sie sagte: „Du wirst vor deiner Aufgabe nicht zurückschrecken, das war mir von Anfang an klar. Aber so bist du wenigstens gewarnt. Die Götter seien mit dir und mit uns allen."

„Siehst du, da sagst du es selbst! Es ist meine Aufgabe!"

„Das Wort ist mehrdeutig. Denk immer daran, auch dich selbst nie aufzugeben, wenn du nicht aufgibst, um diese Aufgabe zu erfüllen. Ich muss nun gehen, Karina, pass gut auf dich auf. Wir hören bald wieder voneinander."

Nachdenklich und aufgewühlt sah Ana Karina der Hexe hinterher, die sorgfältig die Tür hinter sich schloss.

26

Christina Maria wälzte sich unruhig auf der unbequemen Matratze hin und her. Hintereinander erschienen Gesichter im Traum ... da war Guido, er schaute besorgt auf sie nieder. Und jetzt Karina, sie lachte unbekümmert und laut. Die Gesichter verschmolzen miteinander und ein neues entstand daraus. Giuseppe!
Mit einem leisen Schrei fuhr Christina hoch, um gleich darauf wieder kraftlos zurückzusinken. Ein altes Haus, düster, mitten im Sumpf. Guido streckte die Hand nach ihr aus, aber er konnte sie nicht erreichen. Langsam wurde sie von dem schmatzenden Morast eingesaugt. Flehend erhob sie beide Hände und wollte schreien, doch nur ein Gurgeln entrang sich ihrer Kehle.
Schweißgebadet wachte sie auf und blickte verwirrt um sich. Sie rang nach Luft. Zu deutlich war noch alles, der verzweifelte Kampf ums Überleben und die Panik zu versinken. Es dauerte eine geraume Zeit, bis sie sich erinnerte, wo sie war. Und damit fiel ihr auch bruchstückweise wieder ein, was am Abend zuvor geschehen war. Giuseppe, wo war er jetzt? Ob er auch nicht schlafen konnte? Und Guido? Wartete er noch immer auf sie? Suchte er nach ihr? Sie lauschte in sich hinein. Guido und Giuseppe ...
Ihr Kopf war schwer, und langsam machte sich ein pochender Schmerz in den Schläfen bemerkbar. Sicherlich gab es in dieser Epoche noch kein Aspirin. Sie schauderte, so kalt war es hier im Raum. Fröstelnd wickelte sie sich fester in ihre Decke ein.

Es war dunkel, also noch Nacht. Sie wollte nicht schlafen, hatte Angst, dass die Träume wieder kommen würden. Also wartete sie im Bett sitzend auf die Morgendämmerung. Bei Tageslicht würde alles anders aussehen. Mit klammen Fingern massierte sie ihre Schläfen und versuchte, ihre Gedanken ein wenig zu ordnen.

Eines war klar: Vorerst konnte sie hier nicht weg. Und selbst wenn es irgendwann möglich sein sollte, wollte sie dann überhaupt zurück in ihr altes Leben? Sie zog Bilanz.

Als Kind hatte sie ein Dasein im Schatten ihrer dominanten Schwester geführt. Danach eines an Guidos Seite als seine Sekretärin. Sicher, es ging ihr nicht schlecht dabei. Doch immer hatte sie das Gefühl von Abhängigkeit. War ihre Liebe zu Guido nur eingebildet und in Wahrheit nichts anderes als Dankbarkeit? Dankbarkeit, weil er sich um sie kümmerte und ihr das Gefühl gab, etwas wert zu sein?

Sein rundes Gesicht mit dem gutmütigen Ausdruck erschien vor ihren inneren Augen. Sie hatte sich so an seine ständige Gegenwart gewöhnt. Und nun war er plötzlich so weit fort. Gewohnheit? Jetzt schon? Was würde dann noch bleiben nach ein paar Jahren? Vermisste sie ihn wirklich?

Ein anderes Gesicht schob sich davor. Andere Augen. Christina seufzte. Was war gestern geschehen? Ach, die Wirkung des Weines. Sie konnte sich nur noch wage an Einzelheiten erinnern. Marco hatte sie einfach auf dem Platz zwischen all den fremden Menschen stehen lassen, und dann war plötzlich Giuseppe da, wie aus dem Nichts aufgetaucht. Der Rest ihrer Erinnerungen bestand aus einem einzigen Gefühlschaos.

Sie rief sich Giuseppes Worte ins Gedächtnis, den Klang seiner Stimme und sein Lachen.

'Es hat einen Sinn, dass du hier bist, jetzt, genau hier an diesem Ort in unserer Zeit.'

Ein Gefühl von Vertrautheit und Wärme überkam sie plötzlich mit aller Wucht. Doch da war noch etwas anderes. Sehnsucht … Sie wollte aufstehen und nach ihm sehen. Am liebsten sofort. Und gleichzeitig hatte sie Angst davor. Seufzend lehnte sie sich in die Kissen zurück. Sicher lag er friedlich in seinem Bett und schlief. Sie musste warten. Nicht mehr lange, sagte sie sich. Der Morgen würde kommen, schon sehr bald. Ein erster Silberstreif am Horizont kündigte ihn bereits an.

27

Ana Karina stellte den Gurt ein und sah geistesabwesend aus dem Fenster. Das Flugzeug rollte an. Nicht mehr lange und die Lagunenstadt würde endgültig hinter ihnen liegen. Der Abschied von Toni war schwer. Noch immer fühlte sie seine warmen Lippen auf den ihren und seufzte. Sie wusste nicht, wann sie ihn wiedersehen würde. Er hatte ihre Adresse und Telefonnummer, der Rest blieb abzuwarten. Neben ihr saß Guido mit zusammengekniffenen Augen. Krampfhaft klammerte er sich an der Lehne des Sitzes fest, und sein Gesicht zeigte eine ungesunde bleiche Farbe.
‚Angst hast du, alter Knabe', dachte Karina ohne einen Funken Mitleid. Solange er nicht sprach, war es zu ertragen. Sie hatte keine Lust auf Konversation und wollte einfach nur mit ihren Gedanken allein sein. Zu Hause stand ihr ein schwerer Gang bevor. Mit Schaudern dachte sie darüber nach, wie sie den Eltern gegenübertreten sollte.
Christina Maria! Wo war sie jetzt, und was tat sie? Ging es ihr gut? Wie sollte sie sich zurechtfinden in einer Welt, in die sie nicht gehörte?
Noch vor kurzem war das Leben so einfach und unkompliziert, ja beinahe schon langweilig. Doch mit Guidos Anruf hatte sich alles verändert. Nein, eigentlich nicht mit dem Anruf, sondern schon davor, berichtigte sie sich. Mit Christinas Verschwinden hatte alles begonnen und doch wusste Ana Karina, dass auch das nur ein Auslöser, aber nicht die

Ursache war. Die lag irgendwo in der Vergangenheit und hatte mit ihr, Karina selbst, etwas zu tun.

Das Flugzeug stieg und sackte dann ein wenig ab, wie immer nach dem Start. Guido stöhnte leise.

Es gab so viele Fragen. Wie sollte sie ihren Zwilling finden, selbst wenn es ihr gelang, die Zeitmauer zu durchbrechen? Wie würde man sie dort empfangen, und konnte sie überhaupt in der gleichen Zeit landen wie Christina Maria? Und was würde geschehen, wenn man sie erkannte? Was wollten diese Menschen aus der Vergangenheit, was erwartete der Orden von ihr? War sie selbst eine Inkarnation dieser geheimnisvollen Julietta?

Guido tupfte sich mit einem Papiertaschentuch den Schweiß von der Stirn und sah sie aufatmend an.

„Das wär geschafft, wir sind oben", sagte er erleichtert.

„Ist das Essen eigentlich im Flugpreis inbegriffen?"

Seine Schwägerin kehrte nur widerwillig ins Hier und Jetzt zurück. Mit der Ruhe war es vorbei. Sicher würde Guido sie volleiern bis kurz vor der Landung. Wie ertrug ihre Schwester ihn nur Tag für Tag an ihrer Seite? Demonstrativ zog Ana Karina die Broschüre aus dem Netz und blätterte darin herum. Guidos Wurstfinger tippte plötzlich auf eine aufgeschlagene Seite, und dann sagte er: „Im Frühling an die Blumenriviera, das ist doch ganz was anderes als Venedig im Winter mit all diesem Nebel und der Kälte und …"

Karina schaltete auf Durchzug. Auch dieser Flug würde vorbeigehen. Sie freute sich auf zu Hause, trotz allem, auf ihre gemütliche kleine Wohnung im

Dachgeschoss, einen schönen Wintertee bei Kerzenlicht und leiser Musik. Alles andere hatte Zeit bis morgen. Sie sah aus dem Fenster. Unten waberte eine dichte Wolkendecke und verbarg ihr die Sicht, doch hier oben leuchtete der Himmel in seinem schönsten Blau, und die Sonne strahlte mit all ihrer Kraft.

28

Er war nicht da. Mit klopfendem Herzen hatte Christina Maria nach ihm Ausschau gehalten. Giuseppe war wie vom Erdboden verschluckt und ließ sich seit Tagen nicht blicken.

Marco war noch unfreundlicher als je zuvor und brummte nur: „Er wird was zu erledigen haben."

Auch sonst zuckten alle, die sie fragte, nur gleichmütig mit den Schultern. Im Venedig des 16. Jahrhunderts schien es völlig normal zu sein, dass jemand plötzlich ohne jede Ankündigung verschwand und nicht wieder auftauchte.

Die ersten zwei Tage hatte sie sich am Morgen besonders schön zurechtgemacht und war erwartungsvoll die breite Treppe in den Saal hinuntergeschritten, jedesmal darauf bedacht, sich nicht in den langen Gewändern zu verfangen und ins Stolpern zu geraten.

Die Gerichte sprachen ihr auch nicht so zu wie sonst, das Fleischverbot wurde streng befolgt, und obwohl die Mahlzeiten keinesfalls dürftig waren, so entsprachen sie dennoch nicht ihrem Geschmack.

„Duca Julietta, Ihr müsst etwas zu Euch nehmen. Ihr seht schon ganz blass aus."

Besorgte Stimmen um sie herum, Leute, die es gut mit ihr meinten. Doch von Tag zu Tag fühlte sie sich schwächer. Sie war wie eine Gefangene in diesem schönen Haus, in dem es für sie keine wirkliche Beschäftigung gab.

„Bald wird man uns sicherlich im Dogenpalast empfangen", raunte die beleibte Frau, die neben ihr saß, in ihr Ohr.

Der Dogenpalast! Oh wie gern hatte sie den Palast sehen wollen und den Dogen. Doch irgendwie konnte sie nicht einmal der Gedanke daran im Moment wirklich aufheitern.

„Der Doge hegt nämlich große Sympathien für unseren Orden", erklärte die Dame flüsternd, bevor sie sich noch etwas Gebäck auf ihren ohnehin schon überladenen Teller häufte.

Das Leben hier war ruhiger geworden. Der Trubel und die ausgelassene Stimmung der Karnevalszeit waren einer ernsteren Besinnlichkeit gewichen. Christina Maria, die gerade begonnen hatte, sich ein wenig einzuleben, kam sich auf einmal wieder fremd vor. Trotz all der Menschen fühlte sie sich einsam und das nur, weil einer fehlte. Traurig schaute sie auf ihr Gedeck. Neben ihr begann die dicke Dame plötzlich zu husten und lief rot an. Wild fuchtelte sie mit den Armen.

Christina Maria sprang auf und nahm all ihre Kraft zusammen, um ihre Nachbarin ein Stück vom Stuhl hochzuhieven. Rasch beide Arme um ihre Taille geschlungen und die Faust zweimal unter die Rippen in Richtung Zwerchfell gedrückt. Vor den weit aufgerissenen Augen der Tafelgäste flog eine Dattelfeige aus dem Mund der Dame quer über den Tisch. Gut, dass Christina den Heimlich-Handgriff beherrschte, sonst hätte das wirklich übel ausgehen können. Unter Oh und Ah ließ sich die Gerettete erschöpft auf ihren Sitz zurückfallen und rang nach Luft.

Zumindest habe ich meine Tischnachbarin vor dem Erstickungstod bewahrt, dachte Christina ironisch, nachdem diese sich überschwänglich bei ihr bedankt hatte. Wider Willen und doch voller Erwartung richtete sie ihre Augen auf den Eingang, doch es war nicht Giuseppe, der soeben durch die Tür trat.

29

Ana Karina starrte ins Kerzenlicht. Man sagte doch immer, ein Zwilling fühlt, wenn der andere in Gefahr ist. Zwillinge seien wie durch ein unsichtbares Band miteinander verbunden. Ana Karina hatte dieses Band nie gespürt, und auch jetzt war da nichts. Kein Zeichen, keinerlei Gefühl, wenn sie an die Schwester dachte. Die Kerze flackerte, als wolle sie Protest einlegen. Gedankenverloren spielte Karina am Wachsrand. Im Hintergrund klang leise Musik aus dem altertümlichen Volksempfänger.

Karina besaß, auch was ihre Wohnungseinrichtung betraf, einen Hang zu Antiquitäten. Sie hatte so lange daran herumgebastelt, bis das Radio wieder funktionstüchtig war.

Guido war notgedrungen in seine Villa am Stadtrand zurückgekehrt, nachdem er mit hängenden Armen herumgedruckst und vergebens auf eine Einladung Ana Karinas gewartet hatte. Sie wusste, es war nicht leicht für ihn, jetzt in das leere Haus zurückzukehren, aber sie brauchte unbedingt erst einmal Ruhe.

Wenn sie morgen ihren Eltern gegenübertrat, sollte ihr Kopf klar sein. Sie musste genau abwägen, was sie erzählen konnte und was nicht. Die Wahrheit würde ihr ohnehin niemand abnehmen. Die Kerze flackerte und zischte. Irritiert zog Karina ihre Hand zurück und ein schmales Rinnsal heißes Wachs lief auf die blank polierte Platte des alten Eichentisches.

„Verd …" Das Telefon klingelte, doch sie ignorierte es. Morgen, dachte sie müde, morgen, nur nicht mehr heute. Nachdem es noch mehrmals geschrillt hatte, verstummte es schließlich. Wer immer es war, er hatte aufgegeben. Und wenn das nun … Nein! Energisch schüttelte sie den Kopf. Warum sollte Toni jetzt anrufen? Auch das Telefon stammte aus dem Antiquitätenladen, und die Nummer ließ sich nicht zurückverfolgen.

Karina kaute nervös an ihrer Unterlippe. Oder ob die Polizei einen Hinweis hatte? Vielleicht waren es die Eltern? Sie riefen nicht gern übers Handy an, es war zu teuer vom Festnetz aus. Oder es war einfach nur Guido.

Das Telefon schrillte erneut. Michas aufgeregte Stimme erklang vom anderen Ende der Leitung.

„Mensch, wieso gehste denn nicht ran?"

Ana Karina unterdrückte ein Grinsen. Sie war seit der ersten Klasse der Grundschule mit Michaela befreundet, und gemeinsam hatten sie schon einiges angestellt. Natürlich wusste Micha bereits haargenau, was vorgefallen war und auch, dass Karina heute nach München zurückgeflogen war.

„Na hör mal, ne alte Frau ist doch kein D-Zug", erwiderte sie und fühlte sich auf einmal gar nicht mehr so müde.

„Sag, hast du Lust, auf einen Tee vorbeizukommen? Wir könnten einen Schlachtplan für morgen entwerfen, und als kleine Zugabe erzähl ich dir von Toni."

„Wer ist denn Toni?", kam es zurück.

„Der wunderbarste Mann, der mir je über den Weg gelaufen ist." Vorsichtshalber hielt Karina den Hörer ein Stück vom Ohr ab.

Ein schriller Pfiff ertönte.

„Donnerwetter, dich scheint es ja erwischt zu haben! Bin schon unterwegs!"

Keine zehn Minuten später saßen die beiden Freundinnen einträchtig am Tisch bei Tee und Keksen. Michaela war klein und zierlich mit kurzen blonden Haaren, die kaum zu bändigen waren und meist wie eine lustige Bürste hochstanden. Oftmals erinnerten sie sich schmunzelnd und kichernd an all die Dinge, die sie bereits auf dem Kerbholz hatten, angefangen bei mit Kaugummi festgeklebten Klingelknöpfen unliebsamer Nachbarn über wilde Treppengeländerrutschpartien bis hin zum Pfeife rauchen im Keller.

Doch heute ging es um wesentlich ernstere Themen. Micha hatte nie viel für Christina Maria übrig gehabt, sie war ihr einfach zu zimperlich.

„Wenn es nicht so offensichtlich wäre, man könnte kaum glauben, dass ihr Zwillinge seid", hatte sie schon so oft gesagt. Aber jetzt war Not am Mann. Und dazu noch diese spannende Geschichte. Da konnte man Christina keinesfalls hängen lassen und Karina schon gar nicht. Kam nicht in die Tüte!

Die zwei tuschelten und kicherten ... laut sprechen wäre nicht geheimnisvoll genug gewesen.

„So müsste es gehen", Karina nickte zustimmend.

„Okay und jetzt erzähl mir von deinem Urlaubsflirt", sagte Michaela ungeduldig.

„Urlaubsflirt ist gut! Mitten im Winter und Urlaub in dem Sinne war es ja nun auch nicht!" Karina lachte.

„Also gut, dann spitz mal die Ohren." Und ob Micha das tat. Sie wechselte aufs Sofa hinüber und lehnte sich bequem zurück. Unbemerkt von den beiden wurde es dunkel, nur die Kerze brannte ruhig vor sich hin und tauchte die Wohnküche in ein unwirkliches Licht.

30

Chiara fühlte die warmen Sonnenstrahlen auf ihrer Haut, trügerisch, verspielt, denn noch war der Sommer nicht da, und dennoch genoss sie es und atmete die herbe Morgenluft in vollen Zügen.

Es war ein seltsamer Drang gewesen, in der Frühe schon hierher zu kommen, ein Drang, den sie in letzter Zeit öfter verspürte. Friedliche Stille lag über dem Garten und dem Plateau mit der Staffelei. Mit zusammengezogenen Augenbrauen lauschte die blinde Malerin dem Vogelgezwitscher in den Bäumen, ein sanfter Windzug spielte mit ihren offenen braunen Haaren. So ruhig und harmonisch schien alles in diesem Moment. Langsam und mit einer Sicherheit, wie sie nur Menschen zuteil ist, die schon lange nicht mehr sehen können, griff sie nach einem Pinsel. Vor ihr auf dem kleinen Tisch neben der Staffelei waren die Farbtöpfe in ordentlicher Reihe nebeneinander aufgebaut. Doch noch wartete sie, das Gesicht mit der schmalen Nase witternd in die Luft erhoben, mit geschlossenen Augen.

Und plötzlich entstand ein Bild vor ihrem inneren Auge. Sie ließ es auf sich wirken, in jeder Facette. Dann nach geraumer Zeit nickte sie zustimmend mit dem Kopf und tauchte den Pinsel zielsicher in einen Topf mit roter Gouachefarbe.

Pinselstrich um Pinselstrich übertrug sie das, was sie sah, auf die grundierte Leinwand. Chiara war in ihr Bild versunken. Für kurze Zeit verdunkelte eine Wolke das Sonnenlicht, und die junge Künstlerin zog fröstelnd ihre Schultern hoch.

Sie arbeitete konzentriert und hörte auch nicht damit auf, als das Hausmädchen vor die Tür trat und zum Mittagessen rief. Sie wollte und musste die Inspiration jetzt nutzen.

Erst als sich Schritte näherten, hob sie zögernd den Kopf.

„Vater?"

„Ja, Chiara, ich wollte ..." Die Worte erstarben auf seinen Lippen. Fassungslos schaute er auf die Leinwand. Es war wieder diese seltsame Mauer dort unten mit dem Zeichen zu sehen, die seine Tochter schon einmal gemalt hatte. Aber diesmal war das Bild mehr als beunruhigend. Etwas Dunkles durchbrach die Mauer von der anderen Seite, eine wabernde Masse, die etwas zutiefst Bedrohliches an sich hatte.

31

Seufzend versuchte Ana Karina ihren alten VW-Käfer wieder zu starten. Musste er gerade jetzt liegen bleiben?

„Bitte tu mir das nicht an, Charly", flehte sie und klopfte aufmunternd auf die Motorhaube des alten Autos. Der Käfer war ein sehenswertes Stück Nostalgie. Sie hatte ihn billig erstanden, sozusagen für einen Appel und ein Ei, ihn dann in einem Impuls eigenhändig knallrot gestrichen und mit schwarzen Punkten versehen. Nun sah er aus wie ein Marienkäfer.

„Das ist doch wohl nicht dein Ernst?", hatten ihre Eltern sie ungläubig gefragt, als sie das Auto zum ersten Mal sahen. Doch Karina hatte nur gelacht. So hatte der Wagen eine Art Individualität, und zudem war er immer wieder zu finden.

„Als ob es zuhauf VW-Käfer hier im Stadtviertel gäbe", sagte Guido spöttisch, als er das Argument hörte.

Charly gab einen letzten Schnaufer von sich, und das war es dann. Ana Karina rief ergeben den Abschleppdienst, denn hier konnte das Fahrzeug unmöglich stehen bleiben.

In Gedanken ging sie schnell durch, was sich noch zu Hause in ihrem Kühlschrank befand. Sie wollte eine Apfeltorte backen und ihre Eltern auf Kaffee und Kuchen zu sich einladen. Dann konnten auch Guido und Micha dabei sein. Die Freundin würde im Notfall eine wertvolle Stütze sein. Jedenfalls war es so geplant gewesen.

Der Abschleppdienst ließ nicht allzu lange auf sich warten. Kopfschüttelnd betrachteten die beiden Männer vom ADAC den VW-Käfer.

„Dass der überhaupt noch läuft", sagte der Jüngere, und Karina glaubte, ein spöttisches Lächeln in seinen Augenwinkeln zu sehen.

„Junge Frau, sollen wir den in die nächste Werkstatt bringen oder doch lieber gleich auf den Autofriedhof?", scherzte der andere. Über diesen Galgenhumor konnte Ana Karina nicht lachen. Sie mochte ihr Auto, und ein neues konnte sie sich derzeit auch gar nicht leisten.

„In die Werkstatt", antwortete sie knapp. Hoffentlich kam die Reparatur nicht allzu teuer, schon der Venedigaufenthalt hatte einiges an Erspartem geschluckt.

In der Werkstatt versprach man ihr, alles zu versuchen, um das 'alte Vehikel' wieder in Gang zu kriegen. Ana Karina ging zu Fuß um die paar Ecken nach Hause und atmete tief die kalte Luft ein. In Gedanken bereitete sie sich schon auf das Gespräch mit ihren Eltern vor. Es würde nicht so einfach werden. Gestern hatte sie noch bis spät in die Nacht hinein mit Micha einen Schlachtplan entworfen. Der Gondoliere sollte nicht erwähnt werden, ebenso wenig wie die Hinweise auf den geheimen Orden. Christina Maria war verschwunden, Guido hatte sie zuletzt in eine Gondel steigen sehen, so lautete die Version.

Es war nicht leicht gewesen, Guido heute Morgen am Telefon davon zu überzeugen, sah es doch nach einem handfesten Ehekrach aus, wenn die Braut auf der Hochzeitsreise verschwand. Und das, wo er ohnehin schon nur in der Familie geduldet wurde. Vielleicht würde man ihm sogar noch einen Strick daraus drehen. Wie hatte man ihm auf der italienischen Polizeiwache doch so schön gesagt? Halten Sie sich zur Verfügung! Er durfte das Land verlassen, da es keinerlei Beweise gegen ihn gab und natürlich auch keine Leiche, doch sollte man etwas finden, dann wäre er der Hauptverdächtige. Das ließ der Kommissar, dem diese ganze verworrene Geschichte sauer aufstieß, unmissverständlich durchblicken.

32

Christina Maria fröstelte. Noch immer gab es keine Spur von Giuseppe, und Marco konnte sie weder nach den Steinen noch nach dem Orden fragen. Er ging ihr aus dem Weg, und wenn sie sich dennoch begegneten, dann hatte er nur finstere Blicke für sie. Die anderen waren höflich, aber distanziert. Sie war ja die Duca, der begegnete man mit Respekt. Irgendwie war es ein Spiel, das nicht das ihre war. Und wieder einmal stellte sie sich vor, was wohl Ana Karina an ihrer Stelle tun würde. Sicherlich hätte ihre willensstarke und charismatische Schwester bereits jede Distanz mühelos überwunden.

Christina litt. Die beiden einzigen Männer, die ihr je etwas bedeuteten und ihr einen gewissen Halt gegeben hatten, waren nicht greifbar. Wieder einmal war sie auf sich selbst gestellt, allein in der Masse. Doch diesmal war es schlimmer als je zuvor, denn diese Masse schien irgendetwas von ihr zu erwarten. Und niemand sagte ihr, was das war. Es ging um irgendwelche Steine, einer war vorhanden und der andere fehlte. Anscheinend hatte sie, Christina Maria, ihn mitbringen sollen und hatte es nicht getan. Woher sollte sie wissen, wo sich der gesuchte Stein befand und wie er aussah? Sie war den Weg hierher nicht freiwillig gegangen. Hatte man sie verwechselt? Irrtümlich entführt? Oder hatte sie nur ihren Auftrag vergessen?

Das Ganze wurde immer mysteriöser. Jede Antwort auf ihre Fragen gab ihr nur neue Rätsel auf. Giuseppe wollte ihr alles erklären, und kurz darauf war er verschwunden. Vielleicht hatte man ihn aus dem Weg geräumt, ihm etwas angetan, weil er ihr das Geheimnis des Ordens verraten wollte. Marco war so etwas durchaus zuzutrauen.

Christina rang verzweifelt nach Luft. Ja, so musste es sein! Giuseppe würde nicht zu ihr zurückkehren, Tote kehrten nicht zurück. Und Guido war jenseits der Mauer in einer anderen Zeit. Mit tränenüberströmtem Gesicht warf sie sich auf ihr Bett und schluchzte in das Kissen. Nach einer Weile fuhr sie hoch und betrachtete sich verstört im Spiegel. Wie sah sie aus?! So, als hätte sie drei Nächte nicht geschlafen. Wütend trat sie gegen die alte Matratze. Dann wandte sie sich wieder ihrem Spiegelbild zu.

Gleich würde man an ihre Tür klopfen und sie zu Tisch bitten. Es hatte keinen Zweck, auch wenn sie jetzt gern unsichtbar wäre oder zumindest eine Maske vor dem Gesicht hätte, sie musste sich den Menschen dort unten in der Halle stellen. Und war das hier etwa nicht auch so etwas wie eine Maskerade? Hatte sie nicht genau das, was sie schon immer wollte? Raus aus dem Schatten ihrer dominanten Schwester. Nun konnte sie, Christina Maria, endlich die erste Geige spielen. Und noch dazu in der Rolle einer Duca, wie im Theater. Ein Märchentraum ging in Erfüllung. Es war fast perfekt! Aber wo war der Prinz auf dem weißen Pferd? Den hatte sich sicherlich inzwischen ihre Zwillingsschwester geschnappt.

Bitter lachte sie auf, während sie ihre schmerzenden Schläfen mit einer stark duftenden hellen Flüssigkeit aus einem Glasfläschchen massierte.

Oh ja, sie würde ihre Rolle spielen, wenn sie schon einmal hier war. Es gab nichts mehr, was sie an ihr altes Leben band.

Guido? Nein, sie hatte ihn nie wirklich geliebt. Das wusste sie, seit sie Giuseppe kennen gelernt hatte, mit Sicherheit.

Ihre Familie? Für die zählte doch nur Ana Karina. Niemand dort würde sie vermissen. Langsam stand Christina auf, öffnete die Tür und schritt dann hocherhobenen Hauptes würdevoll die breite Treppe hinunter in den Saal. Die Zeit für ihren Auftritt war gekommen.

33

Karinas Vater wurde aschfahl im Gesicht und musterte seinen Schwiegersohn mit bösem Blick.

„Das heißt also, sie ist dir weggerannt. Noch in den Flitterwochen, ha! Wusste es doch gleich, dass das nichts wird mit euch", zischte er, und Guido schrumpfte förmlich auf seinem Sitz. Unglücklich schaute er vor sich hin.

„Nein, Vater, so war es nicht! Guido ist unschuldig!" Zum ersten Mal in ihrem Leben verteidigte Ana Karina ihren Schwager.

Jetzt mischte sich die Mutter ein: „Woher willst du das denn wissen? Du warst doch gar nicht dabei." Stirnrunzelnd sah sie von ihrer Tochter zu Guido.

„Ich weiß es eben, da steckt ganz etwas anderes dahinter", lautete die bestimmte Antwort.

„Sagt mal, wisst ihr vielleicht, mit wem sich Christina in Venedig treffen wollte? Estrella war es nicht, bei der waren wir schon, und ich soll euch ihre Grüße ausrichten."

Die Mutter überlegte und schüttelte dann den Kopf. „Nein, davon wissen wir nichts. Wie geht es Estrella? Hat sie sich immer noch nicht zur Ruhe gesetzt?"

„Sie ist weiterhin als Wahrsagerin tätig, Mama, du weißt doch, dass dieser Beruf ihre Berufung ist und sie ihn bis zum letzten Atemzug ausüben wird. Sie hat jetzt übrigens eine Ratte adoptiert, die ihr beim Kartenlegen zur Hand geht. Ein äußerst intelligentes und zuvorkommendes Tier, nicht wahr Guidolein?!" Grinsend sah sie ihren Schwager an. Der war bei dem Namen Estrella bereits rot angelaufen. 'Aha, also doch! Da mach dir mal keine Hoffnungen, alter Knabe', dachte Karina, der nichts entging.

„Ja und was sagen denn Estrellas Karten zu dem Verschwinden deiner Schwester?"

Die temperamentvolle Italienerin wurde plötzlich lebhafter und fuchtelte mit den Händen vor Guidos Gesicht herum. Der zuckte nervös zurück.

Au weia, jetzt wurde es brenzlig. Die Hexe zu erwähnen war nicht besonders klug gewesen, aber es war nun mal geschehen.

„Es ist etwas verworren, Mama", begann Karina zögernd.

„Verworren, pappalapapp! Lass mal hören, und dann entscheide ich, ob das verworren ist und wie ich es zerwirren kann."

„Entwirren", murmelte Guido.

„Wie bitte, mein Junge?" Marcella sah ihren Schwiegersohn drohend an. Der sagte nun lieber gar nichts mehr.

Ana Karina warf Micha einen hilfesuchenden Blick zu.

„Noch etwas Kaffee, Signora Marcella?" Die gute alte Micha eilte mit der Kaffekanne herbei und erntete ein wohlwollendes Kopfnicken.

„Ja, gern. Nein, du nicht mehr, Bodo! Denk an dein Herz", sagte sie streng, als ihr Mann ebenfalls seine Tasse hochhielt.

„Es ist doch koffeinfreier, Mama", beschwichtigte Karina.

„Ah, deshalb schmeckt das Gebräu nicht! Habe ich doch gleich gemerkt, dass etwas anders ist. Mit dem Koffein steht und geht auch das Aroma. Aber egal!

Denk nicht, dass ich mich davon ablenken lasse! Also, was haben die Karten gesagt?"

„Non è buono per papa", raunte Ana Karina ihr zu und warf einen besorgten Blick auf ihren Vater.

„Was ist nicht gut für mich?", bellte Bodo. „So viel Italienisch verstehe ich auch noch! Ich will jetzt wissen, was wirklich passiert ist. Sofort!"

Micha nickte ihr zu, und Karina zuckte ergeben mit den Schultern.

„Also gut, ihr habt es so gewollt …"

Sie erzählte alles von Anfang an. Ab und zu warf auch Guido etwas ein, wenn sie stockte. Sie ließ nichts aus, bis auf die Sache mit Toni, denn die hatte ja nichts unmittelbar mit dem Geschehen zu tun. Schonungslos prasselten Tatsachen und Vermutungen auf die Eltern nieder. Und als Karina am Ende ihrer Erzählung angelangt war, war der Kaffee in den Tassen kalt, und Bodo und Marcella sahen sich fassungslos an. Guido hatte den Kopf müde in die Hände gestützt, und Micha sah erwartungsvoll von einem zum andern.

Ana Karina atmete tief durch, bevor sie sagte: „Im Oktober werde ich Christina zurückholen. Ich hoffe es zumindest."

„Ich will nicht noch eine Tochter verlieren, mia cara!" Ihre Mutter sah sie unglücklich an.

„Wenn das wirklich so ist, wie du sagst, dann ist die Gefahr zu groß!"

Der Vater saß schweigend wie ein Häufchen Elend in der Sofaecke.

„Es gibt keinen anderen Weg, Mama. Ich kann sie doch nicht einfach dort lassen. Schließlich scheine ich ja wohl der Grund für das alles zu sein."

Karina sah sinnend vor sich hin. Noch etwas hatte sie wohlweislich verschwiegen: die düstere Offenbarung in der Kristallkugel der Hexe.

34

Christina Maria amüsierte sich prächtig. Die Männer dieses Zeitalters waren galant und zudem hervorragende Unterhalter. Marco war nicht anwesend, und so konnte sie den Abend in vollen Zügen genießen. Keine vorwurfsvollen und finsteren Blicke wie sonst aus seinen Augen. Hell auflachend lauschte sie den lustigen Erzählungen und Anekdoten bei Tisch. Männer und Frauen umschwärmten die Duca gleichsam wie die Motten das Licht.

Sie erfuhr nebenbei sogar noch etwas über den Namen des Ordens. Die bucintoro, übersetzt goldene Barke, war das repräsentative Staatsschiff der Dogen von Venedig, das wiederum seinen Ursprung in heidnischen Riten um die Vermählung Venedigs mit dem Meer hatte.

Sie bekam auch heraus, dass sich das Hauptquartier des Geheimbundes auf der Insel Murano befand, und schlussfolgerte daraus, dass sich Giuseppe und vielleicht auch Marco momentan dort aufhielten.

Der Orden hatte bereits begonnen, sich über Europa auszubreiten, so gab es inzwischen auch noch andere Niederlassungen, zum Beispiel in Wien und Dessau.

Das deutsch-römische Kaiserreich sollte neu erstehen, der Grundstein war gelegt, und unter seiner Herrschaft würde das Imperium Novum, das neue Reich, geleitet werden. Ein Reich, in dem nicht die Kirche die Macht hatte, sondern das Volk. Dabei durfte es keine Rolle spielen, ob Mann oder Frau, alle sollten die gleichen Rechte bekommen. Nicht die Herkunft oder Abstammung eines Menschen würde entscheidend sein, sondern allein seine Leistung. Ebenso ging es in den Gesprächen um ein neues Geldsystem, das den Missbrauch materiellen Reichtums von vorneherein ausschloss.

Christina Maria hörte mit glühenden Wangen zu. Ab und zu nickte sie bestätigend mit dem Kopf. Sie war ja schließlich die Duca und bestens im Bilde über alles. Keiner der Anwesenden durfte einen Verdacht schöpfen. Langsam fügten sich die winzigen Mosaiksteine zusammen und ergaben ein Bild, wenn auch noch ein lückenhaftes. Davon also hatte Marco neulich gesprochen, bevor er sie einfach stehenließ. Deshalb war er so aufgebracht und glaubte alles verloren. Was aber war aus dem Orden geworden und aus seinen hohen Zielen? Und wo befand sich der fehlende Stein, der Ilua? Wenn sie, Christina Maria, ihn finden könnte, wäre es dann möglich, das Rad der Zeit zurückzudrehen? Die Geschichte einfach zu ändern? War der Stein der Schlüssel zu einer besseren Welt ohne Elend, Leid und Krieg? Fast wünschte sie sich, sie hätte einen PC zur Hand und könnte Nachforschungen darüber anstellen. Doch sie lebte momentan in einer Zeit ohne Internet und Telekommunikation. Und überhaupt, konnte sie so einfach die Aufgabe der Hohepriesterin des Ordens übernehmen? Fragen über Fragen. Wenn doch nur Giuseppe endlich wieder da wäre. Sehnsuchtsvoll wanderten ihre Augen zur Eingangstür des großen Saales, und über ihr eben noch strahlendes Gesicht legten sich Schatten des

Zweifels und der Angst. Wenn Marco ihm nun wirklich etwas angetan hatte? Nein, das konnte und durfte nicht sein! Tief im Innern fühlte sie, dass Giuseppe am Leben war, und wenn er sie wirklich liebte, dann würde er zu ihr zurückkehren.

35

Ana Karina streckt vorsichtig ihre Hand aus und öffnet sie. Verzückt starrt sie auf den tropfenförmigen schwarzen Stein darin, der sich langsam erwärmt und plötzlich ein fast überirdisches violettes Licht in all seinen Facetten ausstrahlt.

„Verwahre ihn gut, bis er seine Aufgabe erfüllen kann", sagt die elfenhaft zarte Frau, die ihr in Knabenkleidung gegenübersteht.

„Nicht umsonst habe ich ihn einst aus den Tiefen des Höllenreiches Schadais zurückerobert. In ihm ruhen Weisheit und Stärke. Er ist der Träger der weiblichen Lichtkraft. Der Tag wird kommen, an dem er mit seinem Gegenstück, dem Träger der männlichen Lichtkraft, vereint sein wird, so wie sich Tag und Nacht vereinen zu einem Ganzen." Die Stimme ist melodiös und angenehm.

„Wer bist du?", fragt Karina benommen. Ein leises Lachen erklingt.

„Du wirst es schon sehr bald wissen. Halte dich fern von bösen Gedanken, die böse Schwingungen auslösen, und denke an das Gute, auf dass es Form annehme und gedeihe. Und denke daran, nur ein männliches Wesen kann Hüter der weiblichen Lichtkraft sein, so wie nur ein weibliches Wesen Hüterin der männlichen Lichtkraft sein kann." In den Augen der fremden und doch so vertrauten Frau schimmert ein heller Glanz, der das Strahlen des Steines widerzuspiegeln scheint.

„Warte …"

Doch die Gestalt wird durchscheinend und beginnt sich langsam aufzulösen.

Ana Karina setzte sich auf und starrte in die Dunkelheit. Ihre Hand war leer, kein Stein, doch nur ein Traum also. Und plötzlich durchfuhr es sie wie ein Blitz. Der Ilua, sie hatte den Ilua in der Hand gehalten, seine Wärme und Kraft gespürt. Und jene elfengleiche Erscheinung?

„Isais!" Die Stimme der Erkenntnis meldete sich tief in ihrem Innern zu Wort, viel zu spät. Zu spät, um all die Fragen zu stellen, die ihr auf der Seele brannten. Wo war der Stein? Wo sollte sie mit ihrer Suche beginnen? War er wirklich existent oder nur Teil einer Legende? Doch wenn der Traum prophetischer Art war, dann war der Ilua real, und sie würde ihn finden und besitzen. Aber halt! Sie sollte ihn ja gar nicht behalten, sondern weitergeben, dorthin, wo er vereint werden konnte mit seinem Gegenstück. Zunächst noch schemenhaft wurde eine Erinnerung wach. Die Erinnerung an ein uraltes Wissen. Vor ihren Augen erstand ein anderer Stein, ein Kristall. Und dann erkannte sie ihn. Der Garil! Er musste der Träger der männlichen Lichtkraft sein, von der Isais gesprochen hatte. Wahrscheinlich befand er sich bereits in der Obhut des Ordo Bucintoro oder wurde ebenfalls von jemandem gerade dort hingebracht. Sie musste also nur noch den Ilua finden und in das Venedig des 16. Jahrhunderts schaffen. Doch als Frau konnte sie das wohl nicht alleine tun, denn der Hüter musste der Überlieferung nach ein Mann sein. Guido? Nein! Unvorstellbar! Toni?

„Erstmal muss ich den Stein finden, bevor ich mir darüber Gedanken mache", murmelte sie vor sich hin. „Vielleicht kann ich etwas über seinen jetzigen Standort herausbekommen."

Kurze Zeit später saß sie vor ihrem Laptop und gab die Worte Ilua und Garil ein. Es war einfacher als sie dachte, etwas über die Steine zu finden. Allerdings waren die Informationen im Internet zum größten Teil nur auf Vermutungen und Spekulationen aufgebaut. Bei dem Garil handelte es sich anscheinend um nichts anderes als den legendären heiligen Gral, nach dem schon so viele Menschen vergeblich gesucht hatten im Laufe der Jahrhunderte. Einer alten Überlieferung zufolge befand er sich einst im Besitz der Templer und wurde in deren Auftrag von einer Kaufmannstochter aus Genua verwahrt. Der kostbare Stein durfte innerhalb der Blutlinie nur an weibliche Familienmitglieder weitergegeben werden. Der Ilua hingegen, der Stein der Isais, befand sich angeblich im Untersberg in Berchtesgaden und durfte nur an männliche Blutsverwandte weitergereicht werden.

Es wurde vermutet, dass sich beide Steine auch heute noch in ihren Verstecken befanden. Allerdings konnten diese inzwischen ganz woanders sein.

Ana Karina runzelte die Stirn. Selbst wenn sie herausbekäme, in wessen Besitz der Ilua heute war, wie sollte sie ihn sich aneignen?

Das war doch ein auswegsloses Unterfangen. Ein wenig mutlos ließ sie den Kopf sinken.

36

Christina Maria lernte mit Feuereifer und eignete sich geschickt und unbemerkt internes Wissen an. Sie hatte nicht vor, das Zepter der Macht wieder aus der Hand zu legen. Der Orden gab ihr ein neues Zuhause und zudem das Gefühl, etwas Besonderes zu sein. Nun gut, die Duca hatte sich in den Augen der anderen ein wenig verändert, man nahm es als gegeben hin. Menschen veränderten sich. Warum nicht auch die Sacerdotessa Magna, die äußerlich überhaupt nicht zu altern schien und seit Jahren wie eine Siebenundzwanzigjährige aussah.

Niemand schöpfte Verdacht. Niemand bis auf einen: Marco. Christina spürte sein Misstrauen in jedem Blick, den er ihr zuwarf, in jeder Geste und in jedem Wort. Ihn konnte sie nicht täuschen. Und die Distanz zwischen ihnen wurde von Tag zu Tag größer. Marco war zurückgekehrt von Murano, und Christina brannte darauf, die Insel und somit den Hauptsitz des Ordens betreten zu dürfen. Doch dieses Tor schien ihr vorerst verschlossen zu bleiben.

Marco war zurück, doch Giuseppe nicht. Weder Marco noch ein anderes Ordensmitglied verlor ein Wort über ihn, es war so, als hätte es Giuseppe nie gegeben.

Eines Tages fasste Christina Maria sich ein Herz und fragte Antonietta, jene dicke Dame, die sie vor dem Erstickungstod bewahrt hatte.

„Soweit ich weiß, wollte er in Dessau nach dem Rechten sehn", sagte Antonietta und betrachtete dabei das in Syrup getränkte Gebäckstück in ihrer Hand prüfend von allen Seiten, bevor sie kraftvoll hineinbiss. Dessau. Christina schaltete schnell. Dort befand sich eine Zweigstelle des Ordo Bucintoro, jenes Geheimordens, dessen Hohepriesterin sie jetzt war und dessen Name auf einen uralten Mythos zurückging. Einst gab es ein prachtvolles goldenes venezianisches Schiff, mit dem ein berühmter Doge gen Himmel gefahren sein sollte. Fortan wurde um die Zeit von Christi Himmelfahrt von den Seeleuten das 'Bucintoro-Fest' gefeiert, das die Vermählung Venedigs mit dem Meer symbolisierte.

„Und vielleicht versinnbildlicht es ursprünglich noch viel mehr als das", fuhr es Christina Maria durch den Kopf.

Giuseppe war also weit fort, im Norden Deutschlands. In der Zeit, aus der Christina kam, war diese Entfernung ein Klacks. Doch im Mittelalter bedeutete das eine beschwerliche Reise von Wochen. Es gab noch keine Flugzeuge oder Schnellzüge. Sie biss sich auf die Lippen. Es würde also eine lange Zeit dauern, bis der Mann ihres Herzens zu ihr zurückkehren konnte. Zumal sie nicht wusste, wie lange ihn seine Mission dort festhalten würde. Inzwischen würde sie hier die Stange halten. Sie fieberte dem Tag seiner Rückkehr entgegen. Er gehörte zu ihr, sie war sich nie in ihrem Leben über irgendetwas so sicher gewesen. Und sie war bereit, für ihr Liebesglück zu kämpfen, wenn es sein musste mit allen Mitteln. Diese geheimnisvolle Julietta da Montefeltro begann langsam aber sicher von ihr

Besitz zu ergreifen und ihr eigenes Wesen zu verändern.

37

Ana Karina stand im Antiquitätenladen und ordnete die Regale. Heute Morgen war nicht viel los, und irgendwie war ihr das ganz recht so. Mit ihren Gedanken war sie noch immer bei den geheimnisvollen Steinen und ihrer rätselhaften Aufgabe. Inzwischen war das Wetter wärmer geworden, bald stand schon der Sommer vor der Tür. Die Zeit verging, und bisher war sie noch keinen Schritt weitergekommen, was den jetzigen Standort des Ilua anging. Jede ihrer Nachforschungen war im Sande verlaufen.

Dazu kam noch jene Trübsinnigkeit, die sich nur auf die lange Trennung von Toni zurückführen lassen konnte. Ana Karina hatte das Gefühl, in einem Meer der Trostlosigkeit zu versinken. Toni war nett und galant am Telefon, doch es war bei einigen wenigen Gesprächen geblieben. Er steckte mitten in den Abschlussarbeiten, einem großen Kunstprojekt, wie er sagte. Da hatte er keine Zeit, mal eben nach München hochzufahren, um sie zu besuchen. Und Ana Karina wollte ihn nicht noch zusätzlich mit ihren ungelösten Rätseln belasten. So wurden die Telefonate immer seltener, und jeder ging seiner eigenen Wege.

Karina litt furchtbar darunter, und aus dem einst so lebenslustigen und energischen Menschenkind wurde ein stilles, sorgenvolles, das manchmal unter der Last seiner Aufgabe zu zerbrechen schien.

Das Auto war fast zwei Wochen in der Werkstatt gewesen und letztendlich nochmal zusammengeflickt worden. Der Kühler musste erneuert werden, und Ana Karina hatte schweren Herzens eine stattliche Summe dafür hinblättern müssen. Sie ruhte nicht eher, bis sie ihrem Vater, der ihr freundlicherweise aushalf, alles bis auf den letzten Cent zurückgezahlt hatte. Im Kopf ging sie ihre Finanzen durch. Natürlich konnte sie mit dem Auto die 500 Kilometer von München nach Mailand locker fahren. Aber sie konnte es sich finanziell nicht leisten, den Laden jetzt schon wieder dicht zu machen. Und im Grunde genommen gab ihr auch die Höhe des Benzingeldes schon zu denken.

Toni wohnte mit zwei anderen Studenten in einer Wohngemeinschaft, die Adresse hatte sie und trug den Zettel sorgsam im Portemonnaie. Er war von Toni handgeschrieben und außer einem Foto das einzige, was sie von ihm besaß.

Vielleicht hatte sie ihn ja schon längst an eine junge hübsche Studentin verloren, und nur das Bild war ihr geblieben.

Traurig trat sie vor die Eingangstür in die enge Gasse, um ein paar Sonnenstrahlen einzufangen, die das Innere des Ladens nicht erreichten. Drinnen herrschte ein ständiges Dämmerlicht. Ana Karina liebte ihren Laden mit seiner leicht angestaubten Atmosphäre, aber heute ertrug sie die Dunkelheit einfach nicht.

'Ich muss raus hier, für eine Weile fort. Sonst ersticke ich. Und ich muss endlich Gewissheit haben', dachte sie. Es war Mittag. Ob sie Toni um diese Uhrzeit erreichen konnte, war mehr als fragwürdig. Wenn er in der Uni war, schaltete er sein Handy meist aus, um nicht gestört zu werden. 'Einen Versuch ist es wert. Zumindest sieht er dann, dass ich angerufen habe und meldet sich, sobald er kann', überlegte sie.

Nervös wählte sie seine Nummer. Es klingelte, also ...

„Hallo, hier Toni", klang seine gutgelaunte Stimme durch den Hörer.

„Hallo Toni, ich bins, Karina ..."

„Ich weiß, dass du es bist, mein Schatz", kam die prompte Antwort. Ana Karina atmete tief durch. Er hatte Schatz gesagt!

„Toni, ist es möglich, dass wir uns sehen? Ich könnte übers Wochenende nach Mailand kommen. Nur, wenn es passt, ich weiß, dass du ..."

„Natürlich! Ich freu mich auf dich, cara mia. Gib mir nur Bescheid, wann du hier sein wirst." Die Freude in seiner warmen Stimme war nicht zu überhören.

Hatte sie sich umsonst Sorgen gemacht? War er wirklich nur überarbeitet? Oder verstellte er sich ihr gegenüber? Eigentlich schätzte sie Toni als absolut ehrlich ein. Vielleicht würde er auch die Gelegenheit ihres Besuchs nutzen, um ihr zu sagen, was er am Telefon nicht konnte oder wollte. Nämlich, dass die Beziehung zwischen ihnen keinen Sinn mehr hatte.

Ihre Finger zitterten noch immer, als sie das Haustelefon ihrer Eltern anwählte.

„Mama, wie geht es dir? Ich habe eine Bitte! Könntest du Freitag und Samstagmorgen für mich hier im Laden einspringen?"

„Oh, mein Kleines, aber natürlich! Was ist denn los? Geht es dir nicht gut? Bist du krank? Ich werde sofort eine Suppe kochen und sie dir vorbeibringen! Das kommt, wenn man sich jetzt schon zu dünn anzieht, es ist noch kein Sommer und ..."

Ana Karina unterbrach den Redeschwall ihrer Mutter.

„Mama, ich bin nicht krank, es geht mir gut. Es ist was anderes. Ich brauche einfach mal eine Luftveränderung für zwei, drei Tage."

„Nicht krank? Oh, dem Himmel sei Dank! Eine Luftveränderung. Ja ja. Du könntest zu Tante Elfriede aufs Land fahren, da hast du viel Luft. Soll ich sie gleich mal anrufen und fragen? Ich sage deinem Vater auch immer ..."

Karina hielt den Hörer auf eine Armlänge vom Ohr weg und verstand dennoch jedes einzelne Wort. Die Mutter hatte sich in Rage geredet, das würde dauern. Nach einer ganzen Weile kamen die erlösenden Worte:

„Du sagst ja gar nichts! Bist du noch dran?"

„Ja, Mama, ich bin noch dran. Ich werde zu Freunden nach Mailand fahren. Donnerstagabend übergebe ich dir den Schlüssel, und vielen Dank, dass du auf den Laden aufpasst." Mit einem tiefen Seufzer legte sie auf. Ihr war bang vor dem kommenden Wochenende.

38

Christina Maria summte ein Lied und drehte sich dazu im Kreis. Prüfend betrachtete sie sich dabei im Spiegel. Alles in allem war sie sehr zufrieden mit ihrem Erscheinungsbild. Aus der einst so unsicheren jungen Frau war eine wichtige und geachtete Persönlichkeit geworden. Inzwischen lebte sie die meiste Zeit auf Murano, jener wundervollen kleinen Insel, die zu Venedig gehörte und Hauptsitz des Ordo Bucintoro war.

Natürlich gab es hin und wieder Empfänge im prunkvollen Dogenpalast, war der Doge höchst persönlich den Ordensmitgliedern doch wohlgesonnen. Marco war immer öfter auf Reisen, nicht nur im Auftrag des Ordens, denn er war ebenso im Außenhandel tätig. Venedig verlor mehr und mehr an Ruhm und Bedeutung. Während Spanier und Portugiesen die Welt umsegelten, schaute die einst so große Seemacht beinahe tatenlos zu. Der Orden hingegen verfügte über schier unversiegbare Geldquellen, das hatte Christina Maria mitbekommen. So musste sie sich keine Sorgen machen.

Als sie langsam die Treppe in den vergleichsweise kleinen Saal hinunterstieg, wandten sich ihr viele Gesichter zu. Und dann hielt sie den Atem an, sie glaubte, zu taumeln. Nur für einen kurzen Moment, dann hatte sie sich wieder im Griff.

Dort unten stand jener Mann, den sie seit Wochen versuchte zu vergessen und strahlte sie an, als sei nichts geschehn. Giuseppe. Jetzt, nachdem sie schon kaum noch daran geglaubt hatte, dass er je zurückkehren würde.

Galant deutete er eine Verbeugung an und geleitete sie zu Tisch.

„Julietta, ich hatte ja solch eine Sehnsucht", flüsterte er ihr ins Ohr, doch laut fragte er: „Unsere Duca Julietta, wird sie nicht mit jedem Tag bezaubernder?"

Für Christina klang es eher wie eine Feststellung, und als sie sich neben Giuseppe setzte, fühlte sie wie ihre Wangen glühten.

„Wo warst du so lange?", raunte sie zurück.

„Die Geschäfte, ich konnte nicht eher kommen." Sie hörte seiner Stimme an, dass das nicht der einzige Grund war. Nach dem Essen würde sie hoffentlich mehr erfahren.

Sie musste allerhand Geduld aufbringen, denn die Mahlzeit zog sich hin. Aber endlich konnte sie Giuseppe allein in einer Ecke sprechen.

„Es ist wegen Marco", sagte er düster. „Er glaubt, noch immer einen Anspruch auf dich zu haben."

„Den hatte er noch nie", grollte Christina Maria. Immer wieder Marco!

„Ihr galtet lange Zeit als Paar", warf Giuseppe ein.

„Das war nicht ich, glaub mir. Ich sage das jetzt nur dir, weil ich dir vertraue. Ich denke, man hat mich verwechselt, ich sehe dieser Julietta nur irgendwie ähnlich."

„Ähnlich? Du bist ihr wie aus dem Gesicht geschnitten!", rief Giuseppe aus.

Christina Maria legte ihm erschrocken die Hand auf den Mund.

„Pssst, willst du mich verraten?" Wie aus dem Gesicht geschnitten. Kurz tauchte das Gesicht Ana Karinas vor ihrem geistigen Auge auf. Konnte das sein? Aber warum hatte ihre Schwester dann nie etwas gesagt?

„Giuseppe, was ich dir jetzt sage, muss unter allen Umständen unter uns bleiben. Versprichst du mir das?"

Er sah sie ernst aus seinen dunklen Augen an. „Dein Geheimnis ist bei mir sicher. Ich werde es mit in mein Grab nehmen."

Wieder legte sie ihm die Hand über den Mund.

„Sprich nicht von Gräbern und vom Tod. Ruf es nicht herbei." Sie sah ihn mit einem seltsam beschwörenden Blick an, bevor sie tief Luft holte und leise sagte: „Ich habe eine Zwillingsschwester."

39

Ana Karina sang aus voller Kehle mit. Aus dem Radio des alten VW-Käfers klang scheppernd 'Sweet September' von Tony Christie. Sie liebte diese alten Schnulzen. Ach, was würde wohl im September sein? Würden Toni und sie dann ein Paar sein oder würde all ihr Glück in Scherben liegen. War es ein Fingerzeig des Schicksals, dass der Sänger auch Tony hieß?

„Ach Quatsch!", rief sie sich zur Ordnung.

„Konzentrier dich lieber auf die Straße."

Nach Geschäftsschluss hatte sie sich ein langes Bad gegönnt und dann überlegt, was sie anziehen sollte. Nachdem sie ein Kleidungsstück nach dem anderen verworfen hatte, entschied sie sich für ihre Lieblingsjeans, ein knallrotes langärmliges Shirt und eine schwarze Jacke aus weichem Stoff. Schließlich ging es nicht zu einem festlichen Empfang, sondern in eine Studentenbude, und ohnehin fühlte sie sich in solchen Klamotten am wohlsten. Dazu schwarze Stiefeletten, um ein gewisses Maß an Stil zu wahren. Bedauernd warf sie einen Blick auf ihre ausgetretenen Turnschuhe. Jetzt die Kette mit dem silbernen Drachenanhänger um den Hals gelegt. Der Drache hatte eine besondere Bedeutung für Ana Karina, bot ihr Sicherheit und Schutz. Auch er war eines Tages auf ihrem Tisch im Antiquitätengeschäft gelandet, stand jedoch nie zum Verkauf. Lächelnd band sie ihr Haar zu einem Pferdeschwanz zusammen. Noch schnell die Augen betont, mehr war nicht nötig. Ihre 30 Jahre sah man ihr wirklich nicht an. Essen konnte sie nichts, ihr Magen war wie zugeschnürt. Gegen 23 Uhr tauchte sie bei ihren Eltern auf, um den Schlüssel für den Laden abzugeben.

Es wurde spät, weit nach ein Uhr, bis sie das Haus wieder verlassen konnte und sich, abgefüllt mit Kaffee und ausgestattet mit einer Tupperschale voll Sandwiches, endlich auf den Weg nach Mailand machen konnte.

Charly war ein schnelles Tempo nicht mehr zuzumuten, und so zockelten sie langsam dahin, das alte Auto und sie. War es der starke Espresso oder die Aufregung, Karina verspürte keine Müdigkeit, und auch Charly zeigte sich heute von seiner besten Seite.

Über Mailand ging strahlend die Sonne auf und tauchte die Stadt in ein fast überirdisch schönes Licht. Als Ana Karina in die Piazza San Simpliciano einbog, um sich einen frühen Capuccino zu genehmigen, hatte die Stadt mit dem weißen Dom ihr Herz bereits erobert.

40

Giuseppe und Christina Maria spazierten glücklich Seite an Seite durch die engen Gassen Muranos. In der letzten Nacht war alles zwischen ihnen geklärt worden. Auch das lange Fernbleiben Giuseppes, der erfolglos versucht hatte, Christina zu vergessen. Obwohl er instinktiv wusste, dass diese Frau, der er mit Leib und Seele verfallen war, nicht Julietta sein konnte, zog er sich um der alten Freundschaft willen, die ihn mit Marco verband, zurück. Nun hatte er den Freund wohl auf ewig verloren, aber etwas gewonnen, das ihm das Wichtigste und Kostbarste in seinem Leben war.

Er würde zu ihr stehen, jetzt, wo er gewiss war, dass Christina Maria für ihn das Gleiche empfand. Offiziell würde sie Julietta da Montefeltro bleiben und ihren Platz im Ordo de Bucintoro ausfüllen. Sie waren jedoch bereit, eines Tages weit fort zu gehen, sollte es die Situation erfordern. Wichtig war nur, dass sie zusammen waren.

Giuseppes Familie stammte ursprünglich aus der Gegend um Dessau und so konnte er dort jederzeit bei Verwandten Zuflucht finden. Seine Wurzeln waren ebenso ein Grund dafür, ihm die Kontrolle über die dortige Niederlassung des Ordens zu geben, wie seine guten Deutschkenntnisse.

Gemeinsam sahen sie auf das blaue Meer hinaus und schmiedeten Pläne für die Zukunft. Es würde eine Zukunft in der Vergangenheit für Christina Maria sein, denn ein Leben in ihrer Gegenwart war für Giuseppe nicht möglich. Nur zu gut erinnerte sie sich an Marco, der ein Grenzgänger war und für kurze Zeit durch das Zeittor treten konnte. Jedoch bisher nur als Skelett.

„Der Orden arbeitet daran. Aber es scheint unmöglich zu sein, ohne die Vereinigung der beiden Steine", erklärte Giuseppe, und Christina lehnte sich seufzend an ihn. Immer wieder die Steine. Es gab keinerlei Anhaltspunkt, wo der Ilua sich momentan befand.

Wie gern würde sie jetzt einen Kaffee trinken, doch hatte der Venedig leider noch nicht über den Seeweg erreicht. Erst 1645 sollte das erste Kaffeehaus Italiens am Marcusplatz eröffnet werden, etwa ein Jahrhundert später als im Persischen und Osmanischen Reich. Nach 1650 würde das köstliche Getränk schließlich auch seinen Weg nach London, Marseille und Amsterdam finden.

Es gab schon Abstriche, die man machen musste. Aber es gab auch vieles, was einfach schön war. Wenn man Christina Maria vor einem Jahr gesagt hätte, dass sie einmal freiwillig im 16. Jahrhundert leben würde, hätte sie jedem, der das behauptete, nur einen Vogel gezeigt. Ein Lächeln huschte über ihr Gesicht.

„Meine Pläne scheinen dir zuzusagen, amore", schmunzelte Giuseppe.

„Unsere Pläne", verbesserte Christina und schmiegte sich enger an ihren Liebsten.

Ein kühler Wind kam über das Meer und langsam gingen sie weiter, Hand in Hand wie zwei glückliche Kinder, die es noch nicht verlernt haben, den Augenblick zu genießen und aus ihm die Kraft und den Mut zu nehmen, sich einer ungewissen Zukunft zu stellen. Was auch immer sie bringen würde, sie würden es bewältigen, solange sie nur einander hatten.

41

Ana Karina drückte ganz leise die Türklinke herunter und stand im Halbdunkel des kleinen Zimmers. Es war erst gegen neun Uhr morgens, einer von Tonis Mitbewohnern hatte sie hereingelassen und sich als Diego vorgestellt. Lachend wies er auf die Tür hinter der Toni schlief. Jetzt stand Ana Karina zögernd vor dem Bett. Plötzlich hatte aller Mut sie verlassen. War es nicht albern, Toni die Decke wegzuziehen oder ihm etwas ins Ohr zu flüstern?
Langsam schlich sie zurück zur Tür. Aber zu spät, er bewegte sich bereits und gähnte dabei herzhaft. Zaudernd blieb sie stehen.
„Ana Karina?" Mit einem Ruck richtete er sich im Bett auf.
„Ja, entschuldige bitte, ich sollte nicht ..."
„Ach Blödsinn! Ich freu mich doch, dass du hier bist!" Toni sprang aus dem Bett und streckte sich wie eine Katze, bevor er den Vorhang aufzog. Er trug Jogginghose und Unterhemd und sein sandfarbenes Haar schimmerte hell in der Sonne. Dann kam er auf sie zu, und Karina versank für einen Moment in seinen Armen, bevor er sich verlegen durch die in alle Richtungen vom Kopf abstehenden Haare fuhr.
„Oh, sorry, ich verschwinde mal eben unter der Dusche." Ana Karina blieb verblüfft zurück und sah sich dann erst einmal um. Es war erstaunlich ordentlich im Raum. 'Noch nicht mal was am Boden, über das man hätte fallen können', dachte sie. Bei ihr sah es morgens oftmals ganz anders aus. Vor allem, wenn es abends spät geworden war, entledigte sie

sich ihrer Klamotten besonders schwungvoll, und dabei landeten die meist am Boden statt auf dem dafür vorgesehenen Stuhl. Am nächsten Tag ging es dann erstmal ans Einsammeln. Ana Karina grinste vergnügt. Wie hatte die Mutter geschimpft jedesmal, wenn sie den chaotischen Raum der kleinen Rebellin betrat.

„Das Zimmer von Christina Maria ist immer so ordentlich! Wieso schaffst du das nicht? Ach, was soll ich nur machen mit dir?" Noch immer hatte sie diese wetternde Stimme in den Ohren.

„Willst du hier Wurzeln schlagen?" Diegos feixendes Gesicht erschien im Türrahmen.

„Komm, das Frühstück ist fertig!"

Der Tisch in der Küche war gedeckt, Toni noch nicht in Sicht, dafür aber der dritte Mitbewohner, der sich grad am Kaffeeautomaten zu schaffen machte.

„Darf ich vorstellen? Pietro, unser Koch und gleichzeitig die gute Seele des Hauses." Ana Karinas Blick ging von Diego zu Pietro. Unterschiedlicher konnten die zwei gar nicht aussehen. Diego, groß, schlank und dunkel, die langen Haare hinten mit einem Tuch zusammengebunden, bot den verwegenen Anblick eines andalusischen Piraten, während Pietro blond, klein und dick war, mit einem gutmütigen runden Gesicht.

Toni erschien frisch geduscht und gab ihr einen Kuss auf die Wange, bevor er sich auf einen Stuhl fallen ließ.

Das Frühstück bestand aus Cappucchino und leckeren Hörnchen. Und plötzlich kam der Appetit zurück, Ana Karina konnte endlich wieder essen. Zwischendurch wurde fröhlich geschwatzt, und sie musste von München und dem Laden erzählen.

„Beinahe hätte ich es ja gar nicht geschafft, hierherzukommen", schmunzelte sie und berichtete von Charly, wie er in der Werksatt erst neue Ersatzteile bekommen musste.

„Das hätte Toni das Herz gebrochen", lachte Diego. „Aber ist ja auch kein Wunder bei einer so schönen Frau!" Ana Karina errötete. Noch so ein Charmeur. Wäre da nicht Toni, könnte er ihr glatt gefährlich werden.

„Na na, die Dame ist bereits vergeben", sprang der dann auch sofort darauf an, doch er grinste dabei.

Für nachher war ein Stadtbummel geplant, es gab ja so viel zu sehen.

„Nur wenn es dir auch wirklich recht ist und du nicht zu müde bist dazu", warf Toni ein.

Müde? Nein, Ana Karina war wie aufgedreht. Schlafen konnte sie immer noch, sie hatten schließlich nur diese drei Tage. Und so hatte sie gleich drei eifrige Stadtführer, die ihr eine Sehenswürdigkeit nach der anderen zeigten. Gegessen wurde unterwegs in einer gemütlichen kleinen Pizzeria, und erst am späten Abend kehrten sie zurück.

Ana Karina kuschelte sich auf das Sofa und nippte an dem Wein, den Toni ihr eingeschenkt hatte. Jetzt merkte sie plötzlich, dass sie vollkommen erledigt war. Die Nachtfahrt und die Tour durch die Stadt zeigten ihre Auswirkungen. Sie war eben nicht mehr

23 Jahre jung. Langsam verschwamm das besorgte Gesicht ihres Freundes vor ihren Augen, und wie aus einem Wattenebel nahm sie seine Worte war.
„Oh Gott, geht es dir gut? Es war wohl doch alles ein bißchen zu viel … zu viel … zu viel …"

42

Christina Maria schritt würdevoll die Stufen hinunter und genoss es, wenn die Menschen dort unten erwartungsvoll zu ihr aufblickten. Fest umschlossen ihre Hände den Anhänger, den sie an einer Kette um den Hals trug. Den Anhänger mit dem Siegel der Julietta da Montefeltro. Sie spürte die Strahlung körperlich wie einen Strom, fühlte die faszinierende Kraft, die von ihm ausging.

Die Kette mit dem Medaillon war ein uraltes Erbstück, das von Generation zu Generation weitergereicht wurde. Eines Tages hatte Christina es beim Betrachten des Inhalts der geöffneten Schmuckkästen ihrer Mutter, die gerade passende Ohrringe für einen Coctailabend heraussuchte, entdeckt. Der Mutter beim Ankleiden oder Schminken zuzusehen, war schon immer ein beliebter Zeitvertreib für das kleine Mädchen. Damals war sie gerade mal dreizehn Jahre alt gewesen, sie erinnerte sich noch sehr gut daran. Dann hatte sie so lange gebettelt, bis die Mutter ihr die Kette schließlich um den Hals legte.
„Es wird wohl richtig sein so", hatte diese leise dabei gesagt und dann nachdenklich vor sich hingeschaut. „Ana Karina und du seid Zwillinge, aber dennoch bist du die Erstgeborene und somit auch die Erste in der Erbfolge. Was immer es mit diesem alten Familiengeheimnis und dem Medaillon auf sich hat, nimm die Kette und verwahre sie gut, auch wenn du noch nicht 21 bist, wie es eigentlich sein sollte."

Oh ja, Christina Maria verwahrte sie gut, und zwar so, dass Ana Karina sie nicht zu Gesicht bekam. Es musste ein Instinkt gewesen sein, oder einfach der Gedanke daran, dass ihre Schwester sich für das antike Schmuckstück interessieren könnte und es ihr abspenstig machte. Auf der Hochzeitsreise jedoch konnte sie, Christina Maria, erstmals den Anhänger ungehindert zur Schau tragen, und das tat sie dann ja auch. Damit hatte alles begonnen.

Doch das Medaillon stand ihr zu! Wovor hatte sie je Angst gehabt? Kein Zweifel, sie war die Erstgeborene und somit logischerweise auch die Sacerdotessa Magna, die Hohepriesterin des Ordo Bucintoro, Wegbereiterin in das Imperium Novum, in eine neue Weltordnung. Obwohl sie selber keinerlei Erinnerung an das hier alles hatte und auch nicht an irgendeinen Auftrag, war sie inzwischen fest davon überzeugt. Es musste seinen Sinn haben, dass sie hier war und Ana Karina nicht.
Strahlend sah sie Giuseppe in die Augen. Das Leben war zu einem Theaterstück geworden, und sie selber spielte endlich die heißersehnte Hauptrolle darin. Auch wenn der Vorhang eines Tages fallen würde, sie war fest entschlossen, es bis zum letzten Akt in vollen Zügen zu genießen.

43

Benommen sah Ana Karina sich im Zimmer um. Langsam kam die Erinnerung zurück. Richtig, sie war ja in Mailand. Momentan befand sie sich in Tonis Schlafzimmer, in seinem Bett, und zwar allein. Der Platz neben ihr war leer. Stöhnend griff sie sich an die Stirn. Brummschädel, na toll! Und wie war sie überhaupt in das Bett hier gekommen? Was war gestern Nacht passiert? Gedächtnislücke ... Langsam schob sie die Decke zurück und atmete tief ein. Sie war in voller Montur, nur die Stiefeletten fehlten.

Zögernd erhob sie sich und zog den Vorhang auf. Grelles Sonnenlicht ... es war heller Tag. Von nebenan kamen gedämpfte Stimmen. Schritt für Schritt tastete sie sich Richtung Küche vor.

Toni sprang von seinem Stuhl auf und sah sie besorgt an.

„Geht es dir besser?"

„Besser? Was war denn eigentlich los?"

Pietro stellte eine dampfende Tasse Kaffee vor ihr ab, und Diego sah sie grinsend an.

„Du bist mit einem Glas Wein in der Hand auf dem Sofa eingeschlafen, schöne Lady."

„Oh nein!", entfuhr es ihr.

„Oh doch!" Toni nickte.

„Wie geht es dir jetzt?"

„Geht schon. Habt ihr vielleicht ne Kopfschmerztablette für mich?"

Pietro war sofort damit zur Stelle, und Karina spülte sie mit einem Schluck Cappuccino runter.

Nach dem Frühstück wechselten alle in das Wohnzimmer hinüber, und Ana Karina entdeckte Rotweinflecke auf dem Teppichboden. Wie peinlich!
„Kann man die irgendwie entfernen, sonst ..."
„Ach was, kein Problem, der alte Teppich! Hauptsache, es geht dir wieder gut", lachte Toni.
„Also, so etwas ist mir ja noch nie passiert", murmelte Ana Karina.
„Das war der Schlafentzug. Sorry, nach der langen Fahrt hätte ich dich nicht durch die Stadt schleppen und dann noch als Krönung mit Wein vollpumpen sollen."
„Es war ein sehr schöner Tag für mich gestern, Toni."
Ana Karina schmiegte sich an ihn.
„Wir sind dann mal eben weg, Toni!" Diego zwinkerte Karina zu und zog den verdutzt dreinschauenden Pietro mit sich auf den Flur hinaus. Bei dem gutmütigen Kumpel dauerte es immer eine ganze Weile, bis er kapierte, was Sache war. Dafür war er aber stets für die Freunde da und ging mit ihnen durch dick und dünn.

Toni schob Ana Karina eine Armlänge von sich weg, ließ die Hände aber auf ihren Schultern. Dabei sah er sie so lange und intensiv an bis sie glaubte, im flüssigen Honig seiner Augen dahinzuschmelzen. Dann zog er sie wieder an sich, und eng umschlungen verließen sie das Wohnzimmer.
Karina hatte eigentlich vorgehabt, Toni von ihrem Traum zu erzählen, von der Isais und den mysteriösen Steinen, doch das war plötzlich alles in unendlich weite Ferne gerückt. Nichts war mehr

wichtig, außer ihnen beiden. Zeit und Raum versanken, und der Moment wurde zur Ewigkeit, als sie endlich in seinen Armen lag.

44

„Wo ist eigentlich Marco?", fragend erhob Christina Maria ihr Gesicht und sah zu Giuseppe auf.

„Er segelt irgendwo vor der afrikanischen Küste. Was weiß ich, irgendwelche Geschäfte für seine Firma. Hat nichts mit dem Orden zu tun diesmal. Vermisst du ihn bereits?" Der schlanke, hochgewachsene Mann legte ihr den Arm um die Taille und sah sie neckend an. Ihr Herz flog ihm zu. Ach, wie sie diesen unergründlichen Ausdruck in seinen fast schwarzen Augen liebte! Wild schüttelte sie den Kopf: „Nein, wie kannst du so etwas nur denken?"

„Wenn ich es nicht genau wüsste, so würde ich jetzt sagen: da gab es mal ganz andere Zeiten." Er lachte verschmitzt.

„Meinetwegen kann Marco bleiben, wo der Pfeffer wächst", sagte Christina im Brustton der Überzeugung.

„Also auf nach Madagaskar. Vielleicht ist er ja bereits dort", grinste Giuseppe.

„Ach, lassen wir das! Gibt es denn gar kein anderes Thema als Marco für uns?" Christina Maria legte ihren Kopf auf seine Schulter.

„Meine schöne Duca, ich habe damit nicht angefangen", schmunzelte er und vergrub sein Gesicht in ihrem Haar.

„Am Samstag gibt Signore Bonneti in seinem Palast einen großen Ball. Was meinst du, wird wohl auch der Doge zugegen sein?"

„Mit Sicherheit. Da wo meine Julietta ist, ist auch der Doge nicht weit. Sagt mir, schöne Priesterin, muss ich eifersüchtig sein?" Ein spöttisches Blitzen in seinen Augen. Christina Maria stieß pfeifend die Luft durch ihre Nasenlöcher wie ein kleiner Drache. Er war sich ihrer viel zu sicher. Nichts nahm er ernst, seitdem er wusste, dass Marco keine Gefahr für ihn darstellte.

Sie rückte ein Stück von ihm ab.

„Nun, der Doge ist ein imposanter und einflussreicher Mann. Gebildet und unterhaltsam ist er auch."

„Du hältst dich viel zu oft im Dogenpalast auf, munkelt man mit bösen Zungen." Giuseppe lächelte, doch diesmal erreichte das Lächeln seine dunklen Augen nicht.

„So, sagt man das?" Sie neigte kokett den Kopf zur anderen Seite.

„Das liegt doch aber schon eine Weile zurück. Ein gewisser Herr hatte ja dringende Geschäfte im Norden zu tätigen, und da suchte ich halt nach Möglichkeiten, mir die Zeit zu vertreiben. Der Doge war nicht abgeneigt von meiner Gesellschaft und so …"

Giuseppes schallendes Gelächter unterbrach ihren Redefluss, und verärgert fühlte sie, wie ihr die Hitze ins Gesicht stieg.

„Sei nur nicht so selbstsicher, noch gehöre ich dir nicht!", schleuderte sie ihm wütend entgegen und stampfte mit dem Fuß auf den Boden.

Giuseppe nahm ihre kleinen Fäuste in seine Hände.

„Nur in mondbeschienenen Nächten seid ihr mein, schöne Duca."

Sie bog den Kopf weit zurück.

„Wenn Ihr Euch da mal nicht irrt, mein schöner Herr!"

„Wen muss ich noch fürchten, Julietta?" Er blickte sie ernst an.

„Marco? Guido? Den Dogen? Wen noch?" Plötzlich sah er so müde und traurig aus. Seine Schultern waren gesenkt und sein Blick zu Boden gerichtet.

Ein Stich fuhr Christina Maria durchs Herz, schmerzhaft wie eine Messerklinge. Sie hatte das Lächeln zerstört, das sie so an ihm liebte. So schnell ging das also.

Sie griff nach seiner Hand und sah ihn flehend an.

„Niemanden, Giuseppe, niemanden. Nicht mal in Nächten, in denen der Mond nicht scheint. Ich dachte, du wüsstest es, könntest in mir lesen wie in einem Buch."

„Ach, Julietta, du bist ein Buch mit vielen Siegeln für mich. Ich werde sie eines nach dem anderen aufbrechen müssen. Das braucht viel Zeit und Geduld. Aber was auch geschieht, ich werde nie aufhören, dich zu lieben." Langsam hob er seinen Blick und sah sie lange an, bevor er sich dem Meer zuwandte. Dort hatten sich dunkle Wolkengebilde zusammengebraut. Ein Unwetter, das langsam über das Meer auf sie zukam. Plötzlich wurde ihm kalt. Er spürte die Bedrohung beinahe körperlich. Irgendetwas würde geschehen, das ihrer aller Welt verändern könnte. Von düsterer Ahnung gepackt fühlte er fast so etwas wie Melancholie in sich aufsteigen.

45

Ana Karina seufzte. Die wenigen Stunden mit Toni gingen viel zu schnell dahin. Nach ihrem Aufenthalt in Mailand war beiden klar gewesen, dass sie zusammengehörten. Toni versuchte, so oft es ging, übers Wochenende nach München zu kommen. Jede gemeinsame Minute war kostbar. Doch jetzt hatte Toni sein Studium erfolgreich beendet und wurde von seiner Familie in Venedig erwartet. Außerdem wollte er das Bistro übernehmen und alles neu organisieren. So sollten Künstler dort ihre Werke ausstellen können, Toni hatte jede Menge Ideen diesbezüglich.

Karina hingegen musste schauen, dass der Laden lief. Natürlich würde sie sich hin und wieder ein paar Tage frei nehmen, um Toni zu besuchen. Aber ein längerer Urlaub war grad nicht drin. Mal schaun, vielleicht nach ein paar Wochen. Sie hätte so gern das Bistro mit eingerichtet oder einfach ein paar Tipps bezüglich der Gestaltung gegeben.

Sie hatte Toni inzwischen von dem Ilua und dem nächtlichen Erscheinen der Isais erzählt. Zwar hatte er ihr geglaubt, aber helfen konnte er ihr auch nicht. Manchmal kam ihr das alles so unwirklich vor. Aber tief im Innern wusste sie, dass es real war. Christina Maria war noch immer verschwunden, in einer anderen Zeit gefangen, und der Tag rückte näher, an dem sie, Ana Karina, das Zeittor durchschreiten musste, um ihre Schwester zu suchen und zurückzuholen.

Isais hatte sich nicht mehr gemeldet, und es gab keinerlei weitere Hinweise auf den Stein. Selbst wenn er sich noch in Berchtesgarden befand. Wo sollte sie dort nach ihm suchen? Und die Zeit schritt weiter … unaufhaltsam. Müde ließ sie den Kopf auf ihre Arme sinken.

Genau in diesem Moment bimmelte die Türglocke. Zögernd schaute sie auf, ach ja, das war Kundschaft. Schnell ein Lächeln ins Gesicht gezaubert …

„Grias di", eine nett aussehende alte Dame blickte sie freundlich an.

„Grias di, schaun Sie sich bitte ganz in Ruhe um", antwortete Ana Karina und strahlte zurück. Die alte Dame ging langsam von Regal zu Regal und blieb hier und da stehen, um einen Gegenstand in die Hand zu nehmen und liebevoll zu betrachten.

„Das ist ja wunderschön!", rief sie plötzlich aus und hielt eine Teetasse in Blattform hoch.

„Das ist kasachisches Porzellan, davon habe ich ein ganzes Service", erklärte Karina erfreut.

„Wunderbar und dieser alte turkmenische Wandteppich hier, steht der auch zum Verkauf?"

Ana Karina nickte erstaunt.

„Sie kennen sich aber sehr gut aus!"

„Ja, wissen Sie, mein Mann und ich haben lange Jahre in der turkmenischen SSR gelebt. Er hat dort Vermessungsarbeiten durchgeführt. Ich habe ein großes kulturelles Interesse an allem, was östlich des Kaukasusgebirges liegt."

Wehmütig strich sie über einen alten Kupferkessel.

„Als damals der Eiserne Vorhang fiel, mussten wir alles hinter uns zurücklassen. Das Land, das uns zur zweiten Heimat geworden war und all die Menschen, die uns eine Familie waren. Nun sind nur noch Erinnerungen geblieben, und mein Mann ist schon vor Jahren von mir gegangen. Als ich diesen kleinen Laden betrat, wusste ich erst gar nicht, was ich hier wollte. Irgendetwas muss wohl meine Schritte gelenkt haben."

„Eine Fügung des Schicksals", sinnierte Ana Karina. „Denn Zufälle gibt es nicht."

„So ist es, mein Kind. Sie sind so jung und schon so weise …"

Etwas später saßen sie bei Kaffee und Kuchen in dem kleinen Café gegenüber, und Frau Schneider, so hieß die Dame, erzählte von ihren Erlebnissen in Turkmenistan. Ana Karina hatte sie ganz spontan eingeladen. Teppich, Teeservice und Geldscheine hatten ihren Besitzer gewechselt, und Frau Schneider hatte trotz Karinas Protest darauf bestanden, die volle Summe zu zahlen, die nicht gerade gering war. Damit war wahrscheinlich sogar der Sommerurlaub gesichert. Mit dem Wunsch, Ana Karina möge sie doch bald mal besuchen kommen, sie habe ihr ja so viel an gesammelten Raritäten und Fotos aus alten Zeiten zu zeigen, verabschiedete sie sich schließlich, und Karina kehrte in ihren Antiquitätenladen zurück.

46

Guido starrte trübsinnig vor sich hin. Nun war es schon fünf Monate her, seit seine Braut auf der Gondel in Venedig verschwand, entführt von einem Skelett. Eine unglaubwürdige Geschichte, die sein Verstand noch immer nicht zu fassen vermochte. Auf der Arbeit war jeder davon überzeugt, dass Christina Maria einfach abgehauen war. So war inzwischen auch eine neue Sekretärin eingestellt. Guido wusste, dass er bei seinen Arbeitskollegen und auch bei seinem Chef nicht gerade sehr beliebt war.

Schon in der Schule war er immer der Außenseiter gewesen, dick und unsportlich, dazu ein verhätscheltes Einzelkind, der ganze Stolz der Mama. Sein Vater war früh verstorben, und so war er das Einzige, was seiner Mutter blieb. Von klein an, auch in seinen Jugendjahren von ihr noch zärtlich 'mein Baby' genannt, wurde er schnell zum Gespött seiner Mitschüler. Gedemütigt versuchte er alles, um sich bei den Lehrern einzuschleimen und wählte damit genau den falschen Weg. Er wurde zum Einzelgänger. Fehlendes Wissen eignete er sich durch Pauken an, während die anderen Jungen draußen Fußball spielten. Die erste Zeit hatten die Klassenkameraden noch ihren Spaß daran, ihn zu quälen, indem sie ihn auf dem Nachhauseweg festhielten und schlugen oder den Inhalt seines Ranzens irgendwo entleerten, sodass er alles wieder einsammeln musste. Der kleine Junge hatte schon längst aufgehört zu weinen und sich eine

Schutzmauer zugelegt. Im Laufe der Zeit verloren die anderen das Interesse daran, ihn zu schikanieren, denn er zeigte keinerlei Gefühlsausbrüche, und sein blasses rundes Gesicht blieb unbeweglich, egal, was sie ihm auch antaten.

Aus dem Jungen wurde ein einsamer Mann, der sich schwer tat im Umgang mit dem anderen Geschlecht. Während seine Mitschüler mit ihren Erfahrungen prahlten, traute er sich gar nicht erst, eines der Mädels anzusprechen. Doch er fand bald einen Ersatz, denn fast alles war für Geld zu haben auf dieser Welt, nur eben Liebe und wahre Zuneigung nicht. Er machte einen passablen Schulabschluss und bekam Arbeit in einer großen Handelsfirma. Hier buckelte er weiter, war Fußabtreter für seine Kollegen und den Chef. Schnell fanden sie heraus, dass Guido sich nicht wehrte, wenn man ihm ungeliebte Arbeiten aufs Auge drückte, und da er keine Kinder hatte, musste er auch mit dem Urlaub zurückstecken. Als seine Mutter an einem Herzleiden verstarb, wunderte er sich selbst, wie wenig es ihn traf. War er schon so gefühlskalt geworden? Er übernahm die kleine Wohnung und veränderte nicht viel daran.

Dann eines Tages kam ihm der Zufall zu Hilfe. Er stieß auf Unterlagen seines Chefs, die belegten, dass der gute Mann seit Jahren Gelder aus der Firma geschickt auf ein Konto in der Schweiz ableitete. Guido stellte ihn zur Rede. Seine Forderungen waren nicht allzu hoch: ein gut bezahlter Job in führender Position für sein Schweigen. Und so wurde er nach nur knapp drei Jahren im Betrieb bereits

Abteilungsleiter der Exportabteilung. Ein unbeliebter Abteilungsleiter, doch das war ihm egal, er kannte es eh nicht anders. Seine Untergebenen behandelte er gerecht aber distanziert. Er bezog eine größere Penthousewohnung mit Blick über München und ließ die Vergangenheit endgültig hinter sich.

Dann bewarb sich Christina Maria um eine Stelle in der Firma, und er spürte so etwas wie Verbundenheit, eine Seelenverwandtschaft gewissermaßen. Er setzte durch, dass sie schon bald seine Privatsekretärin wurde, seine bisherige wurde innerhalb der Firma versetzt. So einfach war das. Zum ersten Mal in seinem Leben schaute jemand zu Guido auf, und zum ersten Mal hatte er ein Mädchen, das er nicht für Sex bezahlen musste. So wurde bald mehr daraus, und gegen den Willen ihrer Familie heirateten sie schließlich.

Doch jetzt war Guido richtig verwirrt. Es war nicht die Angst oder Trauer um Christina Maria, die ihn bedrückte. Nein, da waren zwei Augen, die ihn nicht mehr losließen. Geheimnisvoll schimmerten sie fast violett, und eine dunkle melodische Stimme verfolgte ihn bis in seine Träume. Estrella …

Die Hexe hatte ihn verhext. Doch er wusste instinktiv, dass er schlechte Karten hatte. Dies war keine Frau, die er kaufen oder beeindrucken konnte. Sie war älter als er, kein Zweifel, dennoch konnte er ihr genaues Alter nicht schätzen. Sie war auch nicht hübsch zu nennen, das war das falsche Wort. Sie besaß eine zeitlose Schönheit.

Der Himmel von München war bedeckt, eine weiße Wolkenschicht lag wie eine Glocke über der Stadt, und darunter waberte eine feuchtwarme Luft, die man glatt in Scheiben schneiden konnte. Guido überlegte. Sollte er ein paar Tage frei nehmen und nach Venedig fahren? Er brannte darauf, die Hexe wiederzusehen.

47

Ana Karina trat ein paar Schritte zurück und betrachtete zufrieden ihr Werk. Gemeinsam mit Toni hatte sie das Bistro komplett umgestaltet und in ein Künstlercafé verwandelt. Sie hatten ganze Arbeit geleistet und das meiste alleine gemacht.

Es gab nun im hinteren Teil des Raumes einen gemütlichen Kamin, und an den Wänden hingen die Bilder einiger Künstler. Zudem war alles Rotkarierte verschwunden, und die neuen Bambusstühle und - hocker waren mit einem neutralen, elfenbeinfarbenen Stoff überzogen. Passend dazu gab es zwei Korbsessel vor dem Kamin, sowie eine kunstvoll bemalte Holztruhe und einen kleinen Tisch, auf dem mit Figuren und Mustern verzierte Holzschalen in verschiedenen Größen platziert waren.

„Ich will mit meiner Idee vor allem noch unbekannte Künstler unterstützen", erklärte Toni.

„Einer von ihnen hat sogar spontan zugesagt, hier zu malen, damit die Gäste vor Ort einen Einblick in seine Technik bekommen." Er deutete auf einen hellen, extra von Tischen freigelassenen Platz vor dem Fenster, der sich bestens dazu eignete, eine Staffelei aufzustellen.

„Das ist ja großartig! Was ist eigentlich mit Chiara? Ich kann mich nicht erinnern, ihre Signatur auf einem der Bilder hier gesehen zu haben." Ana Karina schaute Toni fragend an.

„Chiara habe ich mir aufgespart. Ich dachte, du hättest vielleicht Lust, sie mit mir gemeinsam aufzusuchen, um sie zu fragen", antwortete Toni augenzwinkernd.

„Oh ja, ich würde sie sehr gern wiedersehen, und so habe ich dann einen Vorwand", freute Karina sich.

„Ich denke nicht, dass du da irgend einen Grund brauchst. Sie freut sich bestimmt auch so über deinen Besuch", grinste der Italiener.

„Estrella muss ich auch noch besuchen, die Tage …"

„Noch immer die Sache mit dem mysteriösen Stein?" Besorgt sah er sie an.

„Ja, ich komme einfach nicht weiter damit. Vielleicht kann sie mir sagen, wo ich suchen soll oder mir zumindest einen Hinweis geben."

„Diese Götterdämonin oder Dämonengöttin ist dir nicht wieder erschienen?"

„Isais? Nein."

„Vielleicht war ja alles doch nur ein Spuk?" Toni legte seinen Arm um sie.

„Ich fürchte, sie war sehr real, Toni. Und die Zeit läuft mir langsam davon." Seufzend schmiegte sie sich an ihn.

„Wenn du magst, begleite ich dich gern. Bin ehrlich gesagt schon sehr gespannt auf diese Estrella."

Ana Karina lächelte und zeigte dabei ihre Grübchen.

„Gern. Sie wird dir gefallen und Cinderella sicherlich auch." Toni schmunzelte vergnügt vor sich hin. Er kannte die Geschichten über die gewitzte Ratte bereits und wusste auch, dass sie gar nicht gut auf Guido zu sprechen war. So gemein es auch klingen mochte, irgendwie war das kleine Tier ihm deshalb schon von vorne herein sympathisch.

„Dann lass uns doch gleich morgen Nachmittag alles erledigen. Morgens habe ich hier noch ein wenig zu tun. Zuerst besuchen wir Chiara und dann gegen Abend Estrella. Was meinst du?"

Als sie zustimmte, sah er sie mit seinen honigfarbenen Augen liebevoll an.

„Na schön, dann wollen wir doch mal testen, ob der Kaffeeautomat einwandfrei funktioniert. Was meinst du zu einem frisch zubereiteten Cappuccino?"

„Au ja fein, ich glaube, den haben wir uns heute auch wirklich verdient, Toni!"

48

Marco sah sich aufmerksam um. Einige tief verschleierte Frauen huschten an ihm vorbei, doch Männer im Kaftan mit Filzkappen und Turbanen bestimmten das Straßenbild weitgehend. Der große Bazar von Istanbul, der Hauptstadt des Osmanischen Reiches, die in internationalen Kreisen noch immer Konstantinopel genannt wurde, war laut und von Gerüchen und Düften aller Art durchströmt. Es reihte sich Geschäft an Geschäft, ein Umschlagsplatz für Waren aller Art. Weit mehr als 1000 Läden befanden sich hier. Das aufstrebende Reich war gezwungen, vermehrt Güter aus dem Ausland einzuführen, um den Bedürfnissen der wachsenden Stadtbevölkerung gerecht zu werden. Es gab einfach alles, wobei aber Obst- und Gemüsemärkte streng vom anderen Gewerbe getrennt waren, überhaupt war alles sehr übersichtlich gegliedert. Das Osmanische Reich erlebte gerade seine Blütezeit unter Süleyman dem Prächtigen. Auch das schwere Erdbeben von 1509 konnte diese Entwicklung kaum aufhalten, obwohl damals, bevor Süleyman seine Erbfolge als Sultan antrat, mehr als 1000 Häuser zerstört wurden und an die 5000 Menschen dabei ums Leben kamen.

Marco war nicht hier, um etwas zu verkaufen, vielmehr interessierte er sich für Stoffe und Gewürze aus dem Osmanischen Reich und wollte die Lage prüfen. Es kriselte zur Zeit politisch an allen Ecken und Kanten, und diese Art von Geschäften lief normalerweise längst über Syrien ab, nachdem die Osmanen 1517 Alexandria erobert hatten.

Auch er würde umdisponieren müssen, bevor ihm der Boden unter den Füßen zu heiß wurde. Dann würden ihm seine guten Beziehungen zu höchsten Regierungskreisen hier nicht mehr den Kopf retten können. Schon jetzt befand sich die venezianische Flotte im Krieg mit der osmanischen.

Auch die Gewürzinsel Sansibar war für den Handel verloren, seitdem sie sich fest in portugiesischer Hand befand. Es sah wirtschaftlich nicht gut aus für Venedig.

Er drehte sich um und stieß mit einer schwarz verschleierten Frau zusammen.

„Pardon", murmelte er. Sie sah kurz auf, und es durchfuhr ihn wie ein Messer. Grüne Augen! Juliettas Augen … konnten Augen lachen? Diese taten es. Nur für einen Moment, bevor sie wieder den Blick senkte und weiterging. Er wollte sie festhalten, doch dann rief er sich zur Ordnung. Julietta war nicht hier, sie war für ihn unerreichbar geworden. Nicht nur räumlich.

Er blickte der kleinen verhüllten Gestalt nach, bis sie zwischen anderen Menschen verschwand. 'Wer bist du, geheimnisvolle Fremde? Und was zieht mich in deinen Bann?' Er schüttelte den Kopf über sich selbst. Eine Muslima, ein Ding der Unmöglichkeit. Welten trennten sie voneinander. Außerdem, was wusste er schon über sie. Vielleicht war sie längst verheiratet und hatte eine Horde Kinder.

Rasch lenkte er seine Füße in eine andere Richtung. Dort hinten musste der Laden sein. Ein Mann in einem cremefarbenen bodenlangen Kaftan erhob sich und kam ihm mit ausgebreiteten Armen entgegen.

„Marco, alter Freund, sei mir willkommen", begrüßte er ihn auf Osmanisch, einer oghusischen Turksprache mit persischen und arabischen Lehnwörtern. Marco beherrschte diese recht gut, Dank seiner vielen Aufenthalte hier von Kindesbeinen an, wenn sein Vater ihn auf seinen zahlreichen Handelsreisen mitnahm. Auf den Bazaren und Märkten dieser Stadt hatte er sich von je her daheim gefühlt, mehr als in Venedig mit all seinem Prunk und Protz.

Nach dem traditionellen beidseitigen Wangenkuss und der Versicherung Marcos, dass er sich herzlich willkommen fühle, folgte er Ahmet in den dämmerigen Laden, um mit ihm den obligatorischen Tee zu trinken. Handeln nahm viel Zeit in Anspruch, vor allem im Orient. Zunächst gab es ja noch so viele Fragen, was die Familie und das Wohlbefinden sowie diverse Neuigkeiten anging.

49

Toni und Ana Karina hatten Chiara nach dem Mittagessen aufgesucht. Die blinde Kunstmalerin war gerade dabei gewesen, ihr Bild zu vollenden und hatte ihre Gäste auf dem Felsplateau empfangen, wo sie soeben die letzten Pinselstriche tätigte. Karina erstarrte, als Chiara zur Begrüßung beiseitetrat und dabei den Blick auf das Gemälde freigab.

Darauf war wieder die kleine Gracht mit der Mauer zu sehen, doch diesmal gab es keinen Gondoliere. Stattdessen kam etwas Schwarzes, Diffuses über die Mauer gekrochen und griff nach dem kleinen Boot, auf dem sich drei Personen befanden, die von all dem wohl nichts mitbekamen, denn sie schauten nach vorn, in die andere Richtung. In einem der Gesichter glaubte Ana Karina sich selbst zu erkennen.

Der Himmel auf dem Bild flammte in Rot und Orange, die Wolken waren düster und Unheil verkündend, und ganz unten im schwarzen Wasser des Kanals stand mit blutroter Schrift ein Satz geschrieben, der Ana Karina das Blut in den Adern gefrieren ließ. Ein Satz, der ihr sehr wohl bekannt war:

„Guai a chi sveglia i morti."

Selbst Toni sah blass aus. Auch Kaffee und Kuchen konnten die bedrückende Stimmung nicht wirklich vertreiben. Nur Chaira schien davon unberührt, sie freute sich, dass sie ihre Werke bei Toni ausstellen durfte und sagte sofort zu. Als Ana Karina sie fragte, wie dieses neue Bild entstanden sei, zuckte sie nur ihre Schultern.

„Ich habe es vor meinem inneren Auge gesehen und gemalt. So, wie es immer ist", lautete die Antwort. Sie verbrachten einen denkwürdigen Nachmittag. Toni versuchte, seine Freundin abzulenken, indem er das Gespräch immer wieder auf das Künstlercafé brachte. Er hatte ja noch so viele Ideen, und Chiara sprang begeistert darauf an. Die blinde Künstlerin brachte einen ungeheuren Elan auf, während Karina wortkarg danebensaß und mit ihren Gedanken ganz woanders war.

„Sollen wir wirklich noch zu Estrella gehen?", fragte Toni, als sie Stunden später das Grundstück mit dem Haus, das Karina noch immer so seltsam vertraut vorkam, hinter sich ließen.

„Auf jeden Fall, Toni. Estrella erwartet uns. Bei ihr macht es nichts, wenn es ein wenig später geworden ist."

Die Hexe freute sich und hieß auch Toni herzlich willkommen. Sie war erstaunt, als die Ratte plötzlich von ihrer Schulter auf seine Schulter überwechselte.

„Du hast einen Stein bei ihr im Brett, so etwas macht sie normalerweise nicht", sagte Estrella.

„Alle Tiere lieben Toni", lachte Ana Karina, doch Estrella sah sie forschend an.

„Dich bedrückt doch was! Raus damit!"

Wenig später saßen sie bei Tisch, jeder einen Teller mit Spaghetti Bolognese vor sich. Die Hexe hatte sich große Mühe gegeben, und es schmeckte allen vorzüglich, einschließlich Cinderella, die noch immer auf Tonis Schulter hockte und sich ganz manierlich füttern ließ. Jedesmal wenn sie von einer Nudel abbiss, die Toni ihr hinhielt, mussten sie über das verdutzte Gesicht der Ratte lachen, wenn der lange Rest der Leckerei auf ein ausgelegtes Stück Papier am Boden fiel. Für Cinderella sah es wohl so aus, als würden sich die Spaghetti in Luft auflösen. Dazu kicherten die Menschen dann noch so seltsam. Lachten die sie etwa aus? Entrüstet schaute die Ratte in die Runde. Schließlich hatte Toni ein Erbarmen und setzte das Tier auf den Boden, wo es sich die dort gelandeten Nudeln einverleibte.

„Nun erzähl mal, was los ist", ermunterte Estrella Ana Karina. Diese berichtete von ihrer nächtlichen Begegnung mit Isais und ihrem Auftrag, den Ilua über die Zeitgrenze zu schaffen, obwohl sie nicht wusste, wo sie den besagten Stein suchen sollte. Isais war nicht wieder erschienen, es gab keine neuen Hinweise, und Ana Karina tappte buchstäblich im Dunkeln. Dazu kam das unheimliche Bild, das Chiara gemalt hatte und das Ana Karina schon die ganze Zeit über beschäftigte.

Die Hexe hatte sich alles ganz ruhig angehört, ohne einmal zu unterbrechen. Jetzt stand sie auf und winkte sie und Toni zu dem kleinen Tisch hinüber, auf dem die Tarotkarten schon parat lagen. Cinderella schaute auf, doch Estrella schüttelte den Kopf:

„Erst die Pfötchen saubermachen!" Gehorsam putzte sich das kleine Tier Schnäuzchen und Pfötchen, bevor es auf den Tisch sprang und geduldig auf seinen Einsatz wartete. Erst als die Hexe gemischt und die Karten verdeckt in Kreuzform ausgelegt hatte, deckte sie vereinzelte behutsam auf.

„Ja, es ist so, wie ich dachte. Nicht du wirst den Ilua finden, sondern der Ilua wird dich finden, Karina. Wenn die Zeit reif ist, wird dir der Stein in die Hände fallen."

„Aber muss der Hüter oder Überbringer nicht ein Mann sein?"

„Es wird sich alles klären, wenn die Zeit dazu gekommen ist. Isais hat dich sehr früh aufgesucht und informiert. Geduld zählt nicht zu ihren eigentlichen Stärken, dennoch denke ich, dass nichts ohne einen tieferen Sinn geschieht. Selbst wenn wir ihn nicht immer gleich verstehen. Deshalb mach dir jetzt keine Gedanken darüber. Es wird sich von alleine fügen." Estrella sah sinnend vor sich hin. Die Ratte setzte sich auf ihre Hinterpfötchen und schaute sie erwartungsvoll an.

„Man sollte es nicht für möglich halten! Du hattest doch gerade erst Spaghetti zuhauf! Eines Tages wirst du dich überfressen, und dann gebe ich dir bittere Arznei."

Kopfschüttelnd reichte die Hexe ihr einen Keks, und Cinderella hüpfte mit einem Satz auf Tonis Schulter, wo sie das Gebäckstück mit halbgeschlossenen Augen genüsslich aufknabberte.

„Was das Bild angeht, so habe ich dich bereits vor Monaten gewarnt. Wenn du das Zeittor passierst, wird dich etwas aus der Vergangenheit begleiten. Und das ist nichts Gutes."

Ana Karina schaute bedrückt vor sich hin.

„Ja, ich weiß. Aber ich muss einfach hinüber und meine Schwester zurückholen. Außerdem soll ich doch den Ilua in das Mittelalter zurückschaffen, damit er mit dem Garil vereint werden kann. Vielleicht ist das ja in der Gegenwart unmöglich, weil der Garil nicht mehr existiert, und ich muss deshalb in die Vergangenheit."

Sie straffte ihre Schultern.

„Soll ich es lieber nicht tun?"

Estrella sah ihr ernst in die Augen, dann lächelte sie und sagte leise: „Wir können das Schicksal nicht aufhalten, Karina. Es wird geschehen, was geschehen muss. Man kann sich seinen Aufgaben nicht entziehen, und unsere Bestimmung wird uns irgendwann einholen, egal auf welchem Weg wir uns dann gerade befinden und unabhängig davon, ob es uns nun in den Kram passt oder nicht."

Sie ließen den Abend mit Wein ausklingen, und als sie sich verabschiedeten war es tiefe Nacht. Ana Karina spürte eine Ruhe in sich, wie schon lange nicht mehr. Lag es am Wein? Eng an Toni geschmiegt ging sie in dem Gedanken, das Richtige zu tun, unter einem sternenklaren Himmelszelt voll Vertrauen durch die warme Nacht.

„Sag mal, ist das dort nicht Guido?" Er deutete auf einen Mann, dessen Gesicht von einer Straßenlaterne beleuchtet wurde, während er zu dem Haus hinüber sah, das sie gerade verlassen hatten.

„Nee, das kann ja gar nicht sein", murmelte Ana Karina.

„Aber wenn ich es nicht ganz genau wüsste, dass er in München ist ... ach egal, lass uns weitergehen. Diese Nacht hat einen ganz besonderen Zauber, den will ich mir nicht zerstören lassen und schon gar nicht von jemandem, der aussieht wie Guido."

50

Als das Schiff den Hafen von Istanbul verließ,
glänzten die Kuppeln und Minarette der Moscheen
wie Kupfer und Gold in der aufgehenden Sonne.
Marcos Augen glitten sehnsuchtsvoll über die grünen
Ufer des Bosporus, und er fühlte einen unsagbaren
Schmerz in sich aufsteigen, der ihm fast den Atem
nahm.
Zu sehr war er schon mit dieser Stadt verbunden. Es
tat weh, zu wissen, dass ein Wiedersehen in weiter
Ferne lag, vielleicht gar unmöglich war. Was würden
die kommenden Jahre bringen? Die Welt war im
Umbruch, wieder einmal. Doch noch immer
bestimmten einige Wenige über das Schicksal der
Völker. Habgier und Macht waren die Triebfedern,
die die Menschheit ins Verderben stürzten.
Geschichte wurde stets mit dem Blut Unschuldiger
geschrieben.
Der Krieg macht vor nichts halt, er ist ein gefräßiger
Moloch und das Schicksal des Einzelnen interessiert
ihn nicht. Am Ende gibt es keine Sieger, nur
Verlierer.

Ahmet hatte ihm nur bestätigt, was er längst wusste.
Ein Handelspartner aus Venedig war im
Osmanischen Reich nicht länger willkommen.
„Bleib hier, konvertiere zum Islam und werde einer
von uns. Stell dich auf die Seite der Gewinner. Hier
bist du zu Hause", hatte Ahmet gesagt. Nicht wenige
seiner Freunde hatten versucht, ihn zum Bleiben zu
bewegen. Das war an sich kein Problem, denn wer

den Islam annahm, wurde ein Osmane mit allen Rechten und Pflichten im Sultanstaat.

Doch Marco hatte Pläne und Ziele, die Lichtjahre weit von denen des Sultans entfernt waren. Da war der Ordo Bucintoro, die Erschaffung einer neuen Weltordnung, in der ein Einzelner nie mehr Macht über ein ganzes Volk ausüben sollte. Und immer wieder Julietta, die ihn bis in seine geheimsten Träume verfolgte. Jene Julietta, die er nicht mehr wiederfand in der Realität.

„Nun gut", hatte Ahmet gesagt, „dann werden wir dich eben erstmal in Sicherheit bringen, und wenn der Krieg vorbei ist, wird ohnehin bald alles wieder wie früher sein und in alten Bahnen laufen. Handel wird es immer geben, dieser Sektor wird überleben. Warten wir einfach ab. Für uns beginnt jetzt eine große Zeit. Wir sind dabei, eine neue Ordnung in Asien, Afrika und Europa zu schaffen. Die Welt ist klein, mein Bruder, unsere Wege werden sich kreuzen. Du weißt doch: wer einmal vom süßen Wasser des Bosporus trank … bis dahin möge Allah dich behüten."

Es war schwer gewesen, sich von all den Freunden und Bekannten zu verabschieden. Doch er musste gehen, bevor es zu spät war. Die direkte Seeverbindung zwischen Istanbul und Venedig war gekappt. Das Schiff, auf dem er sich jetzt gerade befand, gehörte zur osmanischen Flotte und nahm Kurs auf die nordafrikanische Hafenstadt Alexandria. Noch trug er, wie viele andere an Bord, Turban und Kaftan und war in sicherer Obhut. Mit den richtigen

Beziehungen ließ sich eben vieles regeln. Von Alexandria aus würde man ihn in neutrale Gebiete geleiten, und dann musste er sehen, dass er möglichst schnell auf einem Schiff mitgenommen wurde, das Venedig anlief.

Die gigantische Stadt, einst auf sieben Hügeln erbaut, wurde zusehens kleiner, doch Marcos Blick war weiterhin unverwandt gen Norden gerichtet, so als könne er den Anblick der Häuser, Moscheen und Wälder, des blauen Wassers in seine Seele brennen und für immer mit sich tragen. Er fuhr sich über die Augen und spürte zu seiner Verwunderung, dass sein Handrücken feucht wurde. Waren es Tränen oder war es einfach nur die Gischt? Und auf einmal wusste er, dass dies ein Abschied für immer war. Er würde Istanbul nie wieder sehen.

51

Man schrieb das Jahr 1556, und die Augusthitze lastete schwer auf Venedig. Die Häuserfronten in den schmalen Gassen speicherten die Glut des Tages und dünsteten sie am Abend erbarmungslos wieder aus. Die Nacht versprach keinerlei Abkühlung, und vom Meer her kam nicht der geringste Windhauch. Die Luft stand wie eine Glocke über der Stadt.

Auch auf der Insel Murano verkrochen sich die Menschen in ihre kühleren Behausungen oder suchten Schatten unter den Bäumen.

Christina Maria kniff die Augen zusammen, als sie vor die Tür in das gleißende Licht trat. Schon jetzt klebte ihre Kleidung wie eine zweite Haut an ihr. Wäre sie in ihrer eigenen Zeit, so würde sie sich jetzt im Bikini in die kühlenden Fluten der Adria stürzen, doch an so etwas war nicht einmal zu denken.

Giuseppe berührte zart ihre Schulter.

„Woran denkst du, schöne Duca?"

„Daran, wie herrlich es doch wäre, jetzt einfach dort abzutauchen." Hoffnungsvoll schaute sie zu ihm auf. Sein dunkler Blick traf sie schonungslos.

„Du würdest untergehen und für alle Zeiten im Reiche Neptuns gefangen sein."

„Oh und würdest du mich dann vermissen?" Schelmisch sah sie ihn an. Jetzt blitzte auch aus seinen Augen der Schalk.

„Ich würde Tag für Tag hier auf diesem Felsen sitzen und meine Tränen in das Wasser vergießen, bis sie wie Diamanten auf den Meeresboden fallen und das Herz des Meeresgottes erweichen."

Kichernd stieß sie ihm ihren Ellenbogen in die Seite.

„Dann ist es ja gut." Ihre Schwimmkünste waren nun wirklich nicht die besten, und wenn das Meer hier tief und gefährlich war, konnte sich Giuseppes Prophezeiung tatsächlich erfüllen.

„Sag, meine schöne Duca, möchtest du mich nach Dessau begleiten?" Plötzlich sah er wieder ernst aus. „Ich habe in Kürze dort zu tun, und du entkämst der drückenden Hitze hier. Wir machen auch in Wien Halt. Was meinst du?"

„Womit reisen wir denn?" Skeptisch, mit zusammengezogenen Augenbrauen, fragte sie ihn.

„Na, wie immer in einer Pferdekutsche, wenn es über Land geht." Christina Maria sah ihn strahlend an. Welch ein Abenteuer! So schön hier auch alles war, so etwas durfte man sich nicht entgehen lassen. Einmal erfahren, wie die Menschen im Mittelalter reisten, all die Städte und Orte sehen, die ihr aus der Neuzeit so vertraut waren und das noch mit ihrem geliebten Giuseppe an der Seite. Was konnte herrlicher und unterhaltsamer sein?

„Natürlich komme ich mit!" Es folgten ein für jene Zeit sehr unschicklicher Luftsprung und eine stürmische Umarmung. Auf was für ein Abenteuer sie sich da wirklich einließ, konnte sie zu dem Zeitpunkt allerdings noch nicht erahnen.

52

Guido erstarrte. Das konnte nur Ana Karina sein und neben ihr dieser Schnösel, dieser Sunnyboy Toni. Schnell entfloh er dem Licht der Straßenlaterne. Hoffentlich hatten sie ihn nicht entdeckt, das konnte peinlich werden. Niemand aus der Familie wusste, dass er in Venedig war. Er musste die Hexe sehen. Jetzt stand er seit über drei Stunden hier und starrte das Haus an, in dem sie wohnte, traute sich aber keinen Schritt weiter. Unfähig, durch die Tür zu treten und die Stufen zur Wohnung Estrellas hochzusteigen, ging er dennoch nicht fort. Es war wie ein Bann, in den es ihn zog. Ein Zauber der Hexe, so musste es sein.

Drinnen räumte Estrella, nichts Böses ahnend, gerade das schmutizge Geschirr vom Abendessen in den Spüler. Ihre Gedanken weilten noch immer bei Ana Karina und Toni. Die beiden passten wunderbar zusammen, und sie freute sich, dass Karina endlich einen Partner gefunden hatte. Christina Marias Mann sagte ihr hingegen überhaupt nicht zu. Plötzlich kicherte sie vor sich hin. Nun, sie, Estrella, musste ja nicht mit ihm leben. Dann fuhr ein Schatten über ihr Gesicht. Christina lebte auch nicht mit ihm. Eine düstere Ahnung sagte ihr, dass das nie wieder so sein würde. Etwas war geschehen, das diese Beziehung auf immer verändert hatte. Es war nicht nur die Tatsache, dass Christina Maria sich momentan in einer anderen Zeit aufhielt, da war weit mehr im Spiel. Sinnend schaute die Hexe zum

Kletterbaum hinüber. Cinderella hatte sich darunter zusammengerollt und schlief den Schlaf der Gerechten. Estrella seufzte. Das Tierchen war ihr so sehr ans Herz gewachsen.

Unten stand Guido und drehte einen inzwischen halb verwelkten Blumenstrauß in seinen schwitzigen Händen. Was sollte er Estrella sagen, wie seinen Besuch begründen? Was, wenn die Hexe ihn abwies oder, noch schlimmer, auslachte? Und wenn dann Ana Karina bei ihrem nächsten Besuch erfahren würde, dass er sich hier bis auf die Knochen blamiert hatte? Das ging gar nicht! Selbst wenn Christina Maria verschollen war, so war er immer noch mit ihr verheiratet. Noch … Dieses Gefühl, dass er Estrella gegenüber hegte, hatte er Christina gegenüber nie gehabt. Das Herzklopfen, die Unsicherheit, die fast unerträgliche Angst zu handeln. Und plötzlich erschrak er, als er dieses Gefühl erkannte. Er hatte sich unsterblich in die Hexe verliebt.

Estrella war an das Fenster getreten und schaute in die sternenklare Nacht hinaus. Leise wehte die Gardine im lauen Sommerwind. Mit müden Augen schaute sie auf den Mann, der dort unten an eine Hausmauer gelehnt stand, schemenhaft beleuchtet von einer Laterne.

Was suchte jemand um diese Zeit noch dort unten auf der Straße? Jetzt trat der Mann hervor. Er hielt etwas in der Hand. Einen Blumenstrauß? Estrella kniff die Augen zusammen. Ja, tatsächlich. Jetzt kam der Mann näher, schaute kurz zum Fenster hoch, er kam ihr seltsam bekannt vor. Estrella wich instinktiv zurück. Als sie wieder hinaussah, warf der Fremde die Blumen gerade in einen Papierkorb. Für einen Moment fiel das Licht der Laterne auf sein Gesicht, bevor er langsam weiterging. Estrella pfiff leise durch die Zähne. Das war Guido und plötzlich war ihr sonnenklar, was er hier suchte.

53

Für Ana Karina war der Alltag wieder angebrochen. Die zwei Wochen in Italien waren viel zu schnell vergangen, doch länger konnte sie ihre Antiquitäten nicht im Stich lassen. Der Abscheid von Toni fiel mit jedem Mal schwerer, und sie wusste, dass er genauso unter der Situation litt wie sie. Seufzend wischte sie den Staub aus den Regalen, bevor sie die antiken Gegenstände wieder darauf platzierte. Es war Mitte August, und die Kühle des bald beginnenden Herbstes lag bereits unverkennbar in der Luft.

Toni wollte sich nach einem geeigneten Laden für sie in Venedig umschauen. Das war mehr als schwierig, zumal die Miete erschwinglich sein musste. Leider war das Künstlercafé viel zu klein, um dort etwas für sie abzuteilen, wie Toni zu seinem Bedauern festgestellt hatte. Doch Ana Karina malte sich in Tagträumen aus, wie das gewesen wäre. Den ganzen Tag zusammen mit Toni, er würde sein Café führen, der Kunstmaler in der lichtdurchfluteten Fensterecke seine Bilder malen, und in einer anderen Ecke würde sie, Karina, ihre Antiquitäten zum Kauf anbieten. Zwischendurch könnte sie sich von ihrem Liebsten mit Kaffee und Kuchen verwöhnen lassen, herrlich!

Doch leider nur ein Traum …

Es war bereits nach 17 Uhr und Ana Karina entschloss sich, Frau Schneider anzurufen. Es war an der Zeit, ihr Versprechen einzuhalten und die nette alte Dame endlich einmal aufzusuchen.

Frau Schneider war sofort Feuer und Flamme.

„Aber Kindchen, das ist ja wunderbar. Am Wochenende wird mein Enkel auch hier sein. Dann kann ich euch beide miteinander bekannt machen. Ich habe ihm schon so viel von dir erzählt. Passt es am Sonntag Nachmittag zum Kaffee? Ich würde mich sehr freuen."

Ana Karina sagte zu, und die alte Dame verabschiedete sich fröhlich mit den Worten: „Er wird dir gefallen, mein Thomas."

'Na, das kann ja heiter werden', dachte Karina. Wahrscheinlich wollte Frau Schneider sie beide verkuppeln. Auch das noch! Sie musste plötzlich grinsen. Sie würde der alten Dame und ihrem Enkel schon klarmachen, dass sie in festen Händen war.

Fröhlich trällerte sie ein Lied vor sich hin. 18 Uhr und Zeit, den Laden zu schließen. Schnell nach Hause und duschen, sich selbst in einen bequemen Jogginganzug und die Pizza in die Mikrowelle schmeißen und es sich dann auf dem Sofa vor dem TV bequem machen. Später in der Nacht, wenn das Café geschlossen war, würde sie noch mit Toni skypen. Das Leben konnte so schön sein!

54

Der kleine ungefederte Reisewagen war alles andere als bequem. Die Sitzbank war trotz Kissenpolsterung hart und ungemütlich, Staub und Hitze nahmen Christina Maria buchstäblich den Atem. Es gab keine Straßen in dem Sinne, die beiden Maulesel zockelten über ausgetrocknete huckelige Wege. Sie waren schon tagelang unterwegs, wobei das Schlimmste von allem die Berge waren. Bei Steigungen an den Gebirgspässen stand oftmals das ganze Gefährt schief oder drohte zu kippen, und zeitweise musste man sogar aussteigen, um die Maulesel zu entlasten. Die mitgenommenen Vorräte waren bald aufgebraucht, und so musste man unterwegs „einkehren". Christina wunderte sich, wie gastfreundlich auch die ärmsten Bauern in den kleinsten und schäbigsten Siedlungen waren. In jeder noch so dürftigen Hütte wurden Reisende, samt ihrer Kutscher, ohne Zögern aufgenommen und verpflegt. Man bot ihnen Nahrung und ein Dach über dem Kopf. Das Gastrecht des Mittelalters war sprichwörtlich. Überall gab es barfüßige Kinder in Scharen, sie trugen nicht viel mehr als Lumpen am Leib. Die Behausungen waren mehr als armselig und bestanden meist nur aus einem Raum, der notdürftig Schutz vor Unwettern bot.

Die Unterschiede zwischen Arm und Reich waren gravierend und schier unüberbrückbar. Sie wurden vor Räubern und Tagedieben gewarnt, die überall am Wegrand zu lauern schienen. Bald trafen andere Reisende mit ihren Wagen dazu. Es war sicherer, in

Gruppen zu reisen, da sich die Wegelagerer gern organisierten und dann einzelne Gefährte überfielen. Christina erfuhr, dass man es in dieser Gegend möglichst vermied, Schmuck oder andere Wertsachen bei sich zu tragen und lieber Esel benutzte statt Pferde, die einen Hauch von Luxus erahnen ließen.

Vielerorts gab es Kontrollen unterwegs, Zöllner verlangten Geld und Papiere für die Durchreise, Weiterreise und Einreise. Christina Maria schwirrte der Kopf. Je näher sie Wien kamen, desto lebendiger und breiter wurden die Fahrwege. Jetzt kamen ihnen viele Wagen und Reiter aus der Stadt entgegen. Aber auch die Halunken und Bettler wurden mehr. Vor den Stadtmauern tummelte sich zahlreiches Fußvolk. Giuseppe zeigte ein Papier vor, eine Art Passierschein, wie er lächelnd erklärte, und sie konnten ungehindert passieren, während andere in einer Schlange geduldig darauf warteten, durch das Stadttor ins Innere zu gelangen.
Giuseppe sah frisch und schneidig aus wie eh und je, so als wäre er eben erst in den Wagen gestiegen. Christina Maria fühlte ihr verfilztes Haar und roch ihren eigenen säuerlichen Schweiß. Sie konnte sich denken, dass sie nicht grad den schönsten Anblick bot. Das Mittelalter verlangte ihr einiges ab, und dies war erst der Anfang ihrer Reise.

Interessiert betrachtete sie das Treiben auf den belebten Straßen und die Häuser der Stadt. Alles war viel kleiner und bescheidener als im 21. Jahrhundert, aber nicht minder interessant. Es gab ein buntes Stadtbild, das dem in Venedig um nichts nachstand. Giuseppe lächelte sie an und zeigte dabei seine strahlend weißen Zähne: „Wundervoll, nicht wahr? Schau mal die Marktstände dort drüben. Doch die heben wir uns für später auf. Ich denke, wir haben ein Bad jetzt bitternötig, meine schöne Duca. Aber keine Sorge, wir werden bereits erwartet."

55

Ana Karina stand in Jeans und einer leichten weißen Bluse vor der Tür des vierstöckigen Altbaus und drückte auf den Klingelknopf mit der Aufschrift Schneider.

Frau Schneider wohnte im ersten Stock. Dort stand bereits ein hochgewachsener junger Mann in der Tür und hieß den Gast herzlich willkommen. Freundliche graublaue Augen sahen sie an, und er hatte das Lächeln seiner Großmutter, stellte Karina fest.

„Kommen Sie doch bitte herein." Er fuhr sich mit der Hand durch das blonde Haar und lachte dann plötzlich auf.

„Meine Oma hat mir schon so viel von Ihnen erzählt. Ich bin übrigens Thomas."

Ana Karina lächelte und sah sich suchend um.

Er wies auf die Küchentür, und da kam sie auch schon mit ausgebreiteten Armen auf sie zu.

„Ach, Kindchen, ich brüh noch eben den Kaffee auf, setzt euch nur schon in die gute Stube."

Der Tisch war bereits gedeckt, und neben einer leckeren Blaubeertorte nahm ein riesiger Frankfurter Kranz jede Menge Platz ein. An den Wänden gab es zahlreiche Fotos, einige davon stammten mit Sicherheit aus Turkmenistan.

„Haben Sie auch in der Turkmenischen SSR gewohnt?", fragte Karina Thomas, während sie von Bild zu Bild ging.

„Nein, das war lange vor meiner Zeit. Meine Mutter ist dort groß geworden. Als kleiner Junge konnte ich gar nicht genug darüber hören, das Leben da war ein ganz anderes, sagte sie immer." Er grinste.

„Oh, wie aufregend, das waren mit Sicherheit spannende Geschichten."

„Setzen Sie sich doch bitte schon mal, der Kaffee müsste gleich kommen."

„Hier ist er auch schon!" Frau Schneider kam mit einer umfangreichen, mit Rosen verzierten Porzellankanne herein, die zum Service passte.

Sie sah von einem zum anderen.

„Nun sagt bloss nicht, ihr siezt euch! Verstehe einer die jungen Leute, da denkt man immer, ihr seid so locker …"

Thomas grinste vergnügt.

„ICH habe mich namentlich vorgestellt. Aber in Anbetracht der Tatsache, dass ich hier sicherlich der Jüngere bin, warte ich auf das Zugeständnis von Fräulein …"

Ana Karina fühlte das Blut heiß in ihre Wangen steigen. Welch blöde und alberne Situation.

„Also, ich bin Ana Karina, kurz Karina genannt. Hiermit biete ich dir feierlich das DU an, Thomas." Sie streckte die Hand aus, und er schlug lachend ein.

Ein echter Witzbold und ein attraktiver noch dazu.

„Frau Schneider, ich habe Ihnen eine Kleinigkeit mitgebracht, statt Blumen."

Hastig kramte sie das kleine Päckchen aus ihrer Handtasche und reichte es der netten alten Dame, die die Kaffeekanne inzwischen abgesetzt hatte.

„Aber das ist ja wunderschön. Herzlichen Dank, ich weiß gar nicht, was ich sagen soll."

Fasziniert blickte sie auf den breiten Silberring mit den kunstvollen Verzierungen auf blutrotem Untergrund.

„Ein alter turkmenischer Ring", erklärte Karina, während Frau Schneider ihn aufsetzte.

„Er sitzt wie angegossen", sagte sie zufrieden.

Thomas goss galant den Kaffee ein, und Ana Karina tat die Tortenstücke auf. Nachdem sie alle viel zu viel gegessen hatten, zeigte die alte Dame ihre Fotoalben und erzählte dabei. Die Zeit verging viel zu schnell, und sie merkten es erst, als Thomas auf die Uhr sah und sagte: „Schon so spät. Ich muss mich leider verabschieden, da ich heute noch zurück nach Schönau will. Nicht böse sein, Oma, ich komme ja wieder."

Er umarmte seine Großmutter herzlich und gab Karina mit einem Augenzwinkern die Hand.

„Ich bin sicher, dass wir uns wiedersehen. Bestimmt schon recht bald."

Dann war er fort, und Ana Karina erhob sich kurz darauf auch, um sich auf den Weg zu machen. Nachdem sie sich bedankt und versprochen hatte, wiederzukommen, schritt sie nachdenklich die Stufen hinab. Nach Schönau? Lag das nicht in der Nähe von Berchtesgaden? Dann schüttelte sie den Kopf. Dort wohnten viele Menschen, und außerdem war es Schönau und nicht Berchtesgaden.

56

Christina Maria war in ihrem Element. Fürstliche Empfänge im mittelalterlichen Wien, Giuseppe verkehrte nur in den besten Häusern, üppige Mahlzeiten, Tanzvergnügen und das alles in dieser Stadt, die schon zu jenen Zeiten ein besonderes Flair umgab. 1529 hatten die Osmanen bereits vor den Toren Wiens gestanden und waren dennoch gescheitert. Ausbrechende Seuchen und ein früher Wintereinfall konnten sie in die Flucht schlagen. Inzwischen war die Stadt zu einer regelrechten Festung geworden. Ein tiefer Graben und wuchtige Mauerwerke, an denen noch immer gearbeitet wurde, sollten die Stadt vor künftigen Angriffen schützen.

Innerhalb der Mauern jedoch pulsierte das Herz der Metropole.

Einmal mehr erkannte Christina, welch großen Einfluss der Ordo Bucintoro besaß. Giuseppe hatte ihr verraten, dass der Orden Zugang zu den höchsten Kreisen bis ins ferne Madrid hatte und über einen unermesslichen Reichtum verfügte. Dennoch bewahrten die Eingeweihten ihre Geheimnisse, und so war der Ordo eine in sich geschlossene Gesellschaft, deren Fühler sich jedoch gleich dem Netz einer Spinne über große Teile Europas erstreckten.

„Madrid, ich muss dir Madrid zeigen, schöne Duca. Und Paris!" Giuseppe schwenkte ihren zierlichen

Körper mit Leichtigkeit durch die Luft und setzte ihn unter ihrem Protest lachend wieder am Boden ab.

'Paris kenne ich bereits', wollte sie entgegnen, biss sich jedoch auf die Lippen. Kannte sie nicht auch Venedig und Wien? Und dennoch war es ganz anders in jener Zeit. Vergnügt warf sie den Kopf in den Nacken und schenkte ihm ihr schönstes Lächeln.

„Oh ja, ich würde das alles zu gern einmal sehen, Liebster!"

„Dein Wunsch sei mir Befehl, Donna Julietta", scherzte er und machte eine tiefe Verbeugung vor ihr. Dabei nahm er den breitkrempigen Spitzhut, der gerade in Mode war, vom Kopf und schwenkte ihn theatralisch durch die Luft. Christina musste lachen. Egal, nach welcher Mode er sich auch kleidete, er sah einfach hinreißend aus. Kein Wunder, dass sich nahezu jede Frau nach ihm umdrehte. Er erinnerte sie von seiner Art her so sehr an Rhett Butler aus 'Vom Winde verweht', dass sie sich mehr und mehr wie in einem Film aus längst vergangener Zeit vorkam.

'Du BIST in einer längst vergangenen Zeit', schmunzelte sie vor sich hin. Was ihr anfangs noch Angst gemacht hatte, wurde an der Seite Giuseppes zum Vergnügen. Das zuvor als primitiv empfundene wurde durch ihn zum Abenteuer der besonderen Art. Ungewohnte und fettige Speisen wurden zu Delikatessen. An eine Rückkehr in ihre Zeit war gar nicht mehr zu denken. Paris, Madrid und Dessau lockten, selbst wenn das weitere beschwerliche

Reisen im ungefederten Leiterwagen bedeutete. Es gab ja so viel Neues, nein Altes, zu entdecken.

Giuseppe betrachtete sie amüsiert. Eine bemerkenswerte Frau, diese Duca! Kam aus einer ganz anderen Zeit und passte sich dennoch so hervorragend an, dass jeder auf ihre Maskerade hereinfiel. Die geborene Komödiantin. Nur eines konnte sie verraten, nämlich dass sie unglaublich jung und frisch aussah, ganz anders als die Frauen der gehobenen Gesellschaft, die vor ihrer Zeit schon bequem wurden und verfetteten, oder die Frauen der Unterschicht, die frühzeitig alterten und verwelkten, denn sie hatten neben der Last des Kindergebärens auch noch am Kampf des Überlebens zu tragen.

Christina Maria schaute mit strahlenden Augen zu einem leuchtend blauen Himmel auf und breitete jauchzend die Arme aus.

„Ich wünschte, ich könnte fliegen wie die Vögel dort am Firmament! Ach, wie schnell wär ich in Paris oder Rom!" Ihr Blick aus smaragdgrünen Augen traf ihn wie ein Blitz mitten ins Herz, als sie sich zu ihm umdrehte.

„Giuseppe, sag, werde ich auch Rom sehen?" In diesem Moment hätte er ihr, ohne mit der Wimper zu zucken, sogar den Himmel auf Erden versprochen.

„Alles, was du willst, meine geliebte Duca!"

57

Marco saß noch immer in Nordafrika fest. Osmanische Piraten eroberten einen Ort nach dem anderen, der berüchtigste unter ihnen, Dragut oder auch Turgut Reis genannt, hatte bereits 1551 Tripolis von den Maltesern zurückerobert, und auch die spanische Flotte wurde immer weiter ins westliche Mittelmeer zurückgedrängt.

Langsam schlenderte er über den Bazar. Zwar war die Stadt unter osmanischer Herrschaft, dennoch war hier vieles ganz anders als in Istanbul. Er vermisste die milde Luft und die grünen Hügel des Bosporus. Hier herrschten Hitze und Trockenheit, und der feine Staub der nahegelegenen Wüste drang durch jeden Spalt bis ins Innerste der einfachen Behausungen. Einheimische Frauen und Männer trugen Schleier vor den Gesichtern, die nur die dunklen Augen frei ließen. Die Haut an ihren Händen und Füßen war dunkel und lederartig, ihre Sprache hart und abgehackt.

Nichts war zu spüren von jener Leichtigkeit, mit der sich die Menschen in Istanbul oder gar Venedig bewegten. Dies war eine andere Welt, fremd anmutend, hart und karg, und die Bewohner Nordafrikas hatten sich mit Sprache, Kleidung und Verhalten dem erbarmungslosen Klima angepasst.

Ach, die süßen Wasser des Bosporus, es gab kein Zurück mehr. Marco wusste es. Und Venedig? Bisher hatte er kein Schiff gefunden, das ihn mitnehmen konnte. Venedig und das Osmanische Reich waren verfeindet, und es schien keine Brücke mehr zwischen den Völkern zu geben. Der Ruf des Muezzins erklang von der nahen kleinen Moschee, die wenig gemein mit jenen Prunkbauten in Istanbul hatte, und Marco drückte sich in den Schatten eines Torbogens. Wie auf Kommando knieten die verhüllten Männer, wo sie gerade noch gestanden hatten, zum Gebet nieder und verbeugten sich in Demut vor Allah.

Marco hatte noch immer osmanische Kleidung an und trug Papiere zu seinem persönlichen Schutz bei sich. So konnte er sich ungehindert innerhalb Tripolis bewegen, und die Einwohner begegneten ihm mit Respekt und Ehrfurcht.

Doch noch immer wusste er nicht, wie er hier wegkommen sollte. Venedig schien genauso unerreichbar für ihn zu sein wie Istanbul. Obwohl, ein Wort von ihm und das Osmanische Reich würde ihn aufnehmen wie einen Sohn. Grübelnd blickte er auf die betenden Männer. Was sollte er tun? Venedig vergessen? Hatte er sich nicht ohnehin am Bosporus viel mehr daheim gefühlt?

Aber da waren Juliettas Augen, die ihn noch immer verfolgten. Eine innere Stimme sagte ihm, dass es an der Zeit war, nach Venedig zurückzukehren. Es war noch nicht vorbei, es durfte nicht vorbei sein. Die Duca hatte ihm einst gehört, und er würde alles tun, um sie wieder zurückzuerobern. Als er sich von der Mauer abstieß und in das grelle Sonnenlicht trat, fühlte er neue Hoffnung in sich aufsteigen. Der Duft von gebratenem Hammel und starkem Pfefferminztee stieg ihm in die Nase, als er wenig später den Weg Richtung Hafen einschlug. Plötzlich rebellierte sein Magen, und er erinnerte sich, dass seine letzte Mahlzeit schon um Stunden zurücklag.

58

Ana Karina grübelte. Wenn nun doch Thomas der Wächter des Ilua war?! Warum war sie nur so dumm gewesen und hatte ihn nicht ein wenig ausgehorcht? Stattdessen hatte sie nur der netten alten Dame zugehört, als ob es nichts Wichtigeres auf der Welt als Geschichten über ein längst vergangenes Leben in Turkmenistan gäbe.

Wie sollte sie jetzt eine erneute Verbindung zu dem jungen Mann aufnehmen? Schließlich konnte sie ihn ja schlecht um ein Treffen bitten. Was sollte er dann von ihr denken?! Womöglich noch, dass sie ihn anbaggerte. Das ging schon mal gar nicht! Wahrscheinlich hatte er eh eine Freundin, schließlich sah er nicht übel aus.

Ach du lieber Himmel! Was waren das denn jetzt für Gedankengänge? Es reichte schon, dass sie sich vor dem Kaffeetrinken so hölzern benommen hatte. Nein, eine Kontaktaufnahme ihrerseits kam nicht in Frage. Also musste sie warten.

Was hatte er wohl damit gemeint, als er sagte, dass sie sich sicherlich schon ganz bald wiedersehen würden? Entweder hatte er doch mehr Interesse an ihr, als sie erst den Eindruck hatte, oder aber - sie atmete schneller - er hatte auch eine Botschaft von Isais erhalten und wusste, dass er ihr den Stein übergeben sollte.

Unruhig ging Karina in ihrer gemütlichen Küche auf und ab. Estrella hatte ihr nichts weiter über den Hüter des geheimnisvollen Steins sagen können, nur, dass der Stein SIE finden würde und nicht umgekehrt.

Warum machte sie sich dann solche Gedanken? Alles deutete auf Thomas hin, schließlich hatte seine Großmutter sie ja gefunden.

„Geduld, Karina, Geduld", mahnte sie sich. Geduld zählte nicht zu ihren Stärken. 'Da bin ich wohl der falsche Zwilling', dachte sie, und ihre Gedanken schweiften ab zu Christina Maria, die nun schon so lange verschollen war.

Sie sah ihre Schwester wieder als kleines Mädchen vor sich. Geduldig schaute die ihrer Mutter zu, wie sie sich ankleidete und den Schmuck anlegte, während sie selber, Ana Karina, ungeduldig und fast schon zornig von einem Bein auf das andere hüpfte und darauf wartete, dass es endlich losging. Was kümmerten sie Schmuck und Kleidung, wo doch Natur und Freiheit da draußen lockten, die Vögel sangen und die Sonne nur so vom Himmel strahlte. Gerade wegen Christina musste sie den Stein zurückbringen. Irgendwie gehörte das alles zusammen. Es war wirklich wie ein Puzzle. Stück für Stück musste alles zusammengesetzt werden, und wenn wichtige Teile fehlten, dann kam man beim besten Willen nicht weiter. Es gab so viele herumliegende Teile, von denen sie noch nicht wusste, wie sie in das Bild einzuordnen waren. Der Fährmann zum Beispiel oder der Anhänger, der ihr so seltsam bekannt vorkam. Welche Rolle spielten sie bei der ganzen Sache?

Ana Karina seufzte.

„Ach, Isais, wenn ich nur wüsste, wo der Schlüssel zu all dem liegt."

Der Stein, vielleicht war der Stein der Schlüssel. Sicherlich würde sie alles klarer sehen, wenn er sich erst einmal in ihrem Besitz befand.

„Ist es der Stein, Isais? Ist er der Schlüssel zu allem Wissen?", fragte sie laut.

Doch sie bekam keine Antwort. Die Dämonengöttin hüllte sich in Schweigen.

59

Mit dem September hatten starke Regenfälle eingesetzt, und je weiter man nach Norden vordrang, desto stärker wurden sie. Mehr als einmal hatte sich der einfache Wagen mit seinen Holzrädern schon im Schlamm festgefahren. Der Kutscher legte Bretter, manchmal auch schwere flache Steine vor die Räder, wenn sie an besonders morastige Stellen kamen, doch nicht immer reichte das aus. Immer wieder geriet der primitive Leiterwagen ins Wanken, und sie mussten aussteigen und ein Stück des Weges zu Fuß zurücklegen, bis das Schlimmste überstanden war.

Christina Maria seufzte und dachte sehnsuchtsvoll an das bequeme Leben in Wien zurück. Weit und beschwerlich war der Weg zu Giuseppes selbst erwählter Heimatstadt. Wohl bekamen sie Unterkunft in den Orten und Städten, die sie durchquerten, und ihre Papiere öffneten ihnen so manch verschlossene Tür, dennoch war hier nichts mehr von dem Prunk und Glanz Venedigs oder Wiens zu spüren.

Es würde noch Tage dauern, bis sie Dessau erreichten und damit eine würdigere Unterkunft im Schoße des Ordens. Christina zog den schweren wollenen Umhang fester um ihre Schultern, der jedoch kaum Schutz vor dem peitschenden Regen bot.

Die Esel hatten sie inzwischen in Pferde eingetauscht. Schemenhaft tauchten jetzt die Häuser einer Stadt in der Ferne auf, noch zu weit entfernt, um wirklich etwas erkennen zu können.

„Wir müssen zu Fuß weiter, Duca. Die Tiere schaffen es sonst nicht. Wir sollten entweder eine längere Pause einlegen oder die Gäule in der Stadt auswechseln lassen." Christina Maria nickte tapfer. Giuseppe lief das Regenwasser in Rinnsalen über das Gesicht, und seine sonst so humorvollen Augen schauten sie besorgt an.

„Es geht schon", murmelte sie. Auch der Kutscher war inzwischen abgestiegen und führte die Pferde durch den knöcheltiefen Schlamm. Schweigend ging Christina neben ihrem Auserkorenen her, der sie sorgsam stützte, damit sie nicht ausglitt.

Mit der Nähe der Stadt kam auch der Gestank nach Abfällen und menschlichem Unrat, Christina Maria hatte sich schon daran gewöhnt. Doch etwas war diesmal anders. Selbst bei Regenwetter waren Händler und Wegelagerer vor größeren Ansiedlungen nichts Außergewöhnliches, die Menschen des Mittelalters waren hart im Nehmen. Doch dieser alte Mann, der auf sie zuwankte wie ein Betrunkener, der flehend seine Hände erhob und jetzt plötzlich im Schlamm niederkniete, hatte etwas Groteskes und Bedrohliches an sich.

„Das Strafgericht Gottes kommt über uns! Herr erbarme dich, wir alle sind von Sünden befleckt ..." Er hatte sein Antlitz gen Himmel erhoben, die Augen seltsam verdreht. Aus einem Impuls heraus wollte Christina ihm die Hand auf die Schulter legen, doch er wich in Panik zurück und wehrte ab. Sie konnte seine verfaulten Zahnstummel erkennen, so nah war er ihr. Ein übler Geruch haftete ihm an.

„Kehrt um, solange ihr es noch könnt. Der Zorn des Allmächtigen wird bald alle in dieser Stadt treffen. Schon jetzt haben sie die Türen der Verdammten mit Kreuzen gekennzeichnet, und die Toten liegen überall in den Gassen. Das große Sterben hat begonnen." Er wandte den Blick von ihnen ab.

„Oh Herr, erbarme dich unser!" Seine Stimme ging in einem Aufheulen unter.

Giuseppe erstarrte.

„Was meint er? Ist Krieg?" Christina Maria schmiegte sich eng an ihn und starrte ihn aus verängstigten Augen an.

„Nein. Kreuze an den Türen, das große Sterben, das bedeutet eine Seuche. Der Schwarze Tod, er ist zurückgekehrt." Sein Blick hatte sich verdunkelt. Er wandte sich um und schrie den Kutscher panisch an: „Zurück, sofort umkehren! Wir können nicht in die Stadt! Wir ändern die Route!"

Dann legte er den Arm fest um ihre Schultern.

„Du weißt, was das bedeutet?" Sie nickte, und ihr Gesicht war bleich wie der Tod, als sie das Wort aussprach, das Giuseppe nicht kennen konnte, denn es war noch unbekannt zu jenen Zeiten.

Es war nicht mehr als ein Hauch.

„Pest."

Sie mussten weiter, hoffen, dass der nächste Ort der Seuche noch nicht zum Opfer gefallen war. Hoffen, dass sie selbst noch nicht infiziert waren. Weiter ohne Proviant, nur das Regenwasser würde ihren Durst stillen.

Einsam blieb der fremde Mann vor den Toren der Stadt zurück, er war bereits gezeichnet, ein

Unberührbarer. Als Christina Maria sich noch einmal nach ihm umschaute, kniete er noch immer unverändert im Schlamm, wie ein Mahnmal, anklagend, mit zum Himmel erhobenen Armen.

60

Estrella spiegelte sich im Kerzenschein in der Kristallkugel. Auf ihrer Schulter saß die weiße Ratte mit dem goldenen Fellbüschel zwischen den Ohren, das heute fast wie eine Krone aussah, und harrte der Dinge, die dort kommen sollten.

„Was meinst du, Cinderella, werden wir Christina finden?" Die Ratte gab ein leises Knäckergeräusch von sich. Estrella war sich nicht ganz sicher, ob das Tier überhaupt etwas erkennen konnte, und dennoch schaute Cinderella wie gebannt auf den Nebel, der sich jetzt im Inneren der Kristallkugel bildete. Langsam entstanden schemenhafte Gebilde daraus, die nur eine Fachkundige mit den richtigen Inspirationen deuten konnte. Die Hexe fühlte die Aufregung auf ihrer Schulter an dem Zittern der kleinen Füßchen. Das Nackenfell der Ratte hatte sich aufgestellt, und schon stieß sie einen warnenden Pfiff aus.

„Ich weiß, meine Gute, du siehst also das Gleiche wie ich. Oh, Christina Maria, in welch einer Zeit bist du gelandet?! Aber wo bist du? Venedig ist das nicht …"

Nicht nur das Nagetier war zutiefst beunruhigt. Die Stimmung, die die Kugel widerspiegelte, war mehr als bedrückend. Schmerz, Verderben und Tod, Hoffnungslosigkeit und dort …

Die Hexe schüttelte den Kopf. Ja, ganz deutlich, ein anderes Gefühl verdrängte das Finstere. Liebe. Wie ein helles Licht erstrahlte sie. Christina liebte. Und das in einer Zeit, die gezeichnet war von Elend und Glanz, Wunderheilern und Seuchen.

Cinderella zitterte noch immer und schmiegte sich schutzsuchend an Estrellas Hals.

„Ja, es war eine schlimme Zeit. Aber haben wir nicht auch heute noch unsere mysteriösen Krankheiten, die es zu erforschen gilt?"

Estrella nahm die Ratte auf die Hand und sah ihr fest in die Augen.

„Du bist nicht schuld und auch nicht deine Vorfahren. Ihr seid Träger und zugleich Opfer, ebenso wie wir Menschen auch. Krankheiten, Leiden und Tod sind nun mal Bestandteile unseres Lebens. Und immer, wenn wir die Krankheit augenscheinlich erfolgreich bekämpft haben, dann taucht sie in veränderter Form irgendwo wieder auf. Sie hat viele Gesichter, mein Mädel. Übrigens, es gibt einen Ort in Indien, dort wird eure Art sogar hoch verehrt. Im Karni-Mata-Tempel essen die Gläubigen von den Speisen und trinken Wasser aus den Schalen, von denen zuvor Ratten gefressen oder gesoffen haben. Trotzdem ist es bis heute dort noch zu keiner Epidemie gekommen."

Das kleine Tier hatte sich beruhigt, und Estrella strich ihm sanft über den Kopf, bevor sie es am Kletterbaum absetzte. In Gedanken versunken deckte sie ein Tuch über die Kugel, in der nun nichts mehr außer einer Spiegelung der beiden Kerzen zu sehen war. Dann ließ sie sich in einem bequemen Sessel am Fenster nieder und sah Cinderella zu, die jetzt geschickt an den Zweigen herumturnte.

Sollte sie Ana Karina nochmals warnen? Aber war es möglich und richtig, das Schicksal abzuwenden?

Jenes Schicksal, dem sie bisher allzu oft schon in die Karten hatte schauen dürfen, ohne es jedoch jemals zu ändern. Diese Macht maßte sie sich nicht an. Und dennoch, änderten die Menschen nicht durch ihr Handeln Tag für Tag und Stunde um Stunde ihr Schicksal und damit oftmals auch das der anderen? Die Hexe grübelte. Was war Schicksal? Eine Vorbestimmung? Manche Völker nannten es auch Karma. Ein Schicksal, das durch Handlungen und Taten, die in früheren Zeiten, ja sogar in einem anderen Leben stattgefunden haben können, bestimmt wird. Aber konnte man Schicksal als eine Art Wirkung einer schon zurückliegenden Ursache betrachten? Ja, das wäre eine Erklärung. Was jetzt mit Christina Maria und Ana Karina geschah, hatte seine Wurzeln zweifellos in der Vergangenheit.

Estrella gähnte herzhaft. Es war Zeit, schlafen zu gehen.

61

Der Wagen wankte und schaukelte auf den aufgeweichten Wegen dahin. Einmal kamen sie an ein paar ärmlichen Häusern vorbei, die den Titel Haus eigentlich kaum verdienten. Dann endlich eine Gaststätte, Giuseppe ließ den Kutscher anhalten. Die Pferde mussten dringend versorgt werden. Doch es schien niemand hier zu sein. Nichts regte sich, und die Tür war nur angelehnt. Er ging vorsichtig auf das Gasthaus zu und bedeutete Christina Maria, vorsichtshalber im Wagen zu bleiben. Der Regen hatte zwar ein wenig nachgelassen, aber es gab noch einen anderen Grund dafür.

An der Tür befanden sich keinerlei Zeichen für eine Seuche. Doch Vorsicht war geboten in diesen finsteren Zeiten. Als niemand auf sein wiederholtes Klopfen reagierte, stieß der Venezianer die kunstvoll geschnitzte Holztür vollends auf und trat in einen großen düsteren Raum, der mit einfachen grob behauenen Tischen und Schemeln ausgestattet war. Die Kerzen in den Halterungen waren niedergebrannt, und durch die kleinen Fenster fiel nur spärliches Licht. Auch hier war alles wie ausgestorben.

Er bog nach links ab. In der Küche mit der primitiven, rußgeschwärzten Kochstelle stieg ihm ein seltsam verdorbener Geruch in die Nase, säuerlich und penetrant. Über der Kochstelle hing ein riesiger Kessel, dort war die Quelle des Gestanks. Angewidert spähte Giuseppe hinein. Etwas Undefinierbares schwamm darin, möglicherweise war das mal eine Erbsensuppe gewesen. Ein Quieken in der Ecke ließ ihn schaudern. Ratten! Unzählige! Wenn es hier einmal etwas Essbares gegeben hatte, so war es inzwischen längst von den Nagetieren vertilgt worden. Jetzt wurde eine von ihnen aufmerksam und hob witternd den schlanken Kopf.

Giuseppe verließ die Küche fluchtartig. Zweifelnd schaute er die Stiege an, die ins obere Stockwerk führte. Was war mit den Besitzern geschehen? Waren sie geflohen? Oder gar ausgeraubt und ermordet? Es gab nirgends Spuren von Gewalt. Oder …? Er wollte den Gedanken lieber nicht zu Ende bringen. Er musste das Gasthaus so schnell wie möglich verlassen.

Da ertönte ein schriller Schrei. Julietta! Giuseppe handelte, es war keine Zeit mehr, zu überlegen. Warum auch immer sie ihm gefolgt war, das spielte nun keine Rolle mehr. Er hetzte durch den Saal und einen langen schmalen Korridor entlang, von dem verschiedene Zimmer abgingen. Würgend presste er sich ein Tuch vor den Mund. Bestialischer Gestank schlug ihm plötzlich entgegen. In einem offenen Türrahmen sah er zunächst Christina Maria, sie lehnte sich schwankend gegen das Holz. Und dann bot sich ihm ein Anblick, den er nie im Leben vergessen würde.

Bei den beiden Leichen in dem Kastenbett hatte bereits der Verwesungszustand eingesetzt. Dennoch konnte man an den schwarz-bläulich verfärbten Fingern und der Beule am Hals des alten Mannes noch deutlich die Spuren der Seuche erkennen. Im

Tod hatte das Wirtsehepaar sich mit letzter Kraft eng umklammert, und auch die Fingernägel der Frau waren schwarz. Fliegen schwirrten um die Toten, und der Raum war von einem Brummen erfüllt. Die Duca musste die zuvor verschlossene Tür geöffnet haben, nur so war zu erklären, dass es zwar jede Menge Fliegen im Zimmer gab, aber keine einzige Ratte. Doch das war jetzt nur noch eine Frage der Zeit.

Entschlossen packte Giuseppe die leichenblasse Frau am Arm und zog sie mit sich.

„Lauf", schrie er. Als sie den Korridor kaum hinter sich hatten, hörten sie das Trippeln vieler kleiner Füße. Sie kamen. Viele von ihnen mit letzter Kraft, auch sie waren infiziert, Opfer und zugleich Träger. Giuseppe aber meinte nur: „Gut, dass wir hier kein Essen gefunden und angerührt haben. Durch verdorbene Nahrung und schlechte Luft überträgt sich der schwarze Tod, hab ich gehört. Hast du auch nicht zu tief geatmet dort im Haus?", besorgt sah er sie an.

Christina taumelte ins Freie und schüttelte den Kopf: „Giuseppe, die Ratten ..." Sie keuchte, hatte das Gefühl, sich übergeben zu müssen.

„Was ist denn mit den Ratten? Sie sind allgegenwärtig." Er sah sie erstaunt an.

„Nein, sie sind die Wirte, sie übertragen die infizierten Flöhe und damit den schwarzen Tod." Ihre Stimme klang fremd in ihren eigenen Ohren, und an seinem fassungslosen Gesichtsausdruck sah sie, dass er sie nicht verstand. Wohl die Worte, aber nicht den Sinn dahinter.

Sanft führte er sie zur Kutsche.

„Es ist gut, ist ja schon gut, meine Duca. Dir wird nichts geschehen. Unser Glück, dass die Suppe verdorben war und die Ratten alles andere gefressen haben. Ganz ruhig, alles wird gut." Er sprach zu ihr wie zu einem kleinen Kind, während Angst und Zweifel in ihr nagten und sie fast in den Wahnsinn trieben.

Er saß neben ihr und sah ihr ernst in die Augen.

„Warum bist du mir gefolgt?"

„Ich hatte solche Angst, dass dir etwas zustößt. Als der Kutscher kurz austreten war, bin ich ins Haus gelaufen. Und dann habe ich die Tür geöffnet." Schluchzend sank sie in sich zusammen.

„Und jetzt werden wir alle sterben."

Er legte den Arm um ihre Schulter und zog sie an sich.

„Das werden wir nicht, Duca! Es gibt immer welche, die überleben. Wir müssen nur fest daran glauben." Sein Blick war finster.

„Ich bin dem großen Sterben schon einmal begegnet. Vier Jahre ist es jetzt her, dass der schwarze Tod über Dessau kam und mir Vater und Bruder nahm. Wir haben unser Soll bezahlt, Julietta, unsere Zeche an Gefatter Tod. Unsere Sünden sind gesühnt. Noch einmal gebe ich nicht her, was mir die Welt bedeutet."

Christina Maria lächelte in einer Art Erschöpfungszustand, der sie sanft in den Schlaf hinabgleiten ließ. Giuseppe war da, er würde sie beschützen, und wenn der Tod sie holen würde, dann nur gemeinsam.

62

Ana Karina hatte sich tief über einen Karton mit alten Büchern gebeugt. Lauter Schnäppchen vom Flohmarkt. Manche Leute wussten gar nicht, welch ein kleines Vermögen sie da für ein paar Euro aus der Hand gaben. Das hier zum Beispiel!

Die Türglocke ging, doch sie war viel zu sehr beschäftigt, um sie wahrzunehmen. Erst als eine vertraute Stimme hinter ihr: „Hallo, störe ich?" fragte, fuhr sie ruckartig auf und prallte mit ihrem Kopf gegen etwas Hartes. Für einen Moment wurde ihr schwindelig, und sie sah Sternchen in allen Farben und Größen.

Danach schaute sie in Thomas bedeppertes Gesicht, er rieb sich die Stirn.

„Jetzt haben wir wohl beide einen Brummschädel", scherzte er schwach. Schon wieder so eine peinliche Situation! Ihre Begegnungen standen wohl kaum unter einem sehr glücklichen Stern. Aber er war gekommen, und sicherlich hatte er den Ilua dabei, um ihn ihr zu überreichen. Endlich! Fragend sah sie ihn an.

„Eigentlich bin ich gekommen, um mir den Laden hier mal anzuschaun, weil ich durch den Ring mein Herz für Antiquitäten entdeckt habe." Er schmunzelte und sah dabei aus wie ein kleiner Junge mit seinem hochstehenden blonden Haar.

Schon wieder ein Scherz, oder? Nein, das konnte nicht sein!

„Nein, das ist nur die halbe Wahrheit", gestand er, als er ihr verblüfftes Gesicht sah. Also doch? Ana Karina fühlte sich geschmeichelt und merkte zugleich, wie ein leichtes Unbehagen in ihr hochstieg.

„Die Wahrheit ist: meine Großmutter hat mich gebeten, dir das hier zu geben. Ich war grad in der Nähe und, naja ..." Er überreichte ihr grinsend ein recht umfangreiches Paket. Nach dem Ilua sah das allerdings nicht aus. So groß konnte der Stein unmöglich sein.

Neugierig öffnete sie das Papier, und heraus kam eine Tupperschale mit ... Kuchenstücken darin.

„Das ist ihr Apfelkuchen, eine echte Spezialität, fast schon berühmt. Irgendetwas tut sie da rein, doch sie gibt das Rezept nicht Preis, um nichts auf der Welt." Er lachte auf, und Schalk blitzte in den hellen Augen. Suchend sah er sich um.

„Wie wärs mit einem Tässchen Kaffee dazu? Ich könnte jetzt einen gebrauchen. Oder sollen wir lieber gleich in ein Café gehen?"

„Ich kann aber nur mit Filterkaffee dienen, wenn dir das recht ist ..."

Er verzog sein Gesicht schmerzhaft und sah bedauernd auf den Apfelkuchen, dann zuckte er die Schultern und ergab sich in sein Schicksal.

Kurze Zeit später saßen sie auf den einzigen beiden Stühlen, Kaffeetassen und Kuchen auf einem stabilen Karton vor sich platziert und ließen es sich schmecken. Der Apfelkuchen war wirklich vorzüglich. Er hatte einen Hauch von Marzipan und ein leichtes Zimtaroma. Ana Karina druckste herum. Wenn sie jetzt nicht endlich fragte, dann könnte es für immer zu spät sein.

„Thomas, hast du mal etwas von einem Ilua gehört? Oder einem Garil?"

Er schüttelte irritiert den Kopf.

„Wer oder was soll das denn sein?" Es war ein Schuss in den Ofen. Ganz offensichtlich. Spätestens jetzt hätte er sich als Hüter des Steins zu erkennen geben müssen. Thomas würde ihr den Ilua nicht übergeben, er wusste gar nichts von dessen Existenz.

„Ach, vergiss es, ist nicht so wichtig", lenkte sie schnell ab.

„Meinst du, deine Oma würde mir das Apfelkuchenrezept anvertrauen?"

Er runzelte die Stirn, auf der sich bereits eine kleine Beule abzeichnete. Der Zusammenprall würde ihm ein Andenken in Form eines zierlichen Horns bescheren.

„Eher wird die Wüste zum Regenwald. Aber ich kann ja mal ein gutes Wort bei Oma für dich einlegen."

Sie redeten noch eine zeitlang über belanglosen Kram, bevor er wieder ging. Ana Karina blieb grübelnd zurück. Wenigstens hatte sich Thomas ihr nicht in irgendeiner anderen Art und Weise offenbart. Also konnte sie davon ausgehen, dass der sympathische junge Mann ihr Verhältnis auch nur als rein freundschaftlich betrachtete. Und dennoch, zufrieden war sie nicht. Sie war wieder so weit wie am Anfang, doch sie sollte ja nicht suchen. Angeblich würde der Stein zu ihr kommen. Karina konnte nur hoffen, dass er sich damit beeilte, denn die Zeit lief ihr langsam davon. Nur noch ein Monat bis zum Fest der Toten, an dem sich die Pforten in eine andere

Dimension oder auch in eine andere Ära öffnen würden.

63

Der Oktober hatte Einzug gehalten und je weiter sie nach Norden vorrückten, desto kälter wurde es. Der Regen hatte einem sonnigen, aber zumindest morgens schon leicht frostigen Wetter Platz gemacht. Vor den Stadttoren lautete die misstrauische Frage anfangs noch: „Woher kommt ihr? Reist ihr aus dem Osten an?"
Und stets lautete ihre Antwort: „Der Himmel bewahre! Aus dem Süden, aus Venedig!" Da Giuseppe dies durch Papiere belegen konnte, war es ihnen möglich, zu passieren oder einen längeren Halt einzulegen, um auszuruhen und die Pferde verpflegen zu lassen.
„Im Osten sollen erneut Menschen vom Schwarzen Tod dahingerafft worden sein", erfuhren sie dann und taten so, als wüssten sie nichts davon. Noch immer hatte Christina Maria Angst, dass Fieber und Kopfschmerzen als erste Symptome bei ihnen auftreten könnten. Doch nichts dergleichen geschah. Sie konnte nicht wissen, dass mit den fallenden Temperaturen auch der Pest Einhalt geboten wurde. Tatsächlich gab es in besonders kalten Monaten keine Epidemien dieser Art. Doch die Pest hatte Zeit, und der nächste Frühling kam so sicher wie das Amen in der Kirche. Sie würde wieder zuschlagen, wenn die Voraussetzungen dafür besser waren.
Das Reisen wurde angenehmer, die Wege leichter passierbar. Und eines Morgens lag der erste Raureif auf den Wiesen. Die Bäume hatten sich in ein rotgoldenes Kleid gehüllt, und die Luft war klar und

trocken. Langsam legte sich auch Christinas Furcht, Giuseppes Leichtigkeit und Frohsinn wirkten ansteckend.

„Wir sind nun schon so weit gen Westen gefahren. Wir sollten uns Dessau für später aufheben und stattdessen Paris einen Besuch abstatten. Dort ist es wundervoll um diese Jahreszeit. Was meinst du dazu, meine Duca? Würde dir das gefallen?" Giuseppe schaute sie mit blitzenden Augen an. Nein, er sah überhaupt nicht angeschlagen oder gar krank aus. Der Kelch war noch einmal an ihnen vorübergegangen. Sie inhalierte die Herbstluft tief in ihre Lungen.

„Und ob mir das gefallen würde", sagte sie fröhlich. Nach langer, fast endlos erscheinender Zeit fühlte sie sich wieder ausgeruht und glücklich, wie von einer beklemmenden Fessel befreit. Das Leben ging weiter, wenn auch nicht für alle, so doch für sie beide. So vieles gab es noch zu sehen und zu erleben. Sollte der Tod doch wie ein dunkler Schatten über ihnen schweben. Einmal würde die Zeit kommen, für jeden Einzelnen, das wusste sie. Doch nicht jetzt. Jetzt war sie mit Giuseppe zusammen, er lag ihr zu Füßen, und die Welt stand ihnen offen. Das Leben war schön. Nur der Augenblick zählte, und sie würde ihn genießen wie einen Tropfen edlen Rotwein.

„Gut, meine Liebe, von der nächsten Stadt aus werde ich einen Reiterboten nach Venedig schicken, um die Änderung unserer Reiseroute bekannt zu geben." Er legte seinen Arm um sie.

„Werden wir dort auch so fürstlich empfangen? Sag, Giuseppe, hat dort der Ordo auch seinen Einfluss?"

Der fesche Mann an ihrer Seite lächelte vergnügt: „Lass dich überraschen, liebste Julietta. Vor allem aber müssen wir dich neu ausstaffieren lassen. Deine Garderobe entspricht nicht gerade der aktuellen Pariser Salonmode." Belustigt schaute er auf ihre recht einfache Reisekleidung und den wollenen Umhang.

Mit strahlenden Augen sah sie zu ihm auf. Dieses Grün ihrer Augen! Giuseppe verlor sich darin und murmelte: „Grüner Samt, ja, genau, im gleichen Farbton. Ich werde es veranlassen … und goldfarbene Seide mit rötlichem Schimmer, wie die Bäume dort hinten." Sein Blick ging in die Ferne, während sie sich zufrieden an ihn schmiegte.

Die Reisewege nach Westen waren gut ausgebaut und recht belebt. Hier blühte der Handel, und der Leiterwagen fuhr wesentlich ruhiger als zuvor. Julietta schwebte wie auf rosa Wolken. Das mittelalterliche Paris, die Stadt der Liebenden, erleben und das mit Giuseppe an ihrer Seite, was konnte schöner sein?

64

Für Ana Karina raste die Zeit nur so dahin. In zwei Wochen würde sie ihr Antiquitätengeschäft dichtmachen und nach Venedig fahren, wo Toni sie schon sehnsüchtig erwartete. Er konnte sie nur zweimal kurz in München besuchen. Zu viel gab es in dem neuen Künstlercafé, das natürlich auch an den Wochenenden geöffnet war, zu tun. Nun hatte er einen kleinen, leer stehenden Laden gefunden, der einem Freund der Familie gehörte und in der Miete nicht allzu hoch lag. Sie wollte sich das gern einmal ansehen, bevor sie sich auf die Suche nach ihrer Zwillingsschwester machte.

Notfalls musste sie eben ohne den Ilua ins Mittelalter reisen. Noch hatte sie keine Vorstellung davon, wie das geschehen sollte. Mit einem Boot gegen die seltsame Mauer fahren? Unsinnigerweise kam ihr grad jetzt die Szene in Erinnerung, wo Harry Potter und Ron Weasley mit ihrem Gepäckwagen in voller Wucht gegen die sonst durchlässige Mauer auf dem Hogwards-Bahnhof fuhren, weil sie zu spät dran waren und das Tor sich bereits geschlossen hatte. Würde es ihr genauso gehen?

Sie hatte mit Guido gesprochen, und ihr Schwager schien es kaum abwarten zu können, bis es endlich losging. Ana Karina wunderte sich nicht, als er fragte: „Werden wir die Hexe vorher nochmals aufsuchen?" Er räusperte sich verlegen und wurde rot unter ihrem scharfen Blick.

„Ich meine, nur zur Sicherheit."

'Alter Knabe', dachte sie, 'man könnte meinen, dass dir zwei Zusammentreffen mit der Ratte genügen sollten'. Laut sagte sie jedoch: „Ich denke schon, Guido." Sie konnte sich ein Grinsen nur schwer verkneifen. Guido und Estrella. Man konnte sich kein Paar vorstellen, das weniger miteinander harmonierte. Ob die Hexe etwas von seinen Gefühlen ihr gegenüber ahnte? Nun, das sollte nicht ihr Problem sein. Sie hatte jetzt ganz andere Sorgen.

Irgendwie hatte sie das Gefühl, dass ein neuer Abschnitt ihres Lebens begann, sobald sie München hinter sich lassen würde. Hoffnung keimte in ihr auf. Vielleicht würde es ja passen mit dem Laden. Sie sehnte sich nach Italien, jenseits der Alpen war es noch angenehm warm um diese Jahreszeit. Fröstelnd spürte sie den kühlen Luftzug und schloss seufzend die Eingangstür zum Laden. Der Winter nahte. Sie hatte ihn nie gemocht. Diese kahlen Bäume, die wie Gerippe aussahen.

Christina Maria hatte weniger Probleme mit der kühlen Jahreszeit, überhaupt nahm sie wohl alles so, wie es kam. Der pflegeleichtere und anpassungsfähigere Zwilling. Ana Karina liebte den Sommer, die Hitze, die Glut, die eher ihrem Temperament entsprach. Ihr wäre auch Sizilien recht gewesen, aber das wäre noch weiter von Toni weg. Ach Toni! Er hatte versprochen, sie auf ihrem Abenteuer zu begleiten. Für die Zeit sollte sein Vater im Café einspringen. Auch ihr Einwand, dass sie nicht wüsste, wie und wann sie wieder zurückkommen würden, konnte ihn davon nicht abhalten.

„Auf keinen Fall lasse ich dich allein dort hin", war seine klare Antwort. Sie war zwar nicht allein, aber im Stillen musste sie ihm Recht geben, dass Guido nicht wirklich eine Hilfe sein würde.

In einem Mittelaltershop hatte sie Kleidung für Guido und sich bestellt, damit sie in der anderen Zeit nicht auffielen. Ihr Schwager hatte lauthals protestiert, er sah aber auch gar zu seltsam aus in der farbenfrohen Kleidung. Der weite Umhang ließ ihn noch kugelförimiger aussehen und brachte seine untersetzte Figur erst so richtig zur Geltung. Ana Karina hingegen bewegte sich zu ihrer eigenen Überraschung sehr elegant und selbstsicher in ihrem cremefarbenen bodenlangen Gewand, das an den weiten Ärmeln und im Brustbereich kunstvoll mit bordeauxroter Borte verziert war. Sie, die sonst niemals Kleider trug, fühlte sich irgendwie wohl darin. Weich und angenehm fiel der Stoff locker zu Boden. Ein Gefühl von Vertrautheit … seltsam …

Toni wollte sich selbst etwas besorgen oder schneidern lassen. Und natürlich konnten sie sich erst in letzter Sekunde auf dem Boot umkleiden. Die Kleidung stellte noch ein besonderes Problem dar, da sie sich ja nicht im Karneval befanden. Auf keinen Fall durften sie Aufsehen erregen, sonst liefen sie Gefahr, dass ihnen andere Boote folgten. Und das durfte nicht geschehen.

Was würde sie wohl hinter der Mauer erwarten? Sie dachte an ihren Traum, an die Grotte, die Fackeln und die vielen Menschen, die ihren Namen riefen, jenen anderen Namen aus der Vergangenheit: „Julietta".

Eine Kundin betrat den Antiquitätenladen, und Ana Karina wurde für kurze Zeit aus ihren Gedanken gerissen. Noch war sie in München, im Hier und im Jetzt. Sie setzte das Lächeln einer Geschäftsfrau auf, bevor sie sich der jungen Frau zuwandte.

65

Christina Maria genoss das bunte Leben in vollen
Zügen. In Paris und Versailles gab es nicht die Spur
einer Seuche. Man besuchte rauschende
Veranstaltungen und vergnügte sich auf vielerlei Art.
Es wurde auch hier nun langsam kühler, und die
Blätter an den Bäumen erstrahlten in einem
herrlichen Rotgold. Weit hinter ihnen lagen die
ausgeräucherten und mit Essig gereinigten Häuser
der Pesttoten im Osten, und auch die infizierten
Flöhe hatten sich inzwischen zur Ruhe begeben, um
auf den neuen Frühling zu warten, wo sie erneut in
alter Frische zuschlagen würden.
Paris hingegen lockte mit all seinen Reizen, und die
Duca konnte mit ihrer fürstlichen Unterbringung mehr
als zufrieden sein. Auch hier bot der Orden dem
jungen Paar einen gebührenden Empfang, und die
Suite, die es bewohnte, stand den Palastzimmern in
Venedig und Wien in nichts nach. Die Arme des Ordo
Bucintoro reichten weit. Immer seltener dachte
Christina an ihr altes Leben mit Guido zurück. Es
erschien ihr inzwischen sogar fast unwirklich und
fremd. Ja, sie gehörte hierher, in diese Zeit und zu
Giuseppe, der in ihren Augen nahezu perfekt schien,
galant und charmant, eben ein Mann mit Lebensstil.
Sie genossen alles in der Gewissheit, zueinander zu
gehören, schmiedeten die kühnsten Zukunftspläne
und eine prunkvolle Hochzeit in Dessau.
„Warum denn nicht in Paris?", fragte Christina Maria
und sah Giuseppe mit strahlenden Augen an.

„Nun, es wäre schon ein wenig kostspielig und mühsam, all meine Verwandten und Freunde hierher anreisen zu lassen, meinst du nicht auch, geliebte Duca?"

Die geliebte Duca verzog schmollend den Mund.

„Aber …"

„Schsch, nicht so böse schaun, wir werden sehen, Julietta, noch ist es ja nicht so weit."

Christina Maria stampfte mit dem Fuß auf, und ihre Augen blitzten.

„Gib es doch zu, du hast gar nicht vor, mich zur Frau zu nehmen!" Giuseppe ließ sich die Stimmung nicht verderben, schon gar nicht an solch einem schönen goldenen Herbsttag, und griff seine Erkorene kurzerhand um die Taille, bevor er sie mit Schwung hochhob und lachend durch die Luft wirbelte. Erbarmungslos hämmerten ihre kleinen Fäuste auf seine Schultern.

„Lass mich sofort runter, du Verrückter! Die Leute gucken schon!" Verstohlen sah sie sich im Park um.

„Was kümmern uns die Leute", rief er gut gelaunt, ließ sie aber dennoch mit einem Schmunzeln zu Boden gleiten.

„Ich werde sehen, was ich tun kann, dein Wunsch sei mir Befehl, Julietta. Vielleicht lässt es sich ja zum Frühjahr irgendwie einrichten …"

„Im Mai! Es muss unbedingt im Wonnemonat Mai sein! Ach und bis dahin muss ja noch so vieles geplant werden! Wir müssen eine Liste aufstellen!"

Ihre Wangen glühten schon wieder vor Eifer, und ihr weit schwingendes Kleid mit der schwarz abgesetzten Samtborte schimmerte in der milden

Nachmittagssonne in den verschiedensten Grüntönen. Giuseppe seufzte ergeben. Was für eine Frau. Er war ihr mit Haut und Haaren verfallen. Konnte er ihr je etwas abschlagen? Behutsam nahm er ihren Arm und führte sie sicher aus dem Park hinaus.

Sie bilden einen Reigen, die sieben Gestalten in ihren grauen Gewändern. 'Mönchskutten', denkt Ana Karina und versucht, sich zu erinnern, wo sie so etwas schon einmal gesehen hat. In einem Film? Kutten wie in 'Der Name der Rose', aber dort waren sie braun, oder? Lautlos, unheimlich bewegen sie sich im Kreis. Jetzt tritt eine Gestalt zur Seite und gibt den Blick auf einen Sockel aus Stein frei. Und auf dem Sockel liegt eingebettet in rotem Samt - ihr stockt der Atem - der Ilua. Das muss der Ilua sein. Schwarz, glatt und geheimnisvoll schimmert er in einem düsteren und doch erhabenen Glanz. Sie will einen Schritt nach vorn machen, doch ihre Füße sind wie festgeklebt am Boden, versagen ihren Dienst. Verzweifelt streckt sie ihre Hand aus. Dort sollte der Stein liegen, wie damals in ihrem Traum. Er gehört zu ihr.

Doch ihre Finger erreichen den Stein nicht. Nur eine Illusion, ein weiterer Traum. Wie damals, als Isais ihr den Auftrag gab, den Stein zu bewahren. Jenen Stein, den sie nicht wirklich besaß, der immer nur im Traum auftauchte und nach dem Erwachen nicht mehr als eine Erinnerung war. Karina versucht, sich zu konzentrieren. Sie befindet sich in einer niedrigen Höhle, die sich jedoch weit in die Tiefe erstreckt. Der Sockel und die sieben Mönche, oder was auch immer sie sind, werden von Fackeln erhellt, die geschickt an den unbehauenen Felswänden befestigt sind. Flackerndes Licht, das geheimnisvolle Schatten wirft. Murmelnder Singsang in einer fremden und doch so seltsam vertrauten Sprache. Ist das Italienisch? Ana Karina spitzt die Ohren. Und plötzlich versteht sie, was die Männer singen.

„Nicht mehr lang wird es dauern. Nah ist das Reich, nah die Erleuchtung. Vereint werdet ihr Großes vollbringen und die Dimensionen bezwingen. Weisheit, Erkenntnis und ewiges Leben."

„Gebt mir den Stein, ich soll ihn doch verwahren und sicher an sein Ziel bringen", will sie rufen, doch ihre Zunge gehorcht ihr nicht. Sie ist stumm und bewegungsunfähig.

'Gedankenkraft! Der Ilua wird zu mir kommen, wenn ich mich fest genug darauf konzentriere. Ja, nur so kann es gehen!'

Das Gemurmel verstummt, und jemand anders streckt die Hand nach dem Ilua aus.

‚Nein, nein, der Stein muss nach Venedig! Nur dort kann er mit dem Garil vereint werden', schreit es in ihr, doch noch immer dringt kein Laut über ihre Lippen.

Eine der Gestalten flüstert etwas, und der, der eben die Hand ausgestreckt hat, nickt zustimmend. Seine Finger schließen sich um Tuch und Stein, einsam und leer bleibt der graue Sockel zurück. Dann dreht die Gestalt sich um, und für den Bruchteil einer Sekunde treffen sich ihre Blicke. Ana Karina sieht so etwas wie Verwunderung in den runden blauen Augen, die sie in fast kindlicher Unschuld mustern.

„Pietro!", entfährt es ihr. Er zwinkert ihr kurz zu, bevor er den Ilua, der jetzt tiefviolett erstrahlt, sorgfältig in den roten Samt einschlägt und dann langsam in seine Kuttentasche gleiten lässt.

Ana Karina fuhr mit einem Ruck von ihrem Bett hoch und starrte in die Dunkelheit. Sie musste Pietro finden. Vielleicht wusste Toni, wo sein Freund sich gerade befand. Entschlossen knipste sie die kleine Nachttischlampe an und griff nach ihrem Handy. Ein Blick auf das Display bestätigte ihr, dass es kurz nach 3 Uhr in der Nacht war. Durfte sie Toni um diese Zeit überhaupt wecken? Sicherlich war er gerade erst schlafen gegangen. Unsinn! Dies war ein Notfall! Sie hatte schon viel zu viel Zeit verplempert. Entschlossen wählte sie Tonis Nummer.

Vom anderen Ende der Leitung kam eine verschlafene Stimme.

„Verdammt noch mal, Pietro, ich muss morgen früh raus. Ich habe dir doch gesagt …"

„Toni, wo ist Pietro?", fragte Ana Karina atemlos. „Ich bins, Karina", setzte sie dann noch hinzu.

„Jetzt bin ich platt, amore. Rate mal, wer gerade eben angerufen hat und mich das Gleiche gefragt hat."

„Wer denn? Sucht etwa noch jemand Pietro?", Karina war mehr als verwirrt.

„Nein, natürlich nicht. Pietro hat mich eben mit seinem Anruf geweckt und gefragt, wo er dich finden könne. Es sei dringend." Toni räusperte sich, und dann kam die unvermeidliche Frage: „Was will er eigentlich von dir?"

„Hat er dir denn nichts gesagt? Toni, Pietro ist der Hüter des Steins. Ich hatte einen Traum eben …"

Toni stöhnte laut auf.

„Er hat mir nichts gesagt, nein. Wahrscheinlich ahnt er nicht, dass ich eingeweiht bin. Karina, ich weiß, wo Pietro ist. Ich habe ihm noch im Halbschlaf deine Adresse gegeben, er ist auf dem Weg zu dir. Bitte, bitte, lass mich schlafen. Wir sprechen morgen weiter, ja?"

„Endlich, er wird mir den Ilua übergeben! Toni, weißt du, was das bedeutet? Die Suche hat ein Ende, wir sind einen großen Schritt weitergekommen." Aufgeregt sprudelte sie ins Telefon. An Schlaf war jetzt nicht mehr zu denken. Jeden Moment konnte Pietro auftauchen. Wie peinlich, wenn sie im Nachthemd die Tür öffnen müsste.

„Amore, ich geh schlafen. Wir hören nachher voneinander." Ein leises Knacken in der Leitung, und Toni war weg. Ana Karina seufzte ergeben. Sollte sie rasch duschen? Nein, das war viel zu riskant. Vielleicht klingelte Pietro an der Tür, wenn sie gerade unter der Brause stand. Also schnell etwas Wasser ins Gesicht gespritzt und die Haare gebürstet, Jogginghose und T-Shirt übergezogen, das musste reichen. Skeptisch warf sie einen Blick in den Badezimmerspiegel. 'Es ist doch nur Pietro, der kommt', beruhigte sie sich. Der gutmütige und fürsorgliche Pietro, der so gern kochte und für Ordnung sorgte. Eigentlich seltsam, dass gerade er der Hüter des Ilua war. Ja, wenn es der coole Diego wäre, das würde viel besser passen. Aber vielleicht musste es ja gerade jemand sein, dem man solche eine Aufgabe gar nicht zutraute. Aus Sicherheitsgründen …

Die Zeit schlich dahin, der Morgen graute, und noch immer war der Freund nicht in Sicht. Und wenn er gar nicht kam? Ana Karina schaute im Minutentakt auf die Uhr. Schließlich kochte sie Kaffee und schmierte sich ein Leberwurstbrot. Als sie gerade herzhaft hineinbeißen wollte, klopfte es zaghaft an der Tür. Vor Schreck fiel ihr das Brot aus der Hand und mit der Wurstseite auf den Teppich. Na klasse! Wie konnte es auch anders sein. Sie eilte zur Tür, und vor ihr stand ein recht verlegener Pietro.

„Entschuldige, dass ich so früh schon störe. Aber ich muss dringend mit dir sprechen."

„Komm rein, ich habe dich schon erwartet." Sie brachte trotz ihrer Aufregung ein Lächeln zustande. „Was meinst du zu frischem Kaffee und Brot mit Leberwurst und Marmelade?"

Der junge Mann grinste vergnügt:

„Wenn ich Leberwurst und Marmelade auf verschiedenen Brotscheiben verteilen darf, dann gern."

Kurze Zeit später saßen sie gemütlich beim Frühstück, und Pietro erzählte der verblüfften Karina, dass sein Vater die Aufgabe, den Stein zu hüten, an ihn als ältesten Sohn weitergegeben habe. So sei es üblich. Der Ilua befände sich schon seit Generationen in der Obhut seiner Familie, wobei er immer nur männlichen Familienmitgliedern übergeben werden dürfe. Das zumindest war Ana Karina nicht neu.

„Ich habe mich gewundert, dass ich den Ilua einer Frau übergeben soll. Es entspricht einfach nicht der Norm", überlegte Pietro und errötete leicht.

„Nun, Ausnahmen bestätigen die Regel", erwiderte Ana Karina schmunzelnd. Sie fühlte sich plötzlich sehr selbstsicher.

„Außerdem bringe ich den Stein ja nur dahin zurück, wohin er gehört. Ich bin also keine Hüterin, sondern eher eine Art Botin oder Überbringerin."

„Wie dem auch sei, Isais wird schon wissen, was sie tut." Pietro öffnete bedächtig das Tuch aus rotem Samt, und da lag er in seiner atemberaubenden Schönheit: der Ilua. Diesmal war er real und greifbar. Ana Karina sog hörbar den Atem ein. Der Stein hatte etwas Unbeschreibliches, eine Strahlung ging von ihm aus. Die Luft knisterte plötzlich vor Energie. Sie berührte ihn zaghaft, und da erstrahlte er in seinem violetten Glanz, schöner als in ihren Träumen zuvor. Pietro nickte.

„Ja, du bist die wahre Trägerin des Ilua. Meine Aufgabe ist hiermit erfüllt, eine lange Tradition beendet. Ich gebe den Stein nun in deine Hände, auf, dass du ihn dorthin bringst, wo er für immer mit dem Garil vereint sein wird. Mögen die Götter dich auf deinem Weg begleiten."

Behutsam schlossen sich Ana Karinas Hände um das kleine Päckchen, in dem es leicht zu vibrieren schien. Ja, sie konnte die Wärme des Steins durch den Samt hindurch fühlen, fast wie ein pulsierendes Herz, das ihr Kraft gab, die schwere Aufgabe, die vor ihr lag, zu erfüllen.

68

Guido war nervös. Schon morgen würde er die Hexe vielleicht wiedersehen. Doch vorher stand ihm noch eine Fahrt in dem alten VW-Käfer seiner Schwägerin bevor.

„Wenn du lieber fliegen willst, so musst du das alleine tun", hatte sie gesagt. Fest entschlossen hatte ihre Stimme geklungen. Sie hatte den Ilua, und die Zeit, in der sich die Tore zwischen den Dimensionen öffnen würden, war in unmittelbare Nähe gerückt. Guido sah dem mit recht gemischten Gefühlen entgegen. Da war Christina Maria, seine Frau, die gleich nach der Hochzeit von seiner Seite gerissen worden war. Eine Ehe, die in weiter Ferne lag und ihm nur noch wie ein schemenhafter Traum vorkam. Ana Karina erinnerte ihn durch ihr Aussehen stets an ihren Zwilling, sodass er ihr Gesicht noch immer deutlich vor sich sah. Doch das weckte ebenso wenig Emotionen in ihm wie die Erinnerung. Dafür schob sich ein anderes Gesicht nur allzu deutlich davor: Estrella. Er fieberte einem Wiedersehen entgegen, doch gleichzeitig hatte er Angst. Was sollte er machen, noch dazu vor den Augen seiner Schwägerin? Die Hexe würde ihn abweisen oder auslachen. Oder …?

Er fuhr zusammen, als es an der Tür schellte. Ana Karina sah ihn spöttisch an.

„Na, überlegen wir noch, wie wir die Anzüge und Oberhemden möglichst knitterfrei in den Koffer stopfen?"

„Ich bin längst fertig mit Packen", lautete die Antwort. Mit hochrotem Kopf buxierte Guido sein Ungetüm von Koffer durch die Eingangstür. Er hatte lange vor dem Schrank gestanden und überlegt, mit welcher Kleidung er wohl Eindruck auf die Hexe machen konnte und dann resigniert festgestellt, dass er nichts Geeignetes im Sortiment hatte. Es sei denn, Estrella stand plötzlich auf Nadelstreifenanzüge und gestärkte Kragen. Also packte er alles Mögliche ein, in der Hoffnung auf eine zündende Kombinationsidee, schließlich wollte er in Venedig nicht erst neue Kleidung kaufen. Christina Maria hatte ihn immer recht elegant gefunden. Dennoch fühlte er instinktiv, dass er bei der Hexe damit nicht punkten konnte.

Der knallige Käfer stand schon bereit, und Guido wuchtete seinen mobilen Kleiderschrank stöhnend in den Kofferraum. In heller Anzughose und blauem Hemd wirkte er neben der leger in Jeans gekleideten Karina recht seltsam. Schwitzend vor Anstrengung ließ er sich auf den Beifahrersitz fallen und lockerte seine Krawatte. Seine Schwägerin verzog das Gesicht. ‚Rosa Kringel auf dunkelblauem Untergrund', sie riss sich zusammen, um nicht laut zu prusten.

„Dann mal los, Charly", sagte sie stattdessen und trat aufs Gaspedal. Hoffentlich hielt der alte Käfer auch diesmal durch und brachte sie sicher nach Venedig. Sie machte das Radio an und pfiff fröhlich das Lied mit. Guido stöhnte auf und tupfte sich mit einem Taschentuch den Schweiß von der Stirn.

‚Das kann ja heiter werden, wenn der hier schon so schwitzt. Bis wir in Venedig ankommen, kann er sein Hemd auswringen', dachte sie angewidert. Bis zur Mittagspause war jeder in seinen Gedanken versunken. Guido entwarf einen Schlachtplan nach dem anderen, um ihn dann wieder zu verwerfen, und Ana Karina freute sich auf Toni, wobei sie sich das Wiedersehen in den schönsten Tönen ausmalte. Nach einem kurzen Imbiss an der Raststätte ging es dann weiter. Es wurde wärmer, und boshaft bemerkte Karina Schweißflecke unter den Achselhöhlen ihres Schwagers. Dieser wand sich unbehaglich auf seinem Sitz.

„Warum hast du kein modernes Auto mit Klimaanlage?", murrte er.

„Warum haben wir nicht deine Luxuskarosserie genommen?", fragte seine Schwägerin zurück. Damit hatte sie einen wunden Punkt bei Guido getroffen. Der schöne neue Wagen auf den Straßen Italiens? Undenkbar, zumal er dann ja auch noch die horrende Parkgebühr vor den Toren Venedigs zahlen müsste. So aber konnte er die Rechnung getrost Karina überlassen. Schließlich war das hier nicht sein Auto, so weit käme es noch! Lieber schwitzte er.

Ana Karina kicherte in sich hinein. Sie konnte fast seine Gedanken lesen, so genau kannte sie ihn inzwischen schon. Sicherlich hatte er auch kein Geschenk für Estrella, dafür war der doch viel zu geizig, so sehr er sie auch anhimmelte. Dieser Begegnung sah sie mit besonderer Spannung entgegen. Das lockerte überdies die Stimmung auf und half ihr, für kurze Zeit ihre schwierige Mission ein wenig zu verdrängen. Ihre Hand tastete nach dem kostbaren in Samt gehüllten Stein, der in einem Leinenbeutel gut versteckt und geschützt um ihren Hals hing. Der Ilua, wieder gab ihr allein die Berührung mit ihm eine seltsame Kraft. Ja, sie war bereit, ihre Aufgabe zu erfüllen.

69

Christina Maria schaute verträumt zu dem reich verzierten Portal der großen Kathedrale auf. Die Gargoyles zogen sie regelrecht in ihren Bann. Überhaupt, diese Stadt! Straßburg hatte etwas an sich, sie konnte es nicht erklären. Etwas beinahe Mystisches lag über dem Ort, vor allem aber über dem imposanten Bauwerk mit seinen interessanten Figuren, die es von außen schmückten.

Giuseppe lachte. Er hatte seine Geliebte schon geraume Zeit amüsiert beobachtet.

„Nun meine Duca, wie gefällt dir Straßburg?"

Christina drehte sich einmal um sich selbst, dass ihre Röcke flogen, und breitete die Arme weit aus.

„Gefallen? Es ist einfach himmlisch! Die schönste Stadt, die ich je gesehen habe!"

Giuseppes Augen blitzten vor Vergnügen.

„Sagst du das nicht jedesmal, Julietta? Egal wohin ich dich auch führe, alles ist himmlisch in deinen Augen. Könnte es vielleicht an meiner Wenigkeit liegen, dass dir alles in einem ganz besonderen Glanz erscheint?"

„Sicher, sogar im Profundum, jener sagenumwobenen Unterwelt, würde ich ein Paradies sehen, wenn du nur bei mir bist", entgegnete sie ein wenig spöttisch und zog eine Augenbraue hoch. Dennoch steckte mehr als ein Körnchen Wahrheit in dieser Aussage, das wussten sie beide.

„Sag das nicht zu laut. Du könntest als Ketzerin auf dem Scheiterhaufen landen. Wir leben in gefährlichen Zeiten." Beschwörend legte er ihr die

Hand auf den Mund und sah sich vorsichtig um. Christina lachte unbekümmert auf und wurde dann plötzlich ernst.

„Versprich mir, dass du mich nie verlässt, Giuseppe. Ich wär verloren ohne dich …"

Ein Schatten fiel über sein Gesicht, und er wandte sich kurz ab. Dann sah er sie traurig an, mit einem Blick voller düsterer Vorahnungen, wie es ihr schien.

„Ich wünschte, ich könnte es versprechen, geliebte Duca. Doch ich kann es nicht. Wer kann schon wissen, wohin das Schicksal uns treibt? Lass uns genießen, was uns der Augenblick beschert. Einmal, da hatten wir große Pläne, dachten, wir könnten das Geschick dieser Welt lenken. Doch nun scheint alles so sinnlos zu sein. Schau dir die Menschen in all ihrer Kleingeistigkeit an. Sie leben hinter einer Fassade aus Religiösität und Selbstgerechtigkeit. Sieh hinter den Schleier aus schillerndem Glanz, Julietta. Was entdeckst du?"

Sie sah ihn fragend an.

„Ich weiß nicht, es gibt Glanz und Armut, ja … aber …"

„Nein, Julietta!", er schüttelte unwillig den Kopf.

„Hinter dem Schleier lauern Intoleranz, Unwissenheit und Verderben. Es wird wieder geschehen, dass Menschen, die anders denken, verfolgt und verbrannt werden. Irgendwo liegt der Stein verborgen. Doch mir scheint, die Menschheit ist noch nicht bereit. Wird sie es je sein?"

Unglücklich sah sie ihn an.

„Eben hast du noch gesagt, wir sollen den Augenblick leben und genießen, und nun verdirbst du ihn!" Sie fühlte Wut in sich aufsteigen. Plötzlich war der Zauber dahin. Warum versank Giuseppe plötzlich in so düsteren Ahnungen? Was wusste er?

„Giuseppe, wir müssen das Beste aus diesem Leben machen. Was kümmert uns die Zukunft? Vielleicht fällt uns morgen ein Stein auf den Kopf oder ein Komet zertrümmert die Erde. Sollen wir in ewiger Angst leben, dass etwas passieren könnte?"

„Du hast ja Recht, Julietta. Leben wir!" Er lächelte. „Du bist eine gute Lehrmeisterin für mich. Schön, dass es dich gibt."

Gedankenverloren sah er zu der Kathedrale auf.

„Das Münster hat fünf Portale und viele mystische Figuren aus dem alten Testament. Weißt du, was Marco gesagt hat?"

Sie schüttelte verneinend den Kopf, wenig erpicht auf irgendeine Aussage von Marco. Immer wieder dieser Marco!

„Es gibt hier ein Zeittor, das müsste sich irgendwo am rechten Seitenportal der Hauptfassade befinden, dort wo auch die Figur des „Fürsten der Welt" ist. Allerdings weiß wohl niemand genau, in welche Epoche dieses Tor führt. Also ist Vorsicht geboten. Doch sollte mir jemals etwas geschehen, oder sollte dir Gefahr drohen, dann …" Er vollendete seinen Satz nicht. „Komm, ich zeige dir das Portal", sagte er und zog Christina Maria entschlossen mit sich.

„Sprich nicht so, du machst mir Angst. Sollte dir je etwas geschehen, ist ohnehin egal, was mit mir passiert." Unwillig befreite sie sich aus seinem Griff.

„Du hast noch ein anderes Leben, in das du zurückkehren kannst. Venedig ist der sicherere Weg, aber solltest du aus irgendeinem Grunde nicht dorthin gelangen können ... nun, ich werde dir weitere Zeittore in Europa zeigen für den Notfall", entgegnete er ruhig.

Christina Maria sah skeptisch zu dem Gargoyle zu ihrer Rechten empor. Er schien plötzlich zu grinsen, wirkte so lebendig, dass ein Schauder über ihren Rücken fuhr.

„Lass uns weitergehen", sagte sie leise. „Es gibt noch so viel zu entdecken in dieser schönen Stadt."

70

Am Spätnachmittag des 28. Oktober 1556 betrat Marco nach vielen Irrfahrten endlich wieder venezianischen Boden. Ein kleines Boot hatte ihn gemeinsam mit zwei anderen Männern in einer versteckten Bucht nahe der Lagunenstadt abgesetzt. Dadurch umging er, wie seine beiden Mitreisenden auch, die strenge Quarantäneauflage des Staates Venedig. Er war froh, einer etwa vierwöchigen Untersuchung im 1468 eigens dafür aufgebauten Lazzaretto Nuovo zu entgehen.

Das Lazzaretto Vecchio auf der Venedig vorgelagerten Insel war nur den Infizierten und zum Sterben Verurteilten vorbehalten. Alle anderen, Menschen wie auch Waren aus Übersee, vor allem aber aus Afrika, die verdächtig waren, eine Seuche zu übertragen, kamen ins Lazzaretto Nuovo. Die Ladungen wurden der Sonne ausgesetzt, gut durchlüftet und mit diversen Kräutern ausgeräuchert oder mit Essigwasser bearbeitet. Dies alles diente der Desinfizierung. Die Angst vor dem Großen Sterben war stets allgegenwärtig, hatte doch der Schwarze Tod schon Mitte des 14. Jahrhunderts so viele Menschen dahingerafft. Auch danach hatte er immer wieder zugeschlagen, scheinbar wahllos und unbarmherzig.

Noch immer lag eine Dunstglocke über der Stadt. Der Sommer schien dieses Jahr kein Ende nehmen zu wollen, doch spätestens im November würde das Wetter umschlagen, das war so gewiss wie das

Amen in der Kirche. Marco atmete tief durch. Nach dem trockenen Wüstenstaub und der frischen Seeluft lag die feuchte Schwere Venedigs wie Blei auf seinen Lungen. Lange hatte er gesucht, bis ein osmanisches Schiff ihn mitnahm gen Norden. Er wurde weitergereicht, Kleidung und Papiere gewährtem ihm eine sichere Reise bis weit ins nördliche Mittelmeer, wo er an ein genuesisches Schiff, dessen Kapitän Schwarzhandel mit den Osmanen betrieb, übergeben wurde. Als sie wenige Tage später von einem Piratenschiff angegriffen wurden, entging Marco nur knapp dem sicheren Tod, indem er sich unter einem Stapel alter Decken versteckt hielt. Von dort aus beobachtete er das Gemetzel. Die Genueser konnten nicht gewinnen, zumal es sich hier um ein Handelsschiff und keine Kriegsflotte handelte. 'Piraten töten die Mannschaft, plündern das Schiff und versenken es dann', fuhr es ihm durch den Kopf. Er hatte weder Lust, unter diesen Lumpen zu ersticken oder zu verbrennen noch mitsamt dem Schiff im Reiche Neptuns zu versinken.

Also entledigte er sich seiner Papiere und Gewänder, schnappte sich das Beinkleid eines gefallenen Piraten, der neben ihm zu Boden gegangen war, und harrte in einer Ecke der Dinge, die da kommen sollten.

„He, lebst du noch, Mann, steh auf!" Italienisch, Marco konnte es kaum glauben. Ein Pirat stand über ihm und schaute finster auf ihn nieder. Der Venezianer war clever und folgte seinem entworfenen Plan, er stellte es so hin, als sei er eine

Geisel der Genueser gewesen und hatte damit die Piraten schon halbwegs auf seiner Seite. Nachdem er ihnen dann noch ein paar wertvolle goldene osmanische Münzen, die in seinem Besitz waren, überreicht hatte, nahmen sie ihn mit und übergaben ihn schließlich nach Tagen voller Fress- und Saufgelage an einen sardischen Fischer, der sich mit seinem Boot zu weit aufs Meer hinaus getraut hatte. Der alte Mann zitterte vor Angst, doch Zurro, der Anführer der Piraten, zeigte nur ein mildes Grinsen, wobei er seine schwarzen Zahnstummel entblößte, und klopfte Marco freundschaftlich auf die Schulter.

„Mach's gut, alter Junge, und grüß mir all die schönen Frauen in Venedig!"

Marco wechselte daraufhin noch zweimal das Wassergefährt, bevor er schließlich ohne jegliche finanzielle Mittel und verschmutzt bis zur Unkenntlichkeit aber glücklich sein Ziel erreichte. Venedig, Heimat gleich nach Istanbul. Niemand hielt ihn an auf seinem Weg. Die einsetzende Dunkelheit verwischte alle Spuren, und so erreichte er schließlich ungehindert sein Haus auf dem Felsen.

71

Cinderella stellte sich auf ihre Hinterpfötchen und sah unverwandt zur Tür. Lange vor der Hexe hatte sie die Besucher gewittert, vor allem den einen, den sie nicht ausstehen konnte. Langsam sträubte sich ihr Nackenfell. Estrella wurde aufmerksam und musste lächeln.

„Cinderella, altes Mädel, ich hoffe doch, du zeigst dich heute nur von deiner besten Seite. Schließlich erwarten wir lieben Besuch." Die Betonung lag auf 'lieben' und die Ratte tänzelte unruhig auf Estrellas Schulter umher. Sie war klug genug, nicht anzugreifen, solange sie nicht in die Enge getrieben wurde, doch sie würde auf der Hut sein.

So gab es eine Begrüßung ohne Zwischenfälle. Nachdem alle Platz genommen hatten, berichtete Ana Karina von dem kleinen Laden, den sie hier in Venedig für ihre Antiquitäten recht günstig gemietet hatte. Strahlend sah sie Toni an, der neben ihr auf dem Sofa saß und den Arm um sie gelegt hatte.

„Ich freue mich, dass ihr euer Glück gefunden habt", sagte Estrella aufrichtig. Ihr Blick ging grübelnd zu Guido, der verlegen im Sessel saß und unbeholfen eine winzige Schachtel zwischen seinen Händen hin und her drehte. Wie immer war er viel zu dick angezogen, er hatte bei 22 Grad einen schwarzen Wollpullover an, weil der ihn angeblich schlanker machte, das hatte er sich nicht ausreden lassen. Nun tupfte er sich bereits schwer atmend mit einem Tuch den Schweiß von der Stirn.

Als Estrella Richtung Küche verschwand, um Espresso zu machen, zischte Karina ihrem Schwager zu: „Leg doch endlich die Pralinen aus der Hand, ehe sie völlig zermatscht sind, wenn du sie schon nicht überreichen willst." Kopfschüttelnd sah sie ihn an. Es war ihr ein Rätsel, was es mit diesem Konfekt auf sich hatte. Guido war am Morgen allein losmarschiert und stundenlang verschwunden gewesen, danach hatte er sehr geheimnisvoll mit dem Päckchen getan, in dem sich höchstens drei Pralinen befinden konnten. Ein Wunder, dass er überhaupt etwas besorgt hatte, geizig wie er war! Also musste ihm die Hexe wirklich viel bedeuten.

Guido legte die Packung seufzend auf den kleinen Tisch neben dem Sessel, gerade noch bevor die Gastgeberin mit einem Tablett zurückkehrte. Der servierte Streuselkuchen schmeckte hervorragend, und auch Cinderella bekam ihren Anteil, der sie merklich gnädiger stimmte. Sie hörte damit auf, Guido zu fixieren und verschwand in eine Ecke neben dem Sofa. Mit halbgeschlossenen Augen kaute sie genüsslich.

Die Gespräche drehten sich hauptsächlich um den 31. Oktober, bis dahin musste noch vieles organisiert und geplant werden. Es blieben ihnen nur noch zwei Tage Zeit dafür. Fest stand, dass sie zu dritt fahren würden: Ana Karina, Toni und Guido. Unterdessen berichtete Karina, wie der Ilua in ihren Besitz gelangt war, und zog den Leinenbeutel mit dem kostbaren Stein hervor, um ihn der Hexe zu zeigen. Diese öffnete behutsam das Tuch aus rotem Samt und strich gedankenverloren über den schillernden Stein, der unter ihren Fingern zu vibrieren schien.

„Ich kann seine Kraft spüren, alles an ihm ist Magie, er ist nicht von dieser Welt", sagte sie mit seltsam entrückter Stimme, bevor sie den Ilua sorgsam wieder einwickelte und in den Beutel zurückgab.

„Hab gut Acht auf den Stein der Isais, er kann Welten verändern, zum Guten wie auch zum Bösen." Sie reichte Ana Karina den Beutel und sah dann aufmerksam zu Cinderella hinüber. Die kleine Ratte mit dem goldbraunen Büschel auf dem Kopf machte sich jetzt in der Ecke eifrig an etwas Glitzerndem zu schaffen.

„Zeig mir, was du da hast", befahl die Hexe mit strenger Stimme. Gehorsam nahm das zierliche Tier den Gegenstand vom Boden auf und trug ihn herbei. Stirnrunzelnd betrachtet Estrella den Silberring, den Cinderella in ihre Hand gleiten ließ: „Wo hast du den her?"

Guido sah aus, als würde er jeden Moment platzen. Sein Gesicht lief rot an, und er rang nach Luft.

„Sie kann nichts dazu, es … er … war in der Praline versteckt. Die Ratte muss das Päckchen unbemerkt vom Tisch geholt haben. Er ist aber nicht so wertvoll … ähm … kein Sterlingsilber, meine ich." Guido stockte und sah verlegen in die Runde.

„Ein Ring? Für mich? Eine wunderschöne Idee, Guido." Die Hexe sah ihn freundlich an. „Aber ich kann ihn nicht annehmen. Mit diesem Kapitel habe ich schon vor langer Zeit abgeschlossen." Sie lächelte in einem Anflug von Melancholie.

„Der, dem mein Herz gehört, wartet schon seit vielen Jahren auf der anderen Seite auf mich. Ramon, König der Wahrsager und Gitano ..." Estrellas Blick kehrte aus weiter Ferne zurück. Dann sah sie Guido mit ernstem Blick aus veilchenblauen Augen an: „Sei nicht traurig, Guido. Es ist besser so, glaub mir. Und denk daran: du hättest Cinderella adoptieren müssen."

Da mussten sie alle lachen, und auch Guido stimmte plötzlich mit ein, er konnte nicht anders. Estrella holte die Gitarre hervor und sang fröhliche und traurige Zigeunerlieder. Cinderella tanzte vor Freude ausgelassen auf dem Tisch zu den Klängen der Musik und dem Klappern der spanischen Kastagnetten. Das war ganz nach ihrem Geschmack, wenn sie auch nicht verstand, was das jetzt gerade ausgelöst hatte. Der Ring? Oder gar der seltsame Stein, von dem etwas ausging, das einen glatt von den kleinen Füßchen reißen konnte? Manchmal war es schwer, die Menschen zu verstehen, die scheinbar grundlos von einer Stimmung in die andere fielen. Die kleine Ratte hatte es längst aufgegeben, das Wesen dieser seltsamen Zweibeiner zu erkunden. Sie nahm es einfach so wie es kam und mischte dann kräftig mit.

72

Christina Maria zog Bilanz. Venedig, Wien und Paris waren wunderschöne Städte, aber Straßburg war irgendwie anders. Bezaubernd. Mit strahlenden Augen drehte sie sich zu Giuseppe um.

„Könnten wir nicht für immer hier bleiben?"

„Aber Duca, ich denke, du willst ganz Europa sehen! Warum so voreilig? Haben wir nicht ein ganzes Leben vor uns?" Vorwurfsvoll sah er sie an.

„Vorgestern hast du aber noch ganz anders gesprochen!" Sie zog die Stirn in Falten. Schmunzelnd strich er darüber.

„Runzle nicht die Stirn, sonst bleiben die Falten, und ich will kein altes Weib an meiner Seite haben", neckte er sie. Sie stieß ihm dafür ihren spitzen Ellenbogen mit aller Kraft in die Seite, sodass er in gespieltem Schmerz aufschrie: „Oh du garstige Braut!"

„So pass auf, was du sagst", entgegnete sie erhitzt.

„Wenn du hier bleiben willst, dann kann ich dir ja die anderen Zeittore gar nicht zeigen", fiel es ihm plötzlich ein.

„Siehst du, es geht schon wieder los! Wozu brauche ich die Zeittore? Ich bin glücklich hier mit dir!"

„Also gut, vergiss die Tore. Ich wollte nur, dass du zurück kannst in deine Welt, wenn du der meinen je überdrüssig werden solltest." Er stupste ihr neckisch auf die Nase, und sie stemmte die Handrücken in die Seiten wie eine Bauersfrau: „Überdrüssig, ha! Eher fällt Schnee im Juli, als dass ich ein Leben an deiner Seite langweilig fände. Im Ernst, ich habe mich noch nie so amüsiert. Wahrscheinlich bin ich einfach in das falsche Jahrhundert hineingeboren."

„Na, dann war der Zeitsprung wohl gar nicht so verkehrt", meinte Giuseppe belustigt. Doch seine Augen blieben ernst, wie so oft, wenn er über etwas nachgrübelte. Etwas Dunkles lag über Europa, etwas das wuchs und langsam seine Klauen nach den Unschuldigen ausstrecken würde. Und das war nicht nur die Seuche. In seinen Träumen hatte er große Feuer gesehen, Menschen, die lichterloh darin brannten. Doch niemand half ihnen, im Gegenteil: die Menschenmassen jubelten und gröhlten.

Zuerst maß Giuseppe diesen Träumen keine Bedeutung zu. Doch sie kehrten wieder, Nacht für Nacht. Unruhig wälzte er sich in seinen Kissen, während seine Julietta tief und fest neben ihm schlief. Und in der letzten Nacht hatte er geglaubt, die Flammen fast körperlich zu spüren, den brennenden Schmerz, den sie verursachten. Schweißgebadet war er erwacht und hatte seinen Körper nach Brandblasen abgesucht, so real war dieser Traum gewesen. Doch das konnte er Julietta nicht erzählen, er würde sie damit nur unnötig beunruhigen. Dennoch nahm er sich vor, von jetzt an besonders wachsam zu sein und noch besser auf sie zu achten.

Christina Maria betrachtete sein markantes Profil verstohlen von der Seite. Ohne ihn hätte sie sich sicherlich schwerer getan mit allem. Doch so hatte sie wie selbstverständlich ihren Platz neben ihm gefunden. Wo er war, da gehörte auch sie hin. So einfach war das. Und sie würde um ihn kämpfen und ihn notfalls mit bloßen Händen verteidigen, wenn ihm Gefahr drohen sollte. Selbst wenn die Gargoyles von der Kathedrale steigen würden, um ihn ihr zu entreißen!

„Was hast du gerade für wilde Gedanken, Julietta? Du siehst aus, als wolltest du jemanden direkt in die Tiefen der Hölle schicken." Behutsam hob er ihr Kinn an und schaute in zwei funkelnde grüne Augen.

„Muss ich Angst haben, meine schöne Duca?"

Christina holte tief Luft.

„Nicht, solange ich an deiner Seite bin", sagte sie entschlossen, bevor sie ihn unterhakte. Langsam gingen sie die dunkle enge Gasse hinunter, ohne den Mann zu bemerken, der in gebückter Haltung langsam aus dem Schatten eines Toreingangs hervorhuschte und sich lauernd nach allen Seiten umsah.

73

Marco fühlte sich nicht gut. Er lag matt auf seinem Bett und wurde von heftigen Kopfschmerzen und Schüttelfrost geplagt. Seine Schwester Selena verpflegte ihn so gut sie konnte. Wenn es nicht besser wurde, würde man am nächsten Tag nach dem Medico schicken müssen. Auch den Orden hatte man schon verständigt, dass Marco wieder im Lande, jedoch von der langen Reise ein wenig angeschlagen sei.

„Alter Junge, was machst du aber auch für Sachen?", Ernesto kam polternd in das Zimmer und setzte sich auf die Bettkante.

„Nun, dann lass mal hören, was du so alles erlebt hast."

Marco lächelte matt und erstattete Bericht - immer wieder unterbrochen von einem quälenden trockenen Husten. Istanbul, die abenteuerliche Flucht, Nordafrika, die Piraten ... und und und.

„Was macht eigentlich Julietta?" Er hob den Kopf, und Ernesto schob ihm ein zweites Kissen darunter, damit er bequemer lag, und gab ihm einen Schluck Wasser aus einem Becher zu trinken, der nebst Karaffe direkt neben der Bettstelle auf einem wackeligen Schemel stand.

„Ja, weißt du es denn noch nicht?", erstaunt sah der Freund ihn an. „Aber wie solltest du auch? Du warst ja monatelang fort."

„Sag schon, was ist passiert?"

„Als Giuseppe aus Dessau zurückkehrte, da ... naja, er und Julietta ..."

Eine kalte Hand griff nach Marcos Herz. Natürlich, tief im Innern hatte er es lange schon gewusst und es dennoch nicht wahrhaben wollen.

„Wo ist sie jetzt?"

„Schau, Marco. Du warst nicht hier und …"

„Wo?"

Der Freund senkte den Blick.

„In Paris. Vor ein paar Tagen kam ein Bote und sagte, sie wollten bald weiterreisen, nach Straßburg."

Das war es also, vorbei. So einfach war das. Marco lauschte in sich hinein. Es tat weniger weh, als er angenommen hatte, stellte er dann verwundert fest. Der Kopf schmerzte ihn weitaus mehr.

„Soso, nach Straßburg …" Ein heftiger Hustenanfall schüttelte seinen Körper. Ernesto stützte ihn, bis es vorbei war und fühlte dann besorgt seine Stirn.

„Dich hat es wirklich arg erwischt, alter Knabe. Du hast Fieber. Und Gliederschmerzen auch?" Marco nickte schwach.

„Es ist, als ob ich gar keine Kraft mehr hätte, ich kann es nicht in Worte fassen, wie ich mich fühle."

„Es ist sicherlich eine deftige Unterkühlung. Der Klimawechsel macht dir zu schaffen. Ruh dich aus, und bleib mal zwei Tage im Bett. Mit heißer Brühe und Kräuteraufgüssen bist du bald wieder auf den Beinen. Selena versteht sich doch auf Grünzeug und so." Der Freund sah Marco aufmunternd an.

„Ich gebe dem Ordo Bescheid, dass du noch eine Weile ausfällst."

Er drückte die fieberheiße Hand des Kranken.

„Hast du einen Wunsch?"

„Nein, geh nur, ich bin ja hier gut versorgt." Mit glänzenden Augen sah Marco Ernesto nach. Der drehte sich an der Tür nochmals um und winkte ihm kurz zu. Marco stöhnte leise. Noch nie hatte er sich so schlecht gefühlt wie heute. ‚Ich werde langsam alt. Es wird einfach alles zu viel', dachte er, bevor er die schmerzenden Augen schloss und in einen unruhigen Schlaf fiel.

74

Das kleine Boot schaukelte in der Dunkelheit bedenklich hin und her, während sich Guido in sein Kostüm zwängte. Er wusste, dass er neben Toni keine gute Figur machte. Dieser sah sehr elegant aus in seiner dunklen Hose und der engen purpurfarbenen Weste, unter der er ein weißes Hemd mit weiten Ärmeln trug. ‚Verwegen wie ein Pirat mit seinem Dreispitzhut', fuhr es Guido durch den Kopf. Doch am Kämpfen war nur er selbst.

„Wenn du nicht aufhörst so rumzuwackeln, dann liegen wir gleich alle im Wasser", zischte Ana Karina wütend.

„Aber ich sehe doch nichts und stecke mit dem Kopf fest", jammerte ihr Schwager verzweifelt.

„Die Taschenlampe anzuschalten wäre viel zu riskant …" Das Boot schaukelte heftiger und neigte sich gefährlich nach rechts. Seufzend knipste Karina die kleine Lampe an.

„Ja, wenn du auch versuchst, mit deinem dicken Schädel durch den Ärmel zu kommen!" Sie versuchte vergebens das Lachen zu unterdrücken und prustete plötzlich laut los. Toni befreite den unglücklichen Guido, bevor dieser erstickte. Gemeinsam schafften sie es, ihm das Kleidungsstück richtig anzuziehen.

„Na also - geht doch", prüfend musterte Karina ihren Schwager.

„Ich hoffe nur, du fällst drüben nicht auf. Halt dich bloß zurück mit deinen Äußerungen oder beim Essen."

„Wann gibt es denn was zu essen? Ich habe Hunger", klang es weinerlich zurück.

„Da musst du dich wohl noch etwas gedulden. Estrella hat extra betont, dass wir das Tor erst Punkt Mitternacht passieren sollen."

„Das ist ja noch so lange hin", maulte Guido. Die Zeit verging nur langsam, und niemand hatte an Proviant gedacht.

„Ich habe noch zwei Schokoriegel in der Tasche", fiel Toni plötzlich ein.

Ana Karina schüttelte den Kopf: „Davon bekommen wir nur unnötig Durst." Sie ärgerte sich, dass sie nicht einmal an eine Flasche Wasser gedacht hatte. Und ob sie in der anderen Zeit etwas bekommen würden, war auch mehr als fraglich. Schließlich besaßen sie kein gültiges Zahlungsmittel. Aber das behielt sie jetzt lieber für sich. Hoffentlich ging alles gut und sie landeten überhaupt im richtigen Jahr.

Die Hexe hatte sie diesbezüglich beruhigt. Jedes Zeittor verband zwei Epochen miteinander. Es gab folglich viele verschiedene Tore, die sich an besonderen Kraftorten dieser Erde befanden. So sollten zum Beispiel auch die Externsteine in England einen solchen Übergang beherbergen.

Sie fröstelte in der kalten Nachtluft und seufzte leise. Wenn sie angekommen waren, dann wurde es erst richtig schwierig. Denn dann mussten sie den Ordo de Bucintoro ausfindig machen, den Ilua an seinen Platz zurückbringen und Christina Maria finden. Karina hoffte inständig, dass ihre Schwester sich in der sicheren Obhut des Ordens aufhielt. Ihre Finger tasteten nach dem Beutel, den sie um den Hals trug.

Die Minuten schlichen dahin und wurden zu gefühlten Stunden.

„Gleich ist es so weit … noch ein paar Minuten", sagte Toni leise ganz dicht an ihrem Ohr. Seine Stimme klang fest und beruhigend. ‚Er ist der einzige unter uns, der keine Angst hat. Oder er kann sie gut verbergen', dachte Ana Karina. Guido hatte sich in eine Ecke gekauert, und man konnte seine Furcht förmlich riechen.

„Dann los, volle Kraft voraus", befahl Karina und versuchte, das Zittern in ihrer Stimme zu unterdrücken. Toni und Guido griffen nach den Rudern und hielten direkt auf die Mauer zu. Ein Motorboot wäre viel zu laut gewesen.

„Seht ihr das leuchtende Zeichen auf der Mauer?", fragte sie plötzlich, doch die beiden Männer sahen sich nur ratlos an und zuckten mit den Schultern. ‚Nur Eingeweihte können es sehen', schoss es ihr durch den Kopf. Sie wandte den Blick von der Mauer ab und sah krampfhaft nach links. Das Haus auf dem Felsen wirkte im fahlen Mondlicht schemenhaft und unheimlich. Längst waren alle Lichter ausgegangen, und Chiara lag bestimmt ahnungslos in ihrem Bett und schlief dem neuen Tag entgegen.

Der erwartete Ruck blieb aus, das Boot durchschnitt die Mauer wie ein Messer ein Stück Butter. Angestrengt spähte Karina in die Dunkelheit. Hier war es genauso düster wie in der Zeit, aus der sie kamen. Nur wärmer war es. Seltsam. ‚Hoffentlich sind wir überhaupt noch in Venedig', dachte sie beunruhigt.

„Es hilft alles nichts, wir müssen warten, bis es heller wird", sagte Toni enttäuscht.

75

Christina Maria spürte die Gefahr, ohne etwas zu sehen. Das war schon so gewesen, als sie noch ein ganz kleines Mädchen war. Sobald sich ihr jemand von hinten näherte, mochte derjenige auch noch so leise sein, stellten sich ihr buchstäblich die Nackenhaare auf. ‚Jemand taucht unbefugt in meine Aura ein', nannte sie es später.

Vorsichtig drehte sie sich um und nahm aus den Augenwinkeln den Schatten wahr, der sie verfolgte. Sie stieß Giuseppe an.

„Was habe ich jetzt wieder verbrochen?", schmunzelte er halblaut.

„Da ist jemand hinter uns", raunte sie ihm zu. „Sei auf der Hut."

Nun schaute sich auch Giuseppe um, doch er konnte im spärlichen Licht der Straßenlaterne nichts erkennen.

„Vielleicht nur ein streunender Hund oder eine Katze", meinte er achselzuckend. Nichts geschah, doch das unheimliche Gefühl bieb. Christina war wachsam. Hier stimmte was nicht. Langsam gingen sie weiter.

„Wenn wir doch nur endlich in der Pension wären", murmelte sie unruhig.

Und plötzlich ging alles ganz schnell. Sie spürte den warmen Atem des Fremden im Nacken und den muskulösen Arm, der sich um ihren Hals legte.

„Was haben wir denn da für einen Leckerbissen?!" Der Mann war groß und kräftig. Mit einer Hand hielt er Christina Maria im Würgegriff und mit der anderen

Giuseppe in Schach. Im Licht der Laterne sah Christina ein Messer aufblitzen. Giuseppe zögerte nur kurz, dann schlug er dem Fremden von unten gegen den Arm. Es schepperte laut, als das Messer auf dem Pflaster entlangschlurrte. Der Hühne ließ sein Opfer los und stieß es dabei zu Boden, dann stürzte er sich auf Giuseppe. Es gab einen erbarmungslosen Kampf. Christina war verzweifelt, sie rappelte sich auf und konnte doch nichts tun. Im diffusen Licht sah sie schemenhaft, wie die beiden miteinander rangen. Wer war oben, wer unten? Was konnte sie nur tun, um ihrem Liebsten zu helfen? Der hatte kaum eine Chance gegen diesen Bullen von Mann. Sie hörte ein knirschendes Geräusch, so als ob Knochen brechen würden.

„Hab ich dich erwischt, du dreckiger Hund!? Gib auf, du bist am Ende. Rück den Geldbeutel raus und überlass mir die Braut. Dann lass ich dich gehen."

„Niemals!" Giuseppes Stimme klang seltsam erstickt.

„Dann stirb!" Kalt und gefühllos klang das, und Christina Maria fühlte unbändige Wut in sich aufsteigen. So einfach war das also: dann stirb …

Irgendwo musste doch das verflixte Messer sein. Auf den Knien rutschte sie über den Boden und suchte verzweifelt. Da, endlich! Mit zitternden Händen umklammerte sie den Knauf des langen Messers und robbte zum Kampfplatz zurück. Als sie sich aufrichtete, war sie plötzlich ganz ruhig.

Der Mistkerl kniete noch immer auf Giuseppe und würgte ihn. Es kam nur noch ein schwaches Röcheln, und Christina wusste, dass sie sofort handeln musste, sonst war es zu spät. Sie holte

Schwung und rammte das Messer mit aller Kraft tief in die Seite dieses Fleischbergs. Der Fremde schrie vor Schmerz auf, und dann ging der Schrei in ein entsetzliches Gurgeln über. Wo immer sie ihn getroffen hatte, er musste ernsthaft verletzt sein. Dann war es totenstill. Panik durchfuhr sie. Warum bewegte sich nichts?

„Oh mein Gott! Giuseppe, sag doch was! Du musst leben, hörst du! Bitte, bitte …" Schluchzend sank sie auf die Knie und versuchte vergeblich, den großen schweren Körper zur Seite zu wälzen. Ihre Hand wurde klebrig vom Blut. Wessen Blut?

Das durfte nicht sein! Das war nur ein Albtraum der übelsten Sorte. Verzweifelt in ihrer Ohnmacht stand sie auf und trat gegen den verhassten Fremden.

„Mörder!"

Schluchzend wandte sie sich ab. Alles war so sinnlos …

Ein leises Stöhnen erklang.

„Willst du mich umbringen, Julietta?"

Wie elektrisiert fuhr sie herum.

„Giuseppe?!" Mit vereinten Kräften schafften sie es schließlich, Giuseppe von dem schweren Körper, der auf ihm lag, zu befreien.

„Er ist tot." Christina Marias Stimme war fast unheimlich ruhig.

„Er hat es nicht anders verdient."

Giuseppe schauderte, als sie den Kopf hob und er im Licht der Laterne den Ausdruck in ihren Augen sah. 'Grün und kalt wie Glas', fuhr es ihm durch den Kopf.

„Du hast mir gerade das Leben gerettet, meine Duca", sanft fasste er sie unter das Kinn.

„Aber nun müssen wir fort, so schnell wie möglich. Es sollte uns keiner mit dem hier in Zusammenhang bringen." Seine Stimme klang merkwürdig gurgelnd.

„Ich werde nicht zulassen, dass dir etwas geschieht, da nehme ich es notfalls auch mit Tod und Teufel auf", entgegnete sie ernst. Dann plötzlich: „Was meinst du damit? Wir müssen fort? Rufen wir denn nicht die Polizei?"

„Die was? La Police … um Himmels willen, da kommen wir in Teufels Küche, lass uns verschwinden, solange es noch möglich ist." Giuseppe schien kein allzu großes Vertrauen in die Obrigkeit jener Zeiten zu haben.

„Immerhin hat ER UNS angegriffen", murrte Christina Maria.

„Julietta, möchtest du gern von mir getrennt in einer kleinen Zelle auf die Urteilsverkündung warten? Es gibt einen Toten, wenn das schief läuft, dann …"

„Ich habe verstanden, sie könnten uns hinrichten … wo bin ich nur hingeraten?" Mit düsterem Blick sah sie ihn an und fuhr ihm dann sanft über das Gesicht. „Meine Güte, du blutest ja." Entsetzt zog sie ihre Hand zurück.

„Ich denke, der Typ hat mir das Nasenbein gebrochen, bevor er sich von dieser Welt verabschiedete", sagte Giuseppe trocken.

„Warte." Ohne zu zögern riß Christina ein Stück vom Saum ihres langen Kleides ab.

„Was machst du da?! Julietta!"

„Lass nur, das Kleid lässt sich ersetzen. Press das mal fest gegen deine Nase und dann komm. Im Zimmer nachher schaun wir weiter. Und wenn jemand fragen sollte, dann bist du eben gestürzt." Er war noch etwas benommen, zog auch das linke Bein ein wenig nach. Beide atmeten auf, als sie von weitem die Lichter der kleinen Pension sahen.

76

Eine seltsame Veränderung ging mit Ana Karina vor, nachdem sie die Mauer passiert hatten. Das blieb auch ihren beiden Begleitern nicht lange verborgen. Mit beinahe hoheitlicher Würde gab sie wie selbstverständlich ihre Befehle: „Rudert dort an den Rand. Nein, weiter nach links. Dann warten wir das Tageslicht ab." Der Wasserstand schien jetzt wesentlich niedriger zu sein, dunkel ragten zu beiden Seiten des Kanals Felsen auf. Ein heller Mond tauchte die Landschaft in ein bleiches und gespenstisches Licht.

Guido hatte sich auf der einen Sitzbank ausgestreckt und schlief, Karina hatte sich auf der anderen an Toni geschmiegt und ihren Blick in weite Ferne gerichtet. Toni merkte, wie sein Kopf immer schwerer wurde und ihm schließlich die Augen zufielen.
Als er aufwachte, dämmerte bereits das Tageslicht und der Mond verblasste. Ana Karina saß noch in gleicher Stellung an ihn gelehnt, anscheinend hatte sie als einzige nicht geschlafen. ,Als ob sie Wache halten würde', dachte er. Langsam wandte sie ihm ihren Blick zu.
„Es ist Zeit aufzubrechen." Etwas Ruhiges aber Bestimmendes lag in ihrer Stimme, das keinen Widerspruch duldete. Energisch rüttelte sie Guido wach. Der sah sich verwirrt um und rieb sich dann die Augen.

„Ach ja, willkommen im Mittelalter", sagte er mürrisch. „Aber warum ist es plötzlich schon so warm hier am frühen Morgen?"

„Ich habe keine Ahnung. Hoffentlich sind wir nicht im Hochsommer gelandet und müssen monatelang ausharren, um ins 21. Jahrhundert zurückzukehren", erwiderte Toni düster.

„Erstmal müssen wir den Sitz des Ordens finden und den Stein abgeben. Das allein ist jetzt wichtig. Wie und wann wir zurückkommen ist momentan irrelevant." Karina sah entschlossener aus denn je, und ihre Art, sich auszudrücken, mutete fast fremdartig an. Toni betrachtete sie heimlich von der Seite. Was war mit seiner Freundin geschehen? Sie veränderte sich zusehens vor seinen Augen. Dann schüttelte er den Kopf. Der Schlafmangel, die ganze Ungewissheit und Anspannung, sicher sah er nur Gespenster.

Sie schauten sich neugierig um. Venedig erstrahlte in vollem Glanz im Licht der aufgehenden Sonne. Prunkvolle Paläste wechselten sich mit einfacheren Häusern ab. Doch noch war der Putz nicht abgebröckelt, die Farben weitgehend erhalten, und die Fassaden der Stadt erzählten von Reichtum und Wohlstand. Toni atmete tief ein und seufzte plötzlich. Karina lehnte den Kopf an seine Schulter, während er ruderte und betrachtete unter halb geschlossenen Lidern die vorbeiziehenden Bauten. Plötzlich stand sie ruckartig auf und streckte gebieterisch ihre Hand aus: „Stopp! Dort hinüber!" Guido und Toni ruderten gehorsam nach rechts und steuerten auf den kleinen

Steg vor dem weiß getünchten Haus, das fast wie ein kleiner Palazzio aussah, zu.

„Das ist der Sitz des Ordo Bucintoro", erklärte Ana Karina den verdutzt dreinschauenden Männern.

„Woher weißt du das denn so genau?", wollte Guido wissen. Er murrte leise vor sich hin. Dieser Ausflug ins Ungewisse war so ganz und gar nicht nach seinem Geschmack.

In ihren grünen Augen leuchtete ein fast überirdischer Glanz, als sie ihm ihr schönes Gesicht zuwandte.

Hochaufgerichtet und mit Stolz in der jetzt leicht rauchigen Stimme sagte sie: „Ich bin die Sacerdotessa Magna, die Hohepriesterin des Ordens. Wenn nicht ich, wer sollte es wohl dann wissen?"

77

Marco tastete nach der schmerzenden Beule in seiner Leistengegend. Er fühlte sich noch immer schlapp, auch wenn das Kopfweh nachgelassen hatte. Plötzlich kam ihm ein schrecklicher Verdacht. Zeigten nicht jene Menschen, die vom großen Sterben befallen waren, in der Vergangenheit dieselben Symptome? Er war erst vor kurzem aus Afrika gekommen und hatte die Quarantäne umgangen. Nun war es zu spät für ihn und all die anderen, wenn es wirklich die Seuche war.
Stöhnend richtete er sich auf. Das ging. Vorsichtig setzte er die Füße auf den Boden. Ein Schwindelgefühl ergriff ihn, und er atmete tief ein. Es klopfte an der Tür.
„Nein!" Seine Stimme klang abwehrend, fast panisch.
„Ich bin es nur, Selena", vernahm er die beruhigende Stimme seiner Schwester. Selena war knapp drei Jahre jünger als er und unverheiratet. So ergab es sich von selbst, dass sie nach dem Tod des Vaters bei ihrem Bruder blieb und ihm den Haushalt führte.
Die Klinke wurde leise heruntergedrückt, und ein hübsches junges Mädchen mit zusammengebundenem schwarzen Haar und sanften braunen Augen betrat die Kammer. Sorgenvoll betrachtete sie Marco bei seinem etwas wackeligen Versuch aufzustehen.
„Es geht schon", sagte er, als sie ihn stützen wollte. Er ging die wenigen Schritte bis zu seinem

Schreibtisch und ließ sich erschöpft auf den Stuhl sinken.

„Ich bin froh, zu sehen, dass es dir wieder besser geht", plauderte Selena munter drauflos.

„Hatte schon Angst um dich, ich meine, es hätte ja sein können, dass ...", sie verstummte ratlos. Es erschien ihr zu schrecklich, ihre Gedanken auszusprechen. ‚Ruf das Unglück nicht herbei', hatte ihre Mutter immer gesagt, sobald sie als kleines Kind den Mund aufmachte, um ein schlechtes Gefühl oder eine Vorahnung in Worte zu fassen. Sie war eine weise Frau gewesen, die leider viel zu früh verstarb und mit ihr das ungeborene Geschwisterchen, ein Nachkömmling, dem es verwehrt war, das Licht der Welt zu erblicken.

Marco und Selena waren mit 11 und 8 Jahren alt genug, um zu begreifen, was da geschehen war. Der Vater versuchte den Kindern anfangs noch die Mutter zu ersetzen, doch er konnte nicht beide Rollen ausfüllen, und eine erneute Heirat kam nicht in Frage für ihn. Dazu hatte er seine Frau zu sehr geliebt. Da er durch seine Arbeit ohnehin viel auf Auslandsreisen war, wurde schließlich eine Art Gouvernante eingestellt, die sich um Selena kümmerte, und Marco begleitete seinen Vater immer öfter auf seinen weiten Fahrten, die vor allem ins Osmanische Reich führten. Es war klar, dass der Junge einmal die In- und Exportfirma übernehmen würde.

„Lass gut sein, gehen wir nicht gleich vom Schlimmsten aus." Marcos Stimme schwankte.

„Ich mache dir einen Kräuteraufguss, dann bist du bald wieder ganz der Alte", sagte Selena eifrig.

„Ja. Geh nur, ich muss etwas schreiben, an den Ordo …", murmelte er und griff mit zitternder Hand nach Papier und Feder. Mit trüben Augen starrte er vor sich hin. Ein leeres Blatt Papier … was wollte er doch gleich? Ach ja, der Ordo. Die Kopfschmerzen kamen wieder. Heftiger als zuvor. Eintauchen in die Tinte … warum war die Tinte so rot, sollte sie nicht schwarz sein? Die Feder kratzte über das Blatt … dann wurde es dunkel um ihn. Langsam sackte er in sich zusammen. So fand ihn Selena, die kurze Zeit später mit einem Tablett ins Zimmer trat. Er hielt noch die Schreibfeder in seiner Hand, und über den Schreibtisch lief eine Flüssigkeit aus dem umgekippten Tintenglas, eine Substanz so rot wie Blut, und tropfte von dort auf Marcos Gewand. Entsetzt schrie sie auf und lief hinaus, um Hilfe zu holen. Erst draußen merkte sie, dass sie das Tablett noch immer krampfhaft umklammert hielt.

78

Es dauerte eine Weile, bis die Blutung gestillt war. Wahrscheinlich war das Nasenbein wirklich angeknackst oder gar gebrochen.

Christina Maria sah ein wenig ratlos auf die blutgetränkten Tücher auf dem Boden.

„Was meintest du mit 'wir müssen fort'? Meinst du, wir sollten die Stadt verlassen?"

Giuseppe dachte nach: „Nein, zumindest nicht sofort. Das würde noch eher auffallen, als wenn wir hierbleiben. Aber ehrlich gesagt, ich denke, das war ein Stadtstreicher, nach dem eh kein Hahn kräht. Wer weiß, wen der schon alles ausgeraubt hat. Wahrscheinlich haben wir der Stadt sogar einen Gefallen getan. Ein Ganove weniger, der die Straßen unsicher macht."

Christina atmete auf, doch dann fiel ihr siedendheiß etwas ein. Mit angsterfüllten Augen sah sie Giuseppe an: „Das Messer! Wir haben das Messer am Tatort zurückgelassen!"

„Nun, meine Duca, das kann uns doch egal sein. Es war sein Messer, nicht unseres."

„Aber, da sind doch meine Fingerabdrücke drauf. Sie werden uns finden." Christina Maria schien vor Furcht außer sich zu sein.

„Wovon sprichst du Julietta? Wo sollen Abdrücke drauf sein? Von wem?"

„Na von mir, ich habe doch das Messer angefasst", antwortete sie unsicher.

„Da passiert nichts, danach schaun die nicht. Ich denke mal, in der Zeit, aus der du gekommen bist, ist vieles anders. Sie sind weiter als wir, in jeder Hinsicht." Seine Stimme klang beruhigend. Christina blickte zunächst noch ein wenig skeptisch, doch dann siegte die Logik. Natürlich, im Mittelalter gab es sicherlich noch gar keine Spurensicherung in dem Sinne. Sie atmete sichtlich auf. Den Tatort hatten sie unbemerkt verlassen, und hier in der Pension waren sie sicher. Niemand konnte ihnen etwas nachweisen, und ein schlechtes Gewissen musste sie auch nicht haben, denn es war Notwehr gewesen. Es fuhr ihr kalt über den Rücken, wenn sie daran dachte, dass Giuseppe jetzt tot sein könnte. Ein Leben ohne ihn, unvorstellbar. Vor ihrem geistigen Auge erschienen wieder die Gargoyles, die wie unheimliche Monster aus einer anderen Welt das Münster zu Straßburg bewachten und sie dennoch in ihren Bann zogen. Sie dachte an die seltsamen Worte ihres Liebsten und an die Zeittore, die verschiedene Epochen miteinander verbanden. Sollte Giuseppe je etwas geschehen, würde sie dann in ihre ursprüngliche Zeit zurückwollen? Oder würde sie nach Venedig zurückkehren? In den Schoß des Ordens? Oder gar in Straßburg bleiben? Sie wusste es nicht. Wollte nicht darüber nachdenken. Nicht jetzt. Der Tod war so nah gewesen. Sie hatte sein Antlitz gesehen. Er war unbarmherzig und unberechenbar. Diesmal hatte sie ihn ausgetrickst. Sie würde auf der Hut sein. Unwillkürlich ballten sich ihre Hände.

Giuseppe lachte und umschloss ihre Fäuste mit seinen großen warmen Händen.

„Du siehst aus, als würdest du noch immer kämpfen, meine Duca." Theatralisch kniete er nieder: „Heute habt Ihr mir das Leben gerettet, und ich werde für alle Zeit in Eurer Schuld stehen. Euer Wille sei mir Befehl, zu Füßen will ich Euch liegen ..." Er griff sich ans Herz.

Sie musste unwillkürlich grinsen. Dieser Mann hatte wahrhaft Nerven, so knapp dem Sensenmann von der Schippe gesprungen, konnte er schon wieder scherzen. Dann wurde ihr bewusst, dass dies für ihn sicherlich nicht das erste Mal war. Im Mittelalter lauerten Gefahren der anderen Art. Schon eine kleine Wunde konnte hier tödlich sein, ganz zu schweigen von Seuchen wie die Pest oder die Pocken. Es gab Hungersnöte, Blutfehden und Missstände jeder Art.

Sie stieß ihm sanft den Ellenbogen in die Seite.

„Schon gut. Ich hab dir doch versprochen, dass ich dich beschütze."

„Da habe ich nun eine eigene Leibgarde", schmunzelte er und zog sie vorsichtig an sich. Die Nase war stark geschwollen und tat unglaublich weh, doch das konnte er geschickt überspielen. Irgendwann würde der Schmerz schon nachlassen. Sie waren beide am Leben, alles andere war unwichtig.

79

Ana Karina öffnete die Tür des weißen Hauses, das wie ein kleiner Palast aussah. Guido holte tief Luft und trat hinter ihr in die große Halle. Als letzter folgte Toni. Bewundernd sah er zu dem hohen Deckengewölbe auf. Auf einmal wurde es totenstill, und die Blicke aller Anwesenden wandten sich Karina zu.

„Die Duca ist zurück", raunte es und dann lauter Jubel.

„Duca Julietta, Ihr seid wieder hier!"

„Wir ahnten ja nicht ..."

„Wir wähnten Euch in Paris!" Mindestens fünfundzwanzig Leute waren anwesend, festlich in mittelalterliche Gewänder gekleidet.

Ana Karina brachte die Masse mit einer Handbewegung zum Schweigen.

„In Paris?", fragte sie verwundert. Ein stattlicher Herr mittleren Alters eilte ihr entgegen und verbeugte sich.

„Ernesto, was soll das bedeuten? Wo ist Marco?" Fragend sah sie den in rot und weiß gekleideten Mann an.

„Ach, Duca, gut, dass Ihr zurück seid. Aber seid Ihr denn nicht in Begleitung Giuseppes zurückgekehrt? Ich sehe Herren an Eurer Seite, die mir nicht bekannt sein dürften. Sicherlich Franzosen. Marco sagte, Ihr seid in Paris mit ..."

Karina unterbrach den Redeschwall.

„Ernesto, ich habe etwas zu übergeben. Wo ist Marco?"

„Marco ist nicht hier. Er ist in seinem Haus, und es geht ihm nicht gut. Seitdem er aus Istanbul zurück ist, brütet er etwas aus. Ihr kennt den Weg. Aber wollt Ihr nicht zuerst etwas speisen? Auch Eure Begleiter sehen aus, als würde ihnen eine Stärkung gut tun." Ernesto wies auf Guido, der sich über die Lippen leckte und zum gedeckten Tisch hinübersah, der von Köstlichkeiten regelrecht überquoll. Dort standen Teller mit Gebäck, Pasteten und erlesenen Früchten aller Art. Karaffen mit Wasser und Säften funkelten im Licht, das durch die   hohen Fenster fiel.

Die Duca wollte abwehren, doch Toni sagte leise: „Ich sterbe auch gleich vor Hunger, hab Erbarmen, cara mia. Wenn schon nicht mit mir, dann zumindest mit deinem Schwager. Ich trau ihm zu, dass er uns sonst anfällt, sobald wir das Gebäude verlassen haben." Der Schalk blitzte aus seinen Augen, und Karina musste lächeln.

„Also gut, aber versucht, möglichst nicht aufzufallen." Guido fing ihren warnenden Blick auf, bevor er sich an den Speisen gütlich tat. Ihm gegenüber saß eine dicke Dame und prostete ihm wohlwollend mit einem Becher Traubensaft zu. Danach begann ein regelrechtes Wettessen zwischen den beiden. Karina konnte es nicht glauben. Die hatten sich wirklich gesucht und gefunden. Freudestrahlend zeigten sie sich gegenseitig jeden Happen, bevor sie ihn verschlangen.

„Antonietta, eines Tages wirst du noch an einem Bissen ersticken", scherzte sie mit erhobenem Finger.

„Ich weiß", antwortete die beleibte Frau schmatzend. „Letztes Mal hatte ich ja Glück, dass Ihr anwesend wart."

Vorsichtig horchte Karina Ernesto aus. Die andere, die in Paris war, konnte nur ihre Schwester Christina Maria sein. Zusammen mit Giuseppe hatte sie sich vom Acker gemacht. Es würde also aussichtslos sein, nach ihr zu suchen. So viel Zeit hatten sie nicht. Im 16. Jahrhundert konnte man nicht mal eben in einen Flieger steigen. Das Reisen war beschwerlich und forderte viel Zeit und Geduld. Also würden sie ohne Christina zurückkehren müssen.

„Ich freue mich, zu sehen, dass Ihr wieder ganz die Alte seid. Zunächst sah es ja so aus, als könntet Ihr Euch nicht erinnern ...", sagte ein älterer Herr leise zu ihr.

Erinnern ... oh ja, sie wusste, wer sie war. Sie war die Duca, die Sacerdotessa Magna, die Überbringerin des Steins. Ihre Hand tastete nach dem Beutel, in dem der Ilua ruhte. Sie spürte seine Kraft durch den Stoff hindurch.

„Wir müssen aufbrechen", sagte sie laut und stellte den Trinkbecher entschlossen auf den Tisch. Alle erhoben sich sofort, auch Toni. Nur Guido blieb murrend sitzen. Hier in Gesellschaft der dicken Antonietta fühlte er sich wohl. Warum mussten sie gerade jetzt gehen?

„Guido", sagte Karina und sah ihn streng an. Bedauernd erhob er sich und verbeugte sich leicht.

„Es war mir ein Vergnügen, meine Dame", sagte er in gebrochenem Italienisch. Antonietta kicherte und fächelte sich Luft zu.

„Mir auch", säuselte sie errötend.

Draußen vor der Tür sahen sich Toni und Karina an, und dann prusteten sie beide los. Guido lief rot an.

„Tut mir ja leid, dass ich das Techtelmechtel stören musste, mein Lieber. Aber vielleicht wärst du lieber dort geblieben." Sie gluckste laut.

Ihr Schwager schob beleidigt die Unterlippe vor und trat dann mürrisch gegen den Kadaver einer riesigen Ratte, der mitten auf dem Weg lag. Für einen kurzen Moment tauchte das Gesicht Cinderellas vor seinem geistigen Auge auf. Doch die Hexe war für immer verloren für ihn und Christina Maria auch. Die flanierte mit einem Mann namens Giuseppe durch das mittelalterliche Paris, so viel hatte er Dank eines Schnellkurses in Italienisch trotz mangelnder Sprachkenntnisse mitbekommen. Ob es wohl eine Möglichkeit gab, die nette Antonietta wiederzusehen?

Schwungvoll kickte er die tote Ratte zur Seite. Ana Karina drehte sich ungeduldig nach ihm um.

„Komm endlich, wir müssen weiter." Angewidert sah sie ihren Schwager an:

„Wie kannst du nur!"

Der zuckte schuldbewusst zusammen.

„Wo müssen wir denn eigentlich hin, kennst du den Weg zu Marcos Haus?", fragte Toni.

„Ja, es ist seltsam. Seitdem wir das Zeittor passiert haben, ist es, als sei ich Julietta da Montefeltro. Mir kommt es so vor, als hätte ich zwei Identitäten. Ich bin momentan noch nicht fähig, das zu ordnen oder eine Erklärung dafür zu finden. Es gibt Wichtigeres zu tun. Der Ilua muss so schnell wie möglich zu

Marco. Und frag mich nicht, warum gerade zu ihm …
ich weiß es einfach."
Leichte Röter stieg ihr ins Gesicht.
„Wer ist dieser Marco?", fragte Toni mit ruhiger
Stimme und musterte sie aufmerksam.
„Wir sind einander versprochen", antwortete sie
leise, während ihr Blick in weite Ferne schweifte.

80

Die Hexe runzelte die Stirn. Angestrengt blickte sie in die Kristallkugel, in der sich dichter Nebel gebildet hatte. Hoffentlich würde er sich bald lichten. Sie wusste, dass das nicht immer der Fall war. Wenn es zu früh war und sich etwas nicht offenbaren sollte zu diesem Zeitpunkt, dann wichen die Nebelschleier nicht zur Seite.

„Du bist heute wieder extrem zappelig", ermahnte sie die kleine Ratte, die unruhig auf ihrer Schulter hin und her trippelte. Das zierliche Tier turnte an Estrellas Arm hinab und sprang elegant zu Boden. Dort blieb es sitzen und sah die Hexe aus klugen Augen an.

„Du hast ja Recht. Es hat wenig Sinn heute. Wir müssen abwarten", seufzte sie.

„Wenn ich nur wüsste, ob sie das Tor passiert haben …"

Nochmals sah sie in die Kugel, doch der Nebel war noch intensiver geworden.

„Wenn sie ihr Ziel nicht erreicht haben, dann werden wir es ohnehin bald wissen", überlegte die attraktive Frau mit dem dunklen Haar. Kein Zweifel, dass die drei dann bald vor ihrer Tür stehen würden. Und wenn sie bereits im 16. Jahrhundert waren, konnte sie nur hoffen, dass Ana Karina den Sitz des Ordo Bucintoro fand, den Ilua abgeben konnte und alle wohlbehalten mit Christina Maria zurückkehrten. Dies musste innerhalb von drei Tagen geschehen.

In der Kugel zeigte sich ein violetter Schein, der langsam heller wurde und den Nebel in ein diffuses

Licht tauchte. Estrella glaubte, zwei Hände zu erkennen, die sich aus den Schwaden bildeten.

„Das Abenteuer beginnt, Cinderella", sagte sie leise zu der Ratte, die sie noch immer aufmerksam anschaute, „ich denke, die Übergabe des Steins steht kurz bevor."

81

Ana Karina führte ihre beiden Begleiter zielsicher durch die engen Gassen Venedigs.

„Der Weg kommt mir seltsam bekannt vor", meinte Guido plötzlich und blieb atemlos stehen. Die Luft wurde ihm knapp, denn obwohl Herbst war, stach die Sonne vom Himmel. Es war viel zu warm für diese Jahreszeit. Hinzu kam das enorme Tempo, das seine Schwägerin an den Tag legte. Toni schien das wenig auszumachen, doch Guido fehlte einfach die Kondition. Auch hatte er dem Essen zu gut zugesprochen. Die ungewohnten Speisen lagen ihm jetzt schwer im Magen. Vorwurfsvoll sah er Karina an und rülpste leise.

„Jetzt reiß dich mal zusammen, Guido", sprang die promt darauf an. Kopfschüttelnd hakte sie sich bei Toni ein, und der Schwager schlich schwer atmend hinter den beiden her, auf die kleine Anhöhe zu. Schließlich blieben sie vor einer grün gestrichenen Holztür stehen, die von hohen Mauern umgeben war.

„Chiaras Haus", entfuhr es Guido, und Toni blickte Ana Karina fragend an.

„Marcos Haus", berichtigte diese ruhig.

„Momentan gibt es noch keine Chiara."

„Dann ist die blinde Malerin eine Nachfahrin Marcos", überlegte Toni.

„Oder sie hat das Haus später einfach nur gemietet", hielt Guido dagegen.

„Das ist doch völlig egal jetzt!" Ungeduldig öffnete die junge Frau die Holztür und schritt in einen mit Blumen überladenen Innenhof. Unwillkürlich hielt

Guido nach der Katze Ausschau, doch die ließ sich nicht blicken. ‚Natürlich, sie gehört in die andere Zeit', fiel es ihm dann ein.

Kaum hatten sie den Hof überquert, erschien ein Mädchen mit langen schwarzen Haaren, die in seltsamem Kontrast zu ihrem hellen Teint standen, im Hauseingang. Sie war in ein einfaches wollweißes Gewand gekleidet und eilte jetzt mit ausgebreiteten Armen auf Karina zu.

„Julietta, endlich bist du da!" Schluchzend umklammerte sie die junge Frau wie eine Ertrinkende.

„Selena, um Himmels willen, was ist denn geschehen? Ist etwas mit Marco?" Eine böse Ahnung hatte sie erfasst.

Selena nickte und wischte sich mit dem Handrücken die Tränen aus den Augen.

„Er ist einfach zusammengebrochen. Es ging ihm schon seit Tagen nicht so gut. Ich habe ihn gepflegt, aber dann ist er aus dem Bett aufgestanden und dann - es ist das Fieber, glaube ich, ich habe schon nach dem Arzt geschickt."

„Das Fieber? Bist du sicher, dass es nur Fieber ist? Oh mein Gott, Selena! Ich muss zu ihm, es ist dringend!"

„Es wäre besser, wenn du ihn nicht siehst, denn es könnte …" Karina schlüpfte ins Haus, ohne weiter auf das Gestammel Selenas zu hören, die mit weit aufgerissenen Augen Toni hinterhersah, der der Duca folgte. Guido war zögernd stehengeblieben. Sollte er in das Haus gehen, oder nicht?

ER hatte ja keinen Auftrag, und wer weiß, was mit diesem Marco war?! Warum also sollte er sich unnötig in Gefahr begeben?

Selena warf ihm einen undefinierbaren Blick zu und eilte dann den anderen hinterher. Guido blieb allein zurück, und plötzlich sah er die schwarze Katze. Sie stand direkt vor dem Hauseingang und machte einen Buckel. Als sie ihn anfauchte, konnte er ihre spitzen Zähne sehen. ‚Das kann doch nicht sein', fuhr es ihm durch den Kopf, ‚das ist Teufelswerk!' Langsam wich er zurück, Schritt für Schritt. Dieses Haus war unheimlich. Ob die anderen dort je wieder herauskommen würden? Die Katze behielt ihn argwönisch im Auge. ‚Warum mögen mich die Tiere eigentlich nicht?', dachte er, während er neben der grünen Tür wartete, denn den Hof zu verlassen, traute er sich auch nicht.

Ana Karina starrte fassungslos auf die Gestalt im Bett, die Marco sein sollte. Er sah so gebrechlich aus, irgendwie alt, und der Tod hatte sein Gesicht bereits gezeichnet. Sie musste sich überwinden und streckte langsam die Hand nach ihm aus. Mit der anderen umklammerte sie Tonis Arm.

Marco spürte eine kühlende Hand auf seiner fieberheißen Stirn und öffnete die Augen.

„Julietta", hauchte er.

„Oh Marco, Liebster", entfuhr es ihr.

„Julietta, du musst gehen … ich will dich nicht anstecken …" Das Sprechen fiel ihm schwer.

„Marco, hör zu! Ich habe etwas für dich!" Sie öffnete den Beutel und zog den in Samt eingeschlagenen

Stein heraus. Ungläubig sah Marco erst den Stein an und dann sie.

„Der Ilua ... du hast den Ilua gebracht. Julietta, weißt du, was das bedeutet?"

Sie nickte und legte ihm den Stein in die Hand.

„Du musst ihn nach Murano bringen und mit dem Garil vereinen. Wirst du das schaffen?" Marco spürte die Kraft, die von dem Stein ausging. Vielleicht würde der Stein ihn gesund machen, dann konnte er seine Aufgabe bewältigen. Schon fühlte er, wie der Kopfschmerz weniger wurde.

Er nickte.

„Julietta, ich werde es versuchen, ich muss es einfach schaffen." Er richtete sich auf und sah sie fest an.

„Du warst nie in Paris, nicht wahr? Du bist auch nicht mit Giuseppe zusammen?"

Karina schüttelte den Kopf.

„Ich habe immer geahnt, dass du es nicht sein konntest. Sie war so anders als du. Aber das Medaillon ..."

Er sank erschöpft auf sein Kissen zurück.

„Mach dir keine Gedanken darüber, alles wird gut werden." Wieder spürte er ihre kühlende Hand und schloss beruhigt die Augen. Dann jedoch öffnete er sie nochmals und richtete seinen Blick auf Toni.

„Pass gut auf sie auf, versprich mir das."

Toni nickte und legte den Arm um Karinas Schultern.

„Das werde ich", sagte er mit fester Stimme.

Es war Zeit zu gehen. An der Tür drehte sich Karina noch einmal um. Marco hielt den Stein fest umklammert und nickte ihr beruhigend zu. Sie war überzeugt, dass sie das Richtige getan hatte. Ihr Auftrag war erfüllt. Sie verdrängte den Schmerz des Verlustes. Die Entscheidung war gefallen. Es gab keinen Grund, länger hier zu verweilen.

82

Giuseppes Nase sah noch immer ramponiert aus, doch ansonsten war er bester Laune. Er kam soeben aus dem Zentrum, wo er ein paar Einkäufe erledigt hatte. Zufrieden stellte er den Korb mit Obst und Gemüse auf den Tisch.

„Die Luft ist rein", verkündete er strahlend.

„Sie haben die Leiche des Diebes heute Morgen gefunden und nur die Schultern gezuckt. Da hat ein Halunke den anderen abgestochen, sagt man. Die Akte ist bereits geschlossen."

Christina Maria atmete hörbar auf.

„Auch wenn wir jetzt sicher sind, so möchte ich doch erst einmal woanders hin. Sei mir nicht böse deshalb."

„Kein Problem schöne Duca. Wir könnten nach Dessau fahren oder wieder nach Venedig. Dort ist es sicher angenehmer im Winter als im Norden Deutschlands."

„Nicht wirklich", entgegnete Christina, die sich gerade an ihre Hochzeitsreise erinnerte. Venedig im Februar! Jetzt war zwar erst November, aber sicher war es feucht und kalt inzwischen. Dazu kam die lange Fahrt im unbequemen Wagen.

„Schlag mir was anderes vor", meinte sie lächelnd.

„Nun, wirklich warm ist es in Südspanien, aber da müssten wir über die Pyrenäen. Das sind sehr hohe Bergpässe, im November auch nicht gerade leicht passierbar. Lass mich überlegen." Er runzelte die Stirn.

„Ich hab's! Es gibt eine kleine Stadt am Mittelmeer. Menton. Sie gehört zum Fürstentum Monaco und ist hochgeschätzt für ihre milden Winter. Durch ihre günstige Lage bleibt sie von den eiskalten Nordwinden, die über das Land fegen, verschont. Der ideale Ort zum Überwintern."

Christina Maria schüttelte den Kopf:

„Menton gehört zu Frankreich, ich war im Sommer als Kind schon einmal an der Cote d'Azur. Wir sind durch die Provence gefahren, mitten durch blühende Lavendelfelder. Sie gewinnen einen speziellen Honig aus den Lavendelblüten, den gibt es nur in Frankreich. Eine köstliche Spezialität, nach der ich in München leider vergebens gesucht habe. Der kalte Wind heißt Mistral. Au ja, lass uns nach Südfrankreich fahren!" Sie schlang ihre Arme um seinen Hals und sah ihn aus grünen Augen bittend an.

Giuseppe lachte.

„Wir werden fahren, meine geliebte Duca. Und dann wirst du sehen, dass Menton zu Monaco gehört und nicht zu Frankreich. Die Stadt untersteht schon seit ich denken kann dem Fürstentum Grimaldi."

„Kann mir ja eigentlich auch egal sein. In der Zeit, aus der ich komme, ist einiges anders verteilt. Da gehört Venedig zum Beispiel zu Italien." Christina grinste, als sie Giuseppes fassungsloses Gesicht sah.

„Sag, dass das nicht wahr ist", beschwörend blickte er sie an.

„Kann ich nicht, leider!"

Er stöhnte auf.

„Die Zukunft verheißt nichts Gutes."

„Dann genießen wir eben die Gegenwart!", rief sie fröhlich.

„Auf nach Menton im Fürstentum Monaco!"

83

Ana Karina sah sich ungeduldig nach Toni und Guido um. Sie eilte beiden voraus die engen Gassen hinunter, als sei sie vor irgendetwas auf der Flucht.

„Warum müssen wir so rennen?", maulte Guido missmutig.

„Ich will hier so schnell wie möglich weg. Wir müssen das Boot besteigen und dann durch das Zeittor fahren. Hoffentlich finden wir die Mauer wieder." Karina sah besorgt aus.

„Wir haben doch drei Tage Zeit. Warum gehen wir nicht in das schöne weiße Haus zurück und essen noch eine Kleinigkeit? Du bist die Duca, sicherlich schlagen sie uns auch ein Bett für die Nacht nicht ab." Guido knickte um und verzog schmerzhaft sein Gesicht.

„Was ist los? Oh nein, auch das noch! Kannst du denn nicht aufpassen, du Tollpatsch?" Sie fuhr ihren Schwager an.

„Du bist aber wirklich nervös, cara mia. Wir haben den Auftrag doch erledigt. Du solltest zufrieden sein", versuchte Toni seine Freundin zu beschwichtigen.

„Ach, Toni, irgendetwas stimmt hier nicht. Ich habe so ein schlechtes Bauchgefühl, kann es aber nicht erklären oder begründen."

„Meinst du, Marco schafft es nicht? Er sah sehr angeschlagen aus …" Toni fasste nach ihrer Hand.

„Ich bin überzeugt, dass ich richtig gehandelt habe, als ich ihm den Stein übergab", überlegte Karina laut.

„Also wird er es schaffen, irgendwie …"

Guido hinkte murrend hinter ihnen her.

„Wärst du lieber in dieser Zeit geblieben? Bei Marco, meine ich." Sie sah den Schmerz in Tonis Augen und schüttelte heftig den Kopf.

„Nein, das mit Marco gehört der Vergangenheit an. Er hat das auch gespürt. Denk an seine letzten Worte. Er wird immer seinen Platz im Herzen von Julietta haben. Aber sobald wir wieder in unserer Zeit sind, werde ich nur noch Ana Karina sein." Ihr Blick war ernst.

„Ich kann und darf nicht in zwei Welten leben. Ich habe mich entschieden, ebenso wie sich auch Christina entschieden hat."

„Und wem gehört Ana Karinas Herz?", fragte Toni leise.

„Muss ich darauf wirklich antworten? Du weißt es doch vom ersten Tag an, als wir uns im Bistro begegnet sind." Sie drückte seine Hand.

„Schau, da vorne ist das Boot." Es war noch immer am kleinen Steg vor dem Domizil des Ordo Bucintoro angebunden und schaukelte sanft hin und her.

„Ist es nicht schon zu spät, um loszurudern? Es wird bald dunkel werden", startete Guido seinen letzten Versuch.

„Gib dir keine Mühe Guido, wir werden nicht in das Haus gehen. Außerdem ist es besser, wenn es dunkel ist, dann sieht uns keiner in den Kostümen." Ana Karinas Stimme duldete keine Widerrede.

„Du bist doch immer noch die Duca", scherzte Toni.

„Noch bin ich es", bestätigte Karina, während sie ihre Plätze im Boot einnahmen und Toni die Leine löste. Die beiden Männer griffen nach den Rudern, und schon bald hatten sie den weißen Palast weit hinter sich gelassen. Das Haus auf dem Felsen tauchte diesmal rechts von ihnen auf.

„Marco", murmelte Ana Karina leise und fühlte einen Stich im Herzen.

„Verzeih mir, aber ich muss dich jetzt endgültig verlassen."

„Wo ist die Mauer?" Toni schaute ungläubig in das trübe Wasser. „Wir sind doch aber an der richtigen Stelle. Wie kann das sein?"

Guido blickte mit wässrigen Fischaugen umher und sah dann seine Schwägerin vorwurfsvoll an. Sein Mund stand weit offen, und die Schultern hingen herab.

'Wie ein Karpfen', durchfuhr es sie, und sie musste sich das Lachen verkneifen.

Ja, wo war die Mauer? Sie überlegte nur kurz.

„Also, als wir aus unserer Zeit kamen, durchfuhren wir die Mauer. Jetzt sind wir in der anderen Zeit, und es gibt keine Mauer. Ist doch logisch!"

Für die Männer schien es nicht logisch. Toni kratzte sich ratlos am Kopf, und Guido starrte blöde vor sich hin.

„Wie sollen wir dann den Übergang finden?", fragte Toni schließlich.

„Ganz einfach! Rudert weiter. Es gibt nur diesen einen Weg. Seht ihr den Felsvorsprung dort vorn? Auf ihm hat man später die Mauer errichtet. Im 16. Jahrhundert gab es sie noch nicht."

Zuerst noch zögernd ruderten die zwei an dem Haus vorbei und steuerten auf den Vorsprung zu, der ein gutes Stück aus dem Wasser ragte. Wieder gab es keinen Aufprall, sanft glitt das Boot durch die kleine Gracht.

„So, nun können wir nur hoffen, dass wir wirklich wieder in unserem Jahrhundert gelandet sind." Toni holte den Beutel, der unter der Bank versteckt war, hervor und wechselte seine Kleidung. Die anderen taten es ihm nach.

„Das können wir gleich feststellen. Aber ich denke, es hat geklappt." Ana Karina deutete nach hinten. Da war die Mauer mit dem violetten Zeichen, der liegenden 8. „Es ist um einiges kälter geworden", sagte sie fröstelnd und blickte zu den Häusern auf, von denen der Putz jetzt wieder abbröckelte. Nach einer Weile zischte ein Motorboot an ihnen vorbei. Zwei junge Bengel riefen etwas und lachten. Grölend zeigten sie auf Guido.

Toni prustete los: „Guido, du hast deinen Spitzhut noch auf. Wie bist du denn damit aus dem Kostüm gekommen?" Karina musste wider Willen lachen, es sah aber auch zu komisch aus.

„Ich muss ihn aus Versehen hinterher wieder aufgesetzt haben", sagte Guido kleinlaut.

„Aber er wärmt doch meinen Kopf so schön."

Die Dämmerung legte sich wie ein Tuch über die Lagunenstadt, und in der Ferne gingen die ersten Lichter an.

„Elektrisches Licht! Willkommen im 21. Jahrhundert", lachte Toni und schlug Guido vergnügt auf die Schulter.

Gutgelaunt und scherzend durchquerten sie die Wasserstraßen Venedigs. Mit ihnen fuhr still und unbemerkt der Schwarze Tod. Er kümmerte sich nicht um Vergangenheit und Gegenwart. Er würde zuschlagen, wenn seine Zeit gekommen war.

Nachwort

Es ranken sich so manche Legenden um den geheimnisvollen Ordo Bucintoro und seine mystische Hohepriesterin Julietta da Montefeltro, der man nachsagt, dass sie magische Kräfte hatte, nicht alterte und in so kurzer Zeit große Entfernungen überwinden konnte, wie es selbst heute mit modernen Reisemitteln nicht möglich wäre. Sie verschwand im Jahre 1562 endgültig, ohne eine Spur zu hinterlassen. Der um 1510 gegründete Orden soll angeblich noch bis ins 18. Jahrhundert hinein tätig gewesen sein, doch auch seine Spuren verlaufen sich im Sand.

Was den Verbleib des Ordens angeht, so gehen die Mutmaßungen auseinander. Während manche behaupten, die Mitglieder des Ordo Bucintoro hätten sich mit Hilfe der Steine Garil und Ilua und einem eigens dafür erbauten Schrein, der Figura, schon längst in eine andere Sphäre abgesetzt, gipfeln andere Meinungen in der Annahme, dass die Mitglieder des Ordens ganz genau wussten, dass das von ihnen angesteuerte Ziel des IMPERIUM NOVUM erst in einem 'Neuen Zeitalter', nämlich zu Beginn des 21. Jahrhunderts verwirklicht werden kann.

In diesem Roman vermischen sich Geschichte, Mythos und Fiktion. Die Charaktere entwickelten im Laufe des Geschehens ein regelrechtes Eigenleben, sodass auch ich oftmals gespannt die Handlung verfolgte. Jedes Kapitel barg neue Überraschungen, und bis zur letzten Seite wusste ich nicht, wie diese Geschichte ausgehen würde.

In der Hoffnung, dass auch meine Leser mit gleicher Spannung in das Buch eingetaucht sind wie ich in das Manuskript, verbleibe ich mit den besten Wünschen,
Christine Erdiç

Die Autorin Christine Erdiç
wurde 1961 in Deutschland geboren. Sie interessierte sich von frühester Kindheit an für Literatur und Malerei. Nach dem Abitur war sie in unterschiedlichen Bereichen tätig und reiste viel. Seit 1986 ist sie verheiratet, hat zwei Töchter und lebt seit dem Millennium in der Türkei.
Unter anderem gab sie Sprachtraining an der Universität in Izmir, machte Übersetzungen und verfasste Berichte für die Türkische Allgemeine, eine ehemalige Zeitschrift in deutscher Sprache und gibt heute noch private Deutschstunden.

Veröffentlichungen:
NEPOMUCKS ABENTEUER
ZAUBERHAFTE GERICHTE AUS DER KOBOLDKÜCHE
GESCHICHTEN AUS DEM REICH DER HEXEN, ELFEN UND KOBOLDE
NEPOMUCKS MAERCHEN
MIT NEPOMUCK AUF WELTREISE
LUHG HOLIDAY
ENDSTATION ANATOLIEN
DAS LEBEN IST EIN ARSCHLOCH
OMA FRIEDA ROCKT DAS ALTERSHEIM
UNHEIMLICHE GESCHICHTEN
DER SCHREI DER ELSTER
NUTZE DEIN POTENZIAL
GLÜCKSSCHMIEDE, TIPPS FÜR MEHR GLÜCK UND ERFOLG
KLEINE MUTMACHGSCHICHTEN (in Zusammenarbeit mit 3 anderen Autorinnen)

KINDERBUCHREIHE NEPOMUCK UND FINN (in Zusammenarbeit mit Britta Kummer)
HAPPY HALLOWEEN (in Zusammenarbeit mit Britta Kummer)
Mehr Informationen über die Autorin, ihre Bücher und Projekte unter
http://christineerdic.jimdofree.com/

Der Schrei der Elster

Man schreibt das Jahr 1632, und die Pest wütet in Europa. Während die Menschen in den Ballungszentren der großen Städte dahinsiechen, suchen Regierung, Kirche und Gesellschaft nach Schuldigen. Jeder, der sich von der Masse unterscheidet, gerät schnell in Verdacht und somit in

Gefahr, auf dem Scheiterhaufen zu landen. Sogenannte Hexenprozesse zwingen unschuldige Menschen unter unerträglicher Folter, falsche Geständnisse abzulegen.

Betroffen sind in erster Linie jene Frauen, deren einziges Vergehen darin besteht, sich mit Kräutern und Heilsalben auszukennen oder die Zukunft vorhersehen zu können. Es ist das Zeitalter der Inquisition, die über Jahrhunderte hinweg ihre blutigen Opfer fordern soll.

Die Heilerin Brunhilde gerät in den Verdacht der Hexerei und muss mit ihrer Tochter Maria aus der Stadt fliehen. Beim fahrenden Volk finden sie Unterschlupf, doch schon bald sollen sich Marias Albträume auf grauenhafte Weise erfüllen.

Ein besonderer Dank gilt meinen lieben Autorenfreundinnen Heidi Dahlsen und Britta Kummer, die mir stets mit Rat und Tat zur Seite stehen. Auf ihren Webseiten finden Sie interessanten Lesestoff.

https://autorin-heidi-dahlsen.jimdofree.com/

https://brittasbuecher.jimdofree.com/